Alles schien gut zu laufen. Alles sah nach Sieg aus. Nach Moral und guter Arbeit. Irgendwo, Hunderte Kilometer entfernt, in einer ocker- und lehmfarbenen Kargheit auf sonnenverbranntem Sand und olivgrünen Flüssen lief der Krieg auf ein Happy End zu, wenn man dem Fernseher Glauben schenkte, wenn man also ein Kind war.

Saam war ein Kind. Und in seinem Leben gab es zwei Monster. Eines davon war der Krieg. Der Krieg, das war dieser Riese, der hinter dem Berg lebte. In Teheran war das so. Tagsüber orange und gelb aufflackernd und in den Nächten phosphorweiß schlug der Riese um sich. Mit Mörsern und Granaten. Aber das war weit weg. In Teherans Straßen gab es diesen Krieg nicht, die Mörser nicht, die Panzer nicht, die Granaten nicht. Und als würde das den Riesen kränken, stieg er manchmal über den Berg und kam, die Stadtbewohner zu strafen. Das war der Teil, den Saam zwar mitbekam, aber nicht mit dem Abenteuerfilm aus der Wüste in Verbindung brachte.

Manche glaubten zu fühlen, wann der Riese kam. Wann die Bomber in den Luftraum der Stadt eindrangen, von denen Saam glaubte, Saddam selbst würde in einem von ihnen sitzen. Dann heulten die Sirenen auf, und die Stadt verfiel in eine kurze Hast, gefolgt von einer Art Starre.

Eine ganze Stadt, fast zehn Millionen Menschen trafen Vorkehrungen, machten Handgriffe, die sich ohne Licht nicht mehr ausführen ließen, dann wurde es dunkel und still. Der Riese atmete jetzt über ihnen. Sogar der Verkehr, der nicht weniger Opfer abverlangte als die Bomben, hielt die Luft an.

Am nächsten Tag hieß es, dass die Bomben ein anderes Viertel getroffen hätten, das auch ein anderes Land, ein anderer Kontinent hätte sein können, und das Leben ging weiter. Der mächtigste Koloss war am Ende nämlich Teheran selbst.

Das zweite Monster in Saams Leben war das Evin-Gefängnis. Das Ungeheuer, das seine Mutter gequält, getötet und dann entsorgt hatte.

Das Gefängnis, von dem Leute erzählten, es wäre zu Shahs Zeiten mit Washington und Tel Aviv unterirdisch verbunden gewesen. Und aus dem angeblich nachts ganze LKW voller abgerissener Fingernägel rausgefahren und in Krematorien im Ausland verbrannt wurden.

Evin war körperlicher. Evin war das Monster, das unter seiner Matratze schlief. Das Monster, das kein Bett brauchte. Dem eine Matratze reichte, eine Decke, ein Kissen, ein Laken, ein Tuch oder der Teppich. Dort lag es dann wach und atmete mit Saam. Erst im selben Rhythmus, dann immer schneller, flacher und hektischer, bis es zuerst Saam und dann jeden anderen im Raum aus dem Schlaf riss. Schließlich stand es auf, öffnete die Tür und ging. Drehte eine Runde, kam nach ein paar Stunden, manchmal auch erst in der nächsten, übernächsten Nacht zurück. Wie eine streunende Katze, die sich von Panik ernährte.

Als sie kamen, um auch seinen Vater Jamshid zu holen, spielte Saam gerade auf dem Dach. Wo sie im Sommer schliefen, hatte er sich unter einer orange-weißen Plastikplane, die wie ein Vorzelt befestigt und mit schweren Steinen beschwert war, eine kleine Oase eingerichtet. Bilder von Segelflugzeugen und Sportwagen, die er aus Magazinen ausgeschnitten hatte, verblichen an der Wand. Buntnesseln in sonnengesättigtem, tiefem Violett wucherten hier bis in den Herbst hinein. Farne gediehen, und auch Lavendel wuchs, sogar die Geranien, die seine Mutter gepflanzt hatte, obwohl er sie zu oft goss. Ein Winston-Aschenbecher, den er mit Wasser füllte, war die Wasserstelle für die Eidechsen der Nachbarschaft. Er hielt Heuschrecken, Grillen und Käfer in verschließbaren, mit Luftlöchern versehenen Gläsern. Manchmal fing er Wespen, band ihnen etwas Garn um die Taille und knotete sie anschließend an die Geranien wie Luftballons.

Wenn sie flogen, sah es aus, als wollten sie die Pflanzen ausreißen, und er stellte die Rechnung auf, dass genügend Wespen ihn davontragen und mit ihm über die Nachbarschaft fliegen könnten wie der kleine Prinz. Das Buch, das seine Mutter ihm vorgelesen hatte und das er hier oben zwischen den Dinosaurierbüchern aufbewahrte, die er lieber las.

Eine der Heuschrecken war verendet. Saam lag mit dem Rücken auf dem Boden, hielt den leblosen Körper in die Luft und ließ ihn Schleifen drehen wie ein Spielflugzeug. Die Heuschrecke war gerade im Sinkflug, als es unten gegen die Tür pochte. Sein Vater war auf dem Hof, und Saam konnte beobachten, wie vier Männer um ihn herumstanden und diskutierten. Dann holte einer von ihnen Jamshids Krücken, und sie führten ihn ab.

Saam geriet in Panik, wusste nicht, ob er ihnen nachlaufen oder sich verstecken sollte. Er entschied sich fürs Verstecken, schlich zu dem Schrank, in dem seine Großmutter, die sie schon so lange Bibi Joon nannten, dass es ihr Name geworden war, die Wintersachen gestapelt hatte, öffnete ihn und kroch hinein. Das Monster war schon dort. Es wartete. Saam setzte sich zu ihm und atmete im selben Rhythmus, und dann geschah etwas. Durch den offenen Türspalt flogen einzelne, dann Dutzende und schließlich Tausende Bienen herein. Auch Fliegen, Heuschrecken und Käfer kamen und umhüllten ihn wie ein lebender, surrender Mantel und schützten ihn wie Bienen ihre Königin. Millionen Herzen schlugen in dem Schrank mit Saam und dem Monster, und als Bibi Joon, mit seinem kleinen Bruder Nima an der Hand, in den Hof trat und die Haustür öffnete, verschwanden sie, und auch das Monster verschwand, für immer.

AKROPOLIS

Jamshid wusste, dass der Tag kommen würde, an dem sie an seine Tür klopften. Was ihn überraschte, war die beinahe zuvorkommende Verhaftung. Keine Handschellen, keine Gewalt, keine Beleidigungen. Sie siezten ihn sogar. Er schrieb das seinen Krücken zu.

Der Jeep, in den sie ihn gesteckt hatten, fuhr lange, aber nicht sehr weit. Vom Müllmann bis zum Geheimagenten: Vor dem Stau, dem eigentlichen Herrscher der Stadt, waren sie alle gleich wertlos.

Sie hielten vor dem Nebengebäude einer Moschee im Westen der Stadt. Dem Gotteshaus fehlte die Pracht, dem Nebengebäude erst recht. Einer der vier Männer blieb ihm Auto sitzen. Die anderen drei führten ihn hinein. Es fiel kein Licht in den Gang, an dessen Ende der Raum lag, wo sie ihn hinbrachten.

Einer der Begleiter klopfte und rief: »Sarhang! Wir haben ihn!« Der Sarhang hatte wohl direkt hinter der Tür gestanden, denn sofort öffnete sie sich.

Bauern, dachte Jamshid. Keinerlei Geschick für Macht oder auch nur Dramaturgie. Er trat ein. Der Raum war hoch. Viereinhalb, vielleicht fünf Meter. Die Wände karg bis auf das Konterfei Khomeinis, das in einem gold-blauen Plastikrahmen eingefasst war. Es gab ein kleines Fenster zur Seitenstraße, aus dem das grüne Neonlicht der Moschee hineinfiel. Das Rohr des kleinen Blechofens führte dort hinaus. Der Raum roch nach Petroleum. Ein Tisch stand in der Mitte. Stühle gab es nicht. Auch nicht für den Sarhang. Jamshid kannte den Mann. Er wusste nicht, woher, und auch nicht, aus welcher Zeit, aber er kannte ihn.

Der Sarhang grüßte, und Jamshid grüßte zurück.

»Waren Sie auf dem Dach in letzter Zeit? Bei den Bombardements?«

»Ein-, zweimal. Ja.«

Der Sarhang seufzte übertrieben.

»Das ist jetzt also unser Vergnügen. Nachts auf die Dächer klettern und zugucken, wie Saddam uns ausradiert.«

Mit einem starken Akzent fügte er auf Englisch hinzu: »New Year's Eve«, und lächelte. »Wir versuchen, die Raketen jetzt mit Flaks abzuschießen.« Er ließ den Satz wirken. »Mit Flaks, mit denen wir es nicht mal schaffen, ihre Flugzeuge zu treffen. Wussten Sie das?«

Jamshid nickte. Natürlich wusste er das. Das war das große Thema auf der Straße. Deshalb standen die Familien ja auf den Dächern und schauten sich die Lichter an.

»Haben Sie sich eigentlich je gefragt, was aus Ihren Panzern damals geworden ist?« Die Panzer! Jeder, der von den Panzern wusste, musste auch seine Gesinnung kennen.

»Meine Panzer? Welche Panzer?«

»Sie sind doch Herr Ariapoor, oder? Jamshid Agha!«

»Ja.«

»Dann wissen Sie doch, welche Panzer ich meine. Die Panzer, die Sie den Streitkräften des Shahs geraubt haben. Sie waren doch unser Held, Jamshid Agha.« Dann sprach der Sarhang die beiden Wörter aus, nach denen es keine Zweideutigkeiten, keine Ausflüchte mehr geben konnte.

»El Comandante!«

Und da fiel es ihm ein. Vor sieben, acht Jahren hatte sich der Sarhang noch unter Jamshids Kommando über den Asphalt gebeugt, mit einer Spitzhacke und Spaten Löcher gegraben für die Kontrollposten, bis seine Hände münzgroße Blasen warfen, dann hatte er sie bandagiert und mit blutig eitrigem Verband weitergegraben. Weinend vor Schmerz und Ergriffenheit. Was gar nicht nötig gewesen wäre, denn Jamshid hatte einfach nur vergessen, ihn ablösen zu lassen. Jamshid ließ damals die religiösen Jungs aus der Nachbarschaft die niederen Arbeiten verrichten.

Jamshid war Marxist. Leninist. Und er gehörte einer Einheit an, die in seiner Nachbarschaft beinahe hundert Guerillas zählte, Checkpoints errichtete und wichtige Verkehrsadern besetzt hielt. Jamshid hatte in einem Panzerregiment der Streitkräfte gedient. Er kannte die Militärs, die jetzt Kaserne für Kaserne desertierten und nicht nur ihre Waffen mitbrachten, sondern auch die Schlüssel zu den Kasernen, zu den Waffen- und Munitionslagern. Knapp zwei Monate vor dem Ende der Revolution hielt eine Kolonne aus sechs Militärjeeps und zwei Chieftains mit drei Dutzend rote Flaggen schwingenden Kämpfern an Jamshids Checkpoint wie bei einer Militärparade. In der Luke des Panzers, ihre G3 auf den Rücken, ihre Baretts schräg aufgesetzt, die mitternachtsschwarzen Locken im Wind, ein Lächeln auf den großzügigen Lippen, mit den Fingern das Victory-Zeichen formend: Jamshid und sein Jugendfreund Reza. Und von da an nannte man Jamshid im Viertel ebenso wie Che: »El Comandante«.

»Sie sind …«

»Ali. Fahrrad-Ali. Erinnern Sie sich? Ich fuhr damals überall mit dem kleinen Fahrrad meines Bruders hin. Die meisten hielten mich für unterbelichtet. Vielleicht nicht zu Unrecht. Wie könnte ich das selbst beurteilen?« Er lächelte ein treues Lächeln.

»Natürlich. Fahrrad-Ali. Sie … du bist verschwunden.«

»An die Front. Ja. Operation Morgenröte eins und zwei. Beim zweiten Einsatz traf mich ein Schrapnell in die Schulter. Daher musste ich unsere Brüder leider bei der dritten Offensive im

Stich lassen. Gott nahm meinen Bruder, den, dessen Fahrrad ich damals fuhr, und schenkte ihm das Martyrium. Mit mir war er nicht so großzügig. Bei Morgenröte vier und fünf durfte ich wieder dienen.«

»Möge seine Seele Freude finden.«

Die Gesichtszüge des Sarhangs froren ein. Gleichzeitig schien ihm irgendetwas unangenehm zu sein.

»Zu Ihren Panzern. Haben Sie sich je gefragt, wo sie gelandet sind?«

»Ehrlich gesagt … nein.«

»Ich mich schon. Sehr oft sogar. Vor knapp einer Woche sind unsere Truppen auf eigenem Boden überfallen worden. Einige Soldaten sind desertiert. Jede Menge Kriegsgerät wurde erbeutet. Auch Panzer. Natürlich weiß ich nicht, ob es Ihre waren, aber da dachte ich wieder daran. Die Ironie, verstehen Sie?«

Jamshid nickte. Er verstand die Ironie.

»Vielleicht kämpfen die Monafeghin jetzt in diesem Augenblick mit Ihren Panzern gegen uns. Komisch, oder? Sie erobern sie alleine als Partisan aus den Händen einer der mächtigsten Armeen der Welt, und wir schaffen es als die offizielle Streitkraft dieses Landes nicht, unsere Panzer durch unser eigenes Gebiet an die Front zu bringen.«

Jamshid nickte. Das war eine gute Zusammenfassung. Hatte schon seinen Grund, warum ihr damals nicht mehr durftet, als Löcher zu graben und Sandsäcke zu füllen, dachte er und erwiderte: »Ich war nicht allein. Wir hatten auch viel Glück bei der Aktion.«

Der Sarhang betrachtete Jamshid und fragte völlig unvermittelt, was aus seinem Schnauzer geworden sei. Immer hatte Jamshid, wie jeder iranische Kommunist, einen Schnauzbart getragen. Als Hippie zu Koteletten wuchernd. Während des Wehrdienstes kürzer. In den Monaten der Revolution kombiniert mit einem

Dreitagebart. Unter der Herrschaft der Vollbärtigen in einem ansonsten akkurat rasierten Gesicht, damit keine Missverständnisse aufkamen, und aus Trotz etwas länger. So, dass er die Unterlippen berührte, was der Reinheitskodex der Moslems verbietet. Und jetzt, wo er sich mit dem Gedanken, nach Europa zu fliehen, beschäftigte, gerade so gestutzt, wie es die Ehre zuließ. Jamshid war ein aufrechter Mann. Sein Gang der eines Mannes, der Stolz in Würde verwandelt hatte. Ein Gang, von dem die Leute sagten, er hätte sich nach dem Attentat nicht verändert, und der ihm auch vor dem G3 und den Panzern etwas verlieh, das die Frauen im Viertel entweder den Blick senken oder den Tschador etwas öffnen ließ. Er kam aus einem Viertel, in dem die Männer auf ihre Schnauzer schworen. Und jetzt saß er hier und wurde zu seinem Bart befragt. Von Fahrrad-Ali, der nicht mal strammstehen konnte.

Durch dunkle Augen schaute Jamshid den Sarhang an.

»Habe ihn gestutzt«, antwortete er. »Meinen Scheitel ziehe ich jetzt auch anders. Aber ihr habt mich nicht hergebracht, um über Frisuren zu reden.«

»Nein. Haben wir nicht. Auch nicht, um über Panzer zu reden.« Er antwortete schnell, fast als wollte er sich entschuldigen.

»Wissen Sie, Panzer sind nicht die einzigen Dinge, die in dem Chaos dieser Tage an Orten landen, wo sie nicht hingehören.«

Dann zog er die Schublade auf, holte einen Pass heraus und schob ihn Jamshid rüber.

»Ist das Ihr Pass?«

Es war sein Pass. Sein Foto. Sein falscher Name. Homayoon Kashani. Der Pass, für den sie eine Hypothek auf das Haus aufgenommen hatten und dessen Ausstellung seit über drei Wochen fällig war.

Er schüttelte den Kopf.

»Homayoon Kashani steht hier. Ich bin Jamshid Ariapoor. Sie … du kennst meinen Namen.«

»Das Foto sieht Ihnen ziemlich ähnlich.«

Jamshid warf noch einen Blick darauf.

»Es geht. Ich sehe besser aus.«

Der Sarhang lachte plötzlich auf. Sein herzlich naives Fahrrad-Ali-Lachen hob alles auf, was sich an Macht, militärischem Rang und Gewalt in dem Raum zu konzentrieren versuchte.

»Gut. Ich will Ihre Zeit nicht verschwenden. Der Pass wurde bei einer Festnahme mit dreißig anderen gefälschten Pässen gefunden. Ich habe das Foto gesehen und ihn eingesteckt.«

»Gut für Homayoon«, sagte Jamshid.

»Gut für Homayoon.« Der Sarhang schob Jamshid den Pass rüber.

»Ich habe Sie herholen lassen, weil ich dachte, dass Sie Homayoon kennen könnten.«

»Ich kenne Homayoon nicht.« Jamshid schob den Pass wieder von sich, aber der Sarhang nahm ihn nicht an.

»Stecken Sie ihn trotzdem ein«, sagte er.

Jamshid verstand nicht.

»Vielleicht läuft er Ihnen ja mal über den Weg.«

Jamshid nahm das Dokument, das alles entscheiden würde, vom Tisch. Es war perfekt. Genau wie versprochen. Die Farbe, das Material, alles stimmte.

»Ich soll ihn einstecken?«

Der Sarhang nickte.

Jamshid schaute ihn skeptisch an und steckte den Pass sehr langsam und demonstrativ in seine linke Jackentasche.

»Ich habe noch eine Bitte. Sagen Sie Homayoon, dass ich weiß, dass er abhauen will, und dass das gut ist. Sein Platz ist nicht mehr hier. Sagen Sie ihm, dass das jetzt das Land der Verrückten und der Barfüßigen ist. Der Pechvögel, die hinter dem Berg leben. Sagen Sie ihm, dass das jetzt das Land der Analphabeten ist, die seine Bücher nicht verstehen. Nie verstanden haben.« Kurz glühten seine Augen, dann schaute er zur Seite.

Jamshid wollte protestieren. Aber der Sarhang winkte ab.

»Schon gut. Schon gut. Ich weiß, was Homayoon über uns denkt. Sagen Sie ihm das. Sagen Sie ihm, er soll nach Europa gehen. Champs-Élysées. Buckingham Palace.« Er nannte diese Orte, als würden sie nicht existieren. Als würde er von Atlantis reden oder einem Planeten aus einem Science-Fiction.

»Sagen Sie ihm, er soll sich mit seinen Intellektuellenfreunden in Rom in ein Café an der Akropolis setzen und sich schöne Gedanken machen.«

Jamshid nickte.

»Ist die Akropolis in Rom?«, fragte der Sarhang.

»In Athen«, antwortete Jamshid, und der Sarhang lächelte.

»Athen. Sagen Sie ihm, dass ich ihm viel Spaß in Athen wünsche, und sagen Sie ihm, er soll reden. Viel reden. Aber wenn seine Freunde uns Barbaren und Schergen nennen, soll er bitte an diesen Moment denken. Dann soll er ihnen sagen, dass er hier Menschen getroffen hat, die Würde besitzen. Die versuchen, ihre Ehre zu wahren. Seine Mutter vor Raketen zu schützen mit dem, was sie haben.«

»Richte ich ihm aus.«

»Wissen Sie …« Er holte tief Luft, wurde etwas lauter, förmlicher, genau dadurch aber unsicherer. »Sie haben sich damals in die eine Richtung gedreht und wir uns in die andere. Sie waren der Sohn des Direktors und stehen jetzt da. Ich war der Sohn des Salzverkäufers und stehe hier. Wir sind auf dieser Seite des Tisches gelandet und Sie auf der anderen. Hätten Sie das gedacht?« Jamshid stammte aus einer Königs-, dann Hochadels-, später Feudalherrscher-, noch später nur Großgrundbesitzer- und schließlich Beamtenfamilie. Einer Familie also, die seit fast dreihundert Jahren kontinuierlich abgestiegen war, aber nicht nur Geschichte, sondern auch einen Herrschaftsanspruch ausstrahlte.

Sie schauten sich in die Augen, während Jamshid nickte und der Sarhang stillstand. Jamshids Herz pochte unter dem Pass. Das Herz des Sarhangs unter dem Taschenkoran und dem Passfoto seines Bruders in seiner Westentasche.

»Grüßen Sie Homayoon von mir, wenn Sie ihn sehen. Sagen Sie ihm, wir vergessen die Güte seiner Mutter nicht. Gott sei mit Ihnen.«

»Gott sei mit Ihnen, Sarhang«, antwortete Jamshid. Unschlüssig, ob er gleich zur Tür stürzen oder dem Sarhang noch die Hand geben sollte. Der Sarhang richtete sich und seine verwaschene Uniform, salutierte vor seinem alten Kommandeur, und Jamshid salutierte ebenfalls. Als er draußen war, wurde ihm klar, dass der Abschied von seiner Stadt anders aussehen würde, als er gedacht hatte.

PANOPTIKUM

Nach dem Reiseverbot, dem Berufsverbot, der Hinrichtung seiner Frau, nach dem Anschlag auf ihn, dem Verschwinden seiner Genossen, den abschiedslosen Auswanderungen seiner Freunde, den Massenverhaftungen, nach den Hausdurchsuchungen, nach den Warnungen der Partei, nach dem Aufsuchen von Schmugglern und Fälschern hätte nichts unwahrscheinlicher sein können, als ihn abzuholen, um ihm seinen gefälschten Pass auszuhändigen. Aber genau das war passiert.

Er presste seine Hand auf die Jackentasche. Der Pass war da. Er hatte ihn. Auf der anderen Straßenseite standen Telefonzellen. Davor saß ein Spastiker, der Scheine in Münzen wechselte und für jeden Tausch einen Toman behielt. Jamshid gab ihm einen Zehner und bekam neun Münzen zurück. Er rief die einzigen Nachbarn an, die ein Telefon hatten, und erwischte die Hausherrin, die ihren Sohn zu seinen Eltern rüberschickte, Entwarnung zu geben. Dann entschied er sich, ein paar Blocks zu gehen, und humpelte los.

Die Wasserbäche entlang der Straßen kamen vom Alborz-Gebirge im Norden Teherans. Geschmolzener Bergschnee floss klar, kalt und voller Kraft den reichen Norden runter und verendete unten im Süden. Nachdem man den Bächen Kilometer für Kilometer Dreck zu fressen gegeben hatte, übergaben sie sich schließlich vor den Füßen der Einwohner von Javadiyeh, Amiriyeh, Simetri und Gomrok. Dort unten kamen die Bäche zum Erliegen wie ein Statement.

Am Straßenrand stand eine Frau, die immer wieder schrie, sie habe keine Angst. Wovor, behielt sie für sich. Ein paar Straßen weiter hatte ein alter, zahnloser Mann einen Stand aufgebaut und verkaufte Bücher kiloweise. Jamshid blieb stehen, stützte sich auf seine Krücken und zündete sich eine Zigarette an. Es gab zwei verschiedene Kilo-Tarife. Einen, wenn man die Bücher selbst aussuchte, und einen günstigeren, wenn der Verkäufer blind um sich griff. Wie beim Obstkaufen. Wie Orangen oder Äpfel. Jamshid hatte in den vergangenen Nächten große Teile seiner Büchersammlung verbrannt, und er würde in wenigen Wochen, vielleicht sogar Tagen, den Iran verlassen, und trotzdem schaute er jetzt nach seiner Tasche. Nichts beschrieb den Zustand seines Landes besser als dieses Bild, dachte er. Er zählte sein Geld, trat an den Stand und kaufte zwei Kilo Bücher. Der Mann stellte einen kleinen Stapel auf die Waage. Zwei Kilo und dreihundert Gramm. Er kassierte für zwei Kilo.

Es war noch weit bis nach Hause, aber Jamshid wusste, dass er diese Straßen bald nicht mehr sehen würde, und entschied sich, zu Fuß Abschied zu nehmen. Alles, was er in diesen Wochen tat, würde er wahrscheinlich zum letzten, vorletzten, vorvorletzten Mal tun. Er würde den Spastiker nie wiedersehen, die Frau nicht, die ihre Angst anschrie, und er würde nie wieder zwei Kilo Bücher kaufen. Wie wohl die Verrückten auf den Champs-Élysées aussahen?

Es war spät geworden, als er Javadiyeh erreicht hatte. In dem Rinnsal zu seinen Füßen trocknete in der schräg einfallenden Abendsonne die Schlammkruste auf den Zigarettenkippen, Plastiklatschen, Essensresten, Einkaufstüten und einem platten Fußball, dem ein paar Kilometer weiter oben ein Kind hinterhergeweint haben musste. Die Münder der Passanten hatten immer weniger Zähne. Es waren unzählige Kinder auf den Straßen, obwohl es immer später wurde. In den von ihren Müttern mit einfachen Nadeln durchstochenen Ohrläppchen trugen die Mädchen Draht oder Bindfäden als Ohrringe. Die Tschadors wurden strenger, wie auch die Gesichter strenger wurden. Die Menschen hier hatten einen anderen Stress, schwitzten einen anderen Schweiß. Er war jetzt im Süden. Und erschöpft.

Er hielt ein Taxi an, erklärte dem Fahrer, dass er kein Geld dabeihabe und es von zu Hause holen müsse, und stieg ein.

Er fuhr vorbei am Cinema Casablanca, wo er, seit er nicht mehr an der Schule lehren durfte, nachts als Filmvorführer arbeitete. Wo er in dem heißen Projektorraum saß, die Filmrollen wechselte und die alten Russen oder Márquez las. Er fuhr vorbei an dem Café, wo er tagsüber Kalligrafien anfertigte und für wenig Geld an Leute aus dem Viertel verkaufte, die ihn für das bewunderten, was er mal gewesen, oder für das bemitleideten, was davon übrig geblieben war.

Vorbei an den Reklame- und Straßenschildern, auf die seine Mutter bei Spaziergängen mit hennafarbenen Händen zeigte, während ihr Gesicht mit zittrig konzentrierten Lippen Anlauf nahm, die Schriften zu entziffern. Sie hatte erst im hohen Alter Lesen und Schreiben gelernt und sie las, wie andere Kreuzworträtsel lösten. Mit dem Lesen erledigte sie die Wörter. »Sch-ne-i-de-rei Meh-ran« transportierte nichts, »B-ra-ut-klei-der Ba-har« nichts, der »Gom-rok Pla-tz« nichts. Revolution nichts, Diktatur nichts, Darwin nichts, schwarze Löcher nichts, Tod dem Shah! Nichts, Kommunismus nichts. Manchmal dachte er, dass es schade war, dass es ihren Himmel nicht gab. Sie hätte dort gut reingepasst.

Er fuhr vorbei an Männern, die sich Nashorn-Ali, Doppelschwanz-Mahmood, Siebenfinger-Jaafar oder Mohsen das Tier nannten. Und an dem Schlachthof. So, wie Nord und Süd Reich und Arm voneinander trennte, trennte der Schlachthof Armut von Elend. Nördlich vom Schlachthof streckte man den Beton, wie man Heroin streckte. Südlich waren die Häuser aus Lehm.

Südlich streckte man nicht mal mehr. Nördlich waren die trockenen Tage vielleicht eine Geruchsbelästigung, südlich war nichts bedrohlicher als zwei Tage Regen. Ab dem dritten Tag wurde der Niederschlag zum Schicksal wie ein unbezahlter Heroindealer, von denen es südlich wie nördlich des Schlachthofs wimmelte.

Als Jamshid am Ende der Gasse aus dem Wagen stieg, konnte er den Weihrauch riechen, den sein Vater abends anzündete. In der Küche brannte das helle Halogen hinter der Silhouette seiner Mutter. Nima und Saam standen vor ihrer eisernen Eingangstür mit einem Wasserschlauch und spülten den Dreck der Gasse in die Rinne. Hinter ihnen die Einschusslöcher, die ihr Großvater gleich am nächsten Tag nach dem Attentat zugespachtelt hatte. Acht Schüsse hatten sie auf Jamshid abgegeben und nur das Bein getroffen.

Es gab Prothesen, aber eine Prothese war für ihn wie eine Perücke. Eine Lebenslüge. Jamshid trug keine. Und er ließ seine Mutter auch nicht die Hose an der Seite kürzen, wo jetzt kein Bein mehr da war. Er faltete es und steckte es mit Sicherheitsnadeln ab, als erwartete er, dass das fehlende Bein irgendwann wieder nachwuchs. Drei Paar Schuhe hatte er gekauft seit dem Attentat. Die rechten trug er, die linken bewahrte er auf.

Es war gut, dass sie gingen, dachte er. Der Pass würde sie nach Istanbul bringen, da würde er eine Telefonnummer wählen, und jemand würde sich um sie kümmern. Jemand, der wissen würde, der vielleicht sogar jetzt schon wusste, wie die Reise weiterging. Welche Route sie nehmen müssten, welches Land sie akzeptieren würde. Schweden, die Sowjetunion, Jugoslawien oder Deutschland. Er selbst hatte keine Präferenz. Er rannte vor etwas weg, nicht zu etwas hin.

WELT

Sie fuhren zwei Tage, bis sie an der türkischen Grenze waren. Sie fuhren durch die dichten Wälder Aserbaidschans und Kurdistans, durch Landschaften wie geschliffen aus einem einzigen, kilometerlangen Stein. Mit Schlaf in den Augen und dem Geschmack von Seven Up und Zahnpasta auf der Zunge, weil Jamshid den Wasserleitungen der Raststätten nicht traute und sie ihre Münder mit Limonade ausspülten. Sie fuhren durch zwei Nächte. In der einen Nacht hagelte es so aggressiv, als wollte das Wetter mit der Gewalt in ihrer Heimat mithalten. Die andere Nacht war so trocken, salzig und klar, dass ihre Lippen aufsprangen. Beide Nächte gleich violett. Beide Nächte in demselben, grausamen, weiten Land.

Sie fuhren in einem Bus mit fünfzig Passagieren, und jeder von ihnen hatte genau fünfhundert zum offiziellen Kurs gewechselte Dollar und genauso viele Geheimnisse und Lügen dabei. Fünfundzwanzigtausend Ungereimtheiten, mit denen sie in Istanbul entweder aus dem Bus in ein neues Leben stiegen oder zurückfuhren, um ihr altes abzubezahlen.

Viele reisten nämlich nur wegen des Wechselkurses und der Dollar-Preise auf dem Schwarzmarkt. Der Gepäckraum im Bauch des Busses war nicht besonders voll. Er würde sich aber bald mit Auberginen, Kürbissen, Fa-Shampoo-Paletten, Billig-Batterien, Nivea-Creme und Leerkassetten füllen, die der Fahrer in der Türkei einladen würde. Jamshid hatte nicht geschlafen. Seine Gedanken waren wie die Insekten in Saams Glas. Sie sprangen und surrten, klebten fest oder hingen kopfüber in seinem Schädel. Sie krochen übereinander oder fielen auf den Rücken und strampelten ohne Halt. Streckten die Flügel aus und flogen nur einen Zentimeter, bis sie gegen die Innenwände knallten. Aber wenn sie zu Boden fielen und sich im Kreis drehten, fühlte es sich zumindest kurz an wie Schlaf. Vielleicht nervte ihn Saams Glas auch deshalb. Er bildete sich ein, das Glas könne verdächtig sein oder zumindest ein Anlass, Fragen zu stellen. An der Grenze warteten sie zwei Tage, bis sie durch den Zoll konnten. Jamshid hatte nicht weniger Lügen im Gepäck als die anderen. Und er trug auch eine Prothese, die er während der gesamten Fahrt nicht abnahm.

Die Kinder schliefen auf dem Bürgersteig. Auf einer Plane, zugedeckt mit den Wollpullovern, die Bibi Joon gegen die eisige Kälte in Deutschland gestrickt hatte. Sie alle erdachten sich das fremde Land wie das Stalingrad der Nazifilme. Am zweiten Morgen wurden sie mit den anderen Passagieren ins Zollgebäude gerufen. Jamshid packte die Sachen ein und sagte Saam, dass er das Glas nicht mitnehmen könnte.

»Man darf keine lebenden Tiere in ein anderes Land bringen. Setz sie auf der Wiese aus und komm schnell zurück.«

»Und wenn sie selbst in die Türkei fliegen?«

»Dann klären sie das mit dem türkischen Insektenzoll. Mach schnell.«

Saam ging zu dem begrünten Mittelstreifen, öffnete das Glas und wunderte sich über die vielen Insekten, die nicht hinauswollten. Erst als er es schüttelte, fielen und flogen sie in die Freiheit oder krabbelten auf die Außenseite. Er stellte das Glas ab und lief zu Jamshid und Nima, die in der Schlange standen. Dann betraten sie das Zollgebäude. Als sie hinaustraten, begann das am Busbahnhof versprochene »International« mit der anderen Seite Kurdistans.

1

ACHTUNGLAND

Das »Achtung!« der Wehrmachtsoffiziere in den Nazifilmen, die bis auf ebendieses »Achtung!« ins Persische synchronisiert wurden, war das Wort, mit dem Deutschland in Saams Leben getreten war. Er war sieben, vielleicht acht damals. So wie man den Franzosen das »Monsieur« ließ und den Amerikanern das »Mister«, ließ man den Deutschen ihr »Achtung!«, und diese Aura des Strammstehens umgab auch deutsche Marken und Namen. Achtung! Solingen. Achtung! Zwilling. Bosch. Krupp. Benz. Achtung! Beckenbauer und Rummenigge.

Aber auch alles andere Deutsche war stabil, fest und wog etwas. Die Schneiderschere seiner Großmutter zum Beispiel, die so schwer war, dass Saam Kraft brauchte, um sie vom Tisch zu heben, und wenn sie damit ein Garn schneiden wollte, war es, als ginge man mit einem Beil eine Blume pflücken. Oder ihre alte Wertheim-Nähmaschine mit dem gusseisernen Tretpedal, in deren Nähe Saam die Bilder aus dem Fernsehen nachstellte, einen Schützengraben aus Kissen baute, von wo aus er mit seinem Spielzeuggewehr in Stellung ging, jedes Mal, wenn Großmutter die Nähmaschine anschmiss und dem Gerät die Präzision eines Maschinengewehr-Stakkatos entlockte, einen Überraschungsangriff der Nazis einläutete und Saam damit in die Reihen des Widerstands rief.

Nima hingegen, der nichts von den Krematorien wusste, in dessen vierjährigem Leben »Achtung! Auschwitz« also noch keinen Platz gefunden hatte, kämpfte kurzzeitig auf deutscher Seite, und zwar ausschließlich aus Respekt vor der Nähmaschine. Der treuen, zuverlässigen Superwaffe, der er salutierte, bevor er sich in den Schützengraben warf, um Amerikanern und Engländern, nie aber Franzosen oder Russen das Fürchten zu lehren. Nie schoss er dabei auf Saam und Saam nie auf ihn, was Jamshid damit erklärte, dass Nima scheinbar an der Westfront und Saam an der Ostfront diente. Später wechselte Nima dennoch die Seiten, und als Saam eine Keksdose, die eine Trommel von ambitionierter Größe darstellen sollte, mit verschwenderisch viel Klebefilm an den Lauf seines Gewehrs befestigte und es so zum Maschinengewehr frisierte, stellte sich der Verrat auch als eine kluge Entscheidung heraus.

Aber es gab auch andere Geräte. Geräte wie den holzverkleideten Telefunken-Fernseher ihrer Großeltern mit der Lamellenschiebetür, auf dem Saam Maradonas Jahrhunderttor gegen England gesehen hatte, vor dessen Bildschirm sechzehn Jahre zuvor in einer ähnlich heißen Sommernacht Jamshid und Großvater mit einem gar nicht so unähnlichen Gesichtsausdruck der Mondlandung beigewohnt hatten und dessen Anschaffung in ihrem Haus ein Ereignis markierte, das mit beiden Wundern hätte mithalten können.

Die ersten Monate in Berlin hatten sie von der Stütze gelebt. Im ersten Winter bewohnten sie nur ein Zimmer der Wohnung, um Heizkosten zu sparen. Im Sommer fiel die Waschmaschine aus, und die Reparatur kostete die Kinder den Ferienpass und Jamshid das Geld für zwei Monate Zigaretten. Dann bestand er die Taxiprüfung, und die Zeiten, in denen er flüchtig bekannte Parteifreunde aufsuchen und um Hilfe bitten musste, um Formulare auszufüllen und Anträge zu stellen, wenn eines der Kinder eine Jacke brauchte oder Schuhe, waren zumindest vorbei. Von seinem ersten Wochenlohn kaufte er einen Gebrauchtfernseher. 1988. Die EM in Deutschland. Die UdSSR schlug England und zumindest in der Gruppenphase auch die Niederlande, den späteren Europameister. In einem der Werbeblöcke lief ein Clip für eine Mikrowelle. Die tausend Watt starke Version war da und löste das 750-Watt-Gerät ab. In der Reklame schob eine Hausfrau je einen kleinen Schneemann in die Geräte. Einer schmolz 250 Watt schneller, und zwei Wochen später hing an der Pinnwand im Supermarkt eine Anzeige. »Mikrowelle zu verkaufen. 750 Watt. Zwei Jahre alt. 200 Mark. Moulinex.« Viele Ausrufezeichen.

Jamshid brauchte also eine Mikrowelle.

Auch wenn das Gerät von Moulinex, einem französischen Hersteller, war, die Idee, dass es Strahlen gab, die wussten, was zu erwärmen war und was nicht, konnte nur eine deutsche Erfindung sein. Eine, die gefüllt war mit Zukunft. Sie fuhren zu dritt hin. Nach einer kurzen Vorführung half der Verkäufer dabei, das Gerät in die Originalverpackung zu stecken und es hinunter und auf den Rücksitz des Taxis zu tragen, und sie fuhren heim.

Zu Hause nahm Jamshid drei Toasts aus dem Kühlschrank, schmierte sie mit Ketchup ein, legte Mortadellascheiben und Scheiblettenkäse drauf, stellte den Teller in die Mikrowelle und schaltete sie ein. Die Handgriffe die eines Physiklehrers. Drei Minuten. Und die Zukunft machte *bling*. Er öffnete die Tür zu der kaum erwärmten kleinen Kabine, schaute auf den geschmolzenen Käse und sagte: »Pizza«, als hätte er gerade das Penicillin entdeckt, die Schwerkraft oder eben die Mikrowelle.

Von da an war Pizza ein großes Ding. Saam erweiterte das Angebot um die Varianten *Salami* und *Thunfisch*. Er probierte Pizza mit Erbsen und Karotten aus der Dose aus. Es gab Zucchini und misslungene Experimente mit rohen Kartoffeln, frischen Gurken, die bitter wurden, und mit unter den Käsescheiben aufgeweichten, in der Mitte noch gefrorenen Fischstäbchen. Irgendwie war es auch eine gute Zeit.

ZERESCHK

Nur wenige, die nicht auch dort lebten, kamen durch ihre Siedlung und nutzten die Straßen ihrer Nachbarschaft wie Straßen. Frau Winkler war eine davon. Sie wohnte in einem der kleineren Häuser bei der Schrebergartenanlage, die sie nicht verstanden. Der Weg durch die Siedlung war der kürzeste zu dem Supermarkt auf der anderen Seite. Frau Winkler war alt, ihre Beine waren zu wackelig für den Bogen um das Prekariat, ihre Augen zu schwach für die Zeichen von Gefahr oder Gewalt.

Mit einer Tasche, in der sich selten mehr als drei Artikel befanden, schlich sie an dem Haus vorbei, in dem Saam und Nima wohnten und vor dem sie Fußball spielten. Meist zu zweit, manchmal aber auch mit anderen Kindern. Einmal hatte Saam den Ball liegen lassen, war zu ihr gelaufen, hatte »Ich helfe?« gefragt und auf die Tasche gezeigt.

»Gerne!«, hatte Frau Winkler geantwortet, die Tasche übergeben und ihren Weg fortgesetzt. Saam war ihr gefolgt und die anderen dann auch. Nima lief neben ihm her, während die Nachbarskinder über die Gehwegplatten rannten und hüpften, einander Beinchen stellten und sich gegenseitig schubsten. Bei den Schrebergärten angekommen, löste sich die Eskorte auf, während Saams sehniger Arm den Beutel über die Straße trug und auf der Stufe vor dem Hauseingang abstellte. Hier endete die Freundlichkeit des Dienstes, ab hier würde die Aufdringlichkeit beginnen.

»Wo kommt ihr zwei Schönen denn her?«

»Iran!«, antwortete Saam für sich und seinen Bruder. Falten freudiger Verwunderung bildeten sich auf Frau Winklers Stirn. Iran hatte eine Reaktion ausgelöst, die mit Freude zu tun hatte.

»Aus dem schönen Persien!«

»Ja«, sagte Nima.

»Und wo sind eure Eltern?«

»Zu Hause!«, antwortete Saam etwas zu schnell.

Frau Winkler erkundete weitere Eckdaten ihres Daseins, die erstandenen Süßigkeiten wurden angeboten, nicht angenommen, einzelne Vokabeln nachgefragt. Was heißt *Auf Wiedersehen* auf Persisch?

»Siehst du? Wir sind nicht wie sie«, hatte Saam auf dem Rückweg gesagt und die Nachbarskinder gemeint.

Von Anfang an hatte er auf den Unterschied zwischen ihnen, den Verlorenen, und den anderen, den Verlierern, bestanden.

Dann hatte er hinzugefügt: »Diese Frau sieht so was.«

An einem der darauffolgenden Abende stand Saam mit Jamshid am offenen Fenster. Jamshid rauchte, und sie schauten über die Siedlung, die noch immer nicht ihre geworden war.

»Frau Winkler«, durchbrach Saam die Stille und deutete mit dem Kopf auf die Frauengestalt auf der anderen Seite der Straße.

»Wer ist Frau Winkler?«, fragte Jamshid.

»Eine Bekannte von uns«, prahlte Nima, der ans Fenster gekommen war, und brüllte »Hallo!«, um es zu beweisen. Frau Winkler hörte ihn, drehte sich um und suchte aus der Ferne nach dem Rufenden, als wäre ihr entfallen, dass sie sehr schlecht sehen konnte.

Noch einige Male sollte es passieren, dass Saam ihr die Tasche abnahm. Eine Hilfestellung, auf die er beinahe beharrte, und Nima überkam das Gefühl, sie nahm die Hilfe nur noch Saam zuliebe an. Manchmal entstand eine Stille vor Frau Winklers Hauseingang, die ihre Ratlosigkeit verriet.

Und dann stand sie plötzlich vor Saams und Nimas Tür. Hatte sich die Schuhe auf dem abgesenkten, im Estrich eingelassenen Gitter abgetreten, war durch den im Hausflur hängenden Geruch von Bockshornklee, Urin und Majoran geschritten, die ochsenblutfarbene, mit beigem PVC bezogene Treppe hochgegangen, hatte einen Blick aus dem Flurfenster zum Hinterhof geworfen, auf die Wäscheständer, Kinderfahrräder und Plastikstühle im moosbewachsenen Schatten der Mauer, und an ihre Wohnungstür geklopft.

Jamshid öffnete, und noch im Flur schlug Frau Winkler ihm vor, die Kinder einmal wöchentlich in Deutsch zu unterrichten, und Jamshid überwand im selben Moment seinen Stolz und willigte ein. Zwischen ihnen die verschlissene Stelle auf dem PVC, über die Jamshid ein Handtuch gelegt hatte. Frau Winkler putzte sich die Füße ab und trat ein.

»Schön haben Sie es hier!«, sagte sie, und es war all den ihr widersprechenden Realitäten zum Trotz nicht gelogen. Manche Menschen können so etwas. Sie trank Tee, erahnte den Tod der Mutter und fragte Saam und Nima nie wieder nach ihr, als die beiden bald darauf im wöchentlichen Rhythmus Herbst-, Winter- und Frühlingsnachmittage an Frau Winklers Esstisch verbringen sollten.

Die Kante der kalten Glasplatte in Frau Winklers Wohnzimmer drückte sich in ihre Unterarme. An der Wand wachte ein mit kraftvoller Pinselführung gemaltes Selbstportrait des verstorbenen Herrn Winkler über sie, und sie lernten. Sie erfuhren zunächst von der Existenz, dann von der Dringlichkeit und schließlich auch von der Willkür deutscher Artikel. Dass es nicht *die*, sondern *das* Mädchen heißt und dass Geld und Waffen nicht männlich sind. Fast ein halbes Jahr lang liefen sie jeden Mittwoch durch Frau Winklers Hausflur an Wohnungseingängen vorbei, die mit Türschildern geschmückt waren, auf denen Enkelkinder Familiennamen aus Ton und Salzteig geformt hatten. Kränze aus Tannenzweigen hingen an pastellfarbenen Bändern um Türspione, durch die nur selten hindurchgeschaut wurde. Im Treppenhaus waren Gummibäume in mit Granulat gefüllte Töpfe gepflanzt, aus denen Feuchtigkeitsmesser ragten wie Fieberthermometer. Das dichte, semmelbraune Bürstenhaar der Schuhabtreter war so lupenrein, dass man annehmen könnte, ihre Besitzer kämen aus einer saubereren Welt heim. Die Treppe aus schwarzem Granit, deren Steigung die langen, damals noch schlaksigen Beine Saams nicht ernst nahmen. Die akkurat gezogene Linie zwischen Rasen und Beet, der rechte Winkel, das dornige Violett der sauber geschnittenen Berberitzenhecke, auf die sein Vater einmal gezeigt und »Zereschk« gesagt hatte. Überrascht, als hätte er einen alten Bekannten wiedergetroffen.

»Die Hecke. Das sind Berberitzen! Sie kennen das?«, hatte Frau Winkler erwidert.

Jamshid hatte genickt und gesagt: »Das ist Zereschk!«

Dann pflückte er ein Blatt aus der Hecke, biss mit den Vorderzähnen darauf, schmeckte und versicherte noch mal: »Zereschk! In Iran wir essen.«

»Sie essen das in Iran?«

»Nicht das.« Er lachte. »Die Blume? Nicht die Blume! Das …« Suchend rieb er Daumen und Zeigefinger aneinander.

»Die Samen?«, schlug Frau Winkler vor, und Jamshid nickte, obwohl er die Frucht meinte. Er pflückte ein weiteres Blatt und reichte es ihr. Die pensionierte Lehrerin nahm es mit einer deutlich zu großen Geste des Dankes in die Hand, begutachtete es, schaute zu Nima und biss darauf. Schließlich griff auch Nima in die Hecke. Die Herbstsonne stand tief, und jeder von ihnen aß nun ein Blatt, als wäre es ein kultisches Ritual, als schlössen sie gerade einen Pakt.

»Sauer!«, sagte Frau Winkler.

»Sauer!«, wiederholten nacheinander Nima und Jamshid.

Ein paar Meter entfernt stand Saam, schaute an der Garage vorbei zum Hinterhof, auf das Beet mit den Geranien, und sagte nichts.

In all den Stunden, die sie bei Frau Winkler verbrachten, nahmen sie nie etwas an, was über den Unterricht hinausging. Nur einmal brachte Frau Winkler sie mit der List, erklären zu wollen, was Lakritz sei, dazu, in die Schüssel auf dem Couchtisch zu greifen. Sie legten sich die Drops, die sie für Schokolade hielten, in den Mund und lernten, dass Höflichkeit etwas sein konnte, das ungenießbar salzig schmeckte und nicht schmelzen wollte.

In den darauffolgenden Wochen hatte sich eine Routine zwischen ihnen, der Tischkante und der Einkaufstasche entwickelt, bis sie einmal vor der Wohnungstür standen und Frau Winkler, vielleicht um Saams Beharrlichkeit zu begegnen, in ihre Handtasche griff, eine Mark aus ihrem Portemonnaie holte und sie ihnen entgegenstreckte. Fast hörbar zerbrach etwas in Saam. Er stand reglos da und starrte die Hand an. Um der nun entstandenen Verlegenheit zu begegnen, nahm Nima die Münze. Er bedankte sich, während Saam sich bereits umdrehte und die Treppe hinunterging. Dieses Mal war kein Spiel in seinen großen Schritten. Was er nun tat, war nicht mit dem Substantiv *Gang* zu beschreiben, sondern mit dem Verb *gehen*, das sie erst kürzlich gelernt hatten. Unten angekommen, drehte er sich zu Nima um und wartete. Er atmete flach. Als Nima ankam, griff Saam nach der Münze. Nima leistete keinen Widerstand. Saam starrte ihn an, hielt die Münze vor seine Augen, und die andere Hand klatschte in Nimas Gesicht. Er fasste Nima am Kragen, schob ihn vor sich durch die Tür und schubste ihn ins Freie.

»Bist du jetzt Lastenträger? Bist du ein Diener?«

Hinter ihnen fiel die Tür zu. Saam schnaufte.

»Weißt du, was sie jetzt von uns denkt? Kannst du dir vorstellen, was sie jetzt glaubt?«

Nima konnte es sich nicht vorstellen. Er wusste nur, dass Saam mit »uns« etwas Größeres als ihn und sich meinte.

»Du hast uns blamiert.«

Nima verstand nicht. Nickte aber, um Schlimmeres zu vermeiden.

Seine Zunge tastete die Innenseite der Wange nach der Austrittswunde ab.

»Du gehst jetzt hoch und gibst ihr das Geld zurück!« Er streckte Nima das Geldstück entgegen. Nima zögerte.

»Sofort!« Saam deutete auf die Klingel.

Nima nahm die Münze und versuchte, nicht zu blinzeln. Solange die Tränen in den Augen blieben, hatte man nicht geweint. Das war die Regel damals.

AAL

Nima war in die Grundschule gekommen, Saam auf die Hauptschule. Mehr ließ sein Deutsch nicht zu. Das Schuljahr hatte bereits begonnen, als er, wie mit der Lehrerin vereinbart, zur zweiten Stunde an die Tür des Klassenzimmers klopfte. Die anderen waren schon im Klassenraum.

Jamshid hatte von den Schultüten gehört, wusste aber nicht, dass das nur Erstklässler betraf, und glaubte, Saam bräuchte eine. Allerdings kostete die Schultüte selbst schon zwanzig Mark und sie zu füllen mindestens fünfzig. Ein Problem, das Jamshid mit einem eingerollten und mit Geschenkpapier beklebten Schlecker-Prospekt und der Aldi-Version von Nimm-2-Bonbons gelöst hatte. Saams großes Glück war, dass die Tüte kaum dreißig Zentimeter maß und bei seinen neuen Mitschülern keinerlei Schultüten-Assoziation weckte, als die Lehrerin die Tür öffnete und Saam in die Klasse trat.

Die Lehrerin hatte ihre Schüler seit Tagen auf seine Ankunft vorbereitet, ihnen von Saam erzählt und sie gebeten, ihm ein kleines Willkommensgeschenk mitzubringen. Saam wurde überschüttet mit Radiergummis, Buntstiften, Heften und Filzschreibern.

Nachdem sich alle wieder gesetzt hatten, stand ein Junge aus der hintersten Reihe auf und schlenderte auf Saam zu, als hätte er ziemlich viel Zeit. Er war Saam schon vorher aufgefallen. Wohnte ein paar Häuser weiter und hatte zwei große Brüder, die große Autos fuhren und einen ähnlichen Gang hatten.

Der Junge trug eine schwarze Chino. Die Bügelfalte akkurat, der Stoff wachsig glänzend. Darüber einen bunten *Coogi-*

Sweater, zwei goldene Panzerketten um den Hals, 180er-*Nikes* an den Füßen und Aftershave. Viel Aftershave.

Die dichten, krausen Haare waren mit Gel fast zu einem Helm drapiert und seitlich kahlgeschoren. Auf den Haaren – wirklich draufgestellt – trug er eine *Yankees*-Cap.

Er schien älter zu sein als die meisten in der Klasse. Er blieb vor Saam stehen, reichte ihm einen nagelneuen *Nike*-Rucksack und ging genauso lässig schwingend wieder an seinen Platz. Saam kannte die Marken nicht, und auch die Bedeutung von Marken kannte er nur als etwas Fernes und Abstraktes, aber die Langsamkeit und den Gang verstand er sofort. Dieser Junge hatte in der Klasse was zu melden.

Es ist nicht einfach, Geschenke anzunehmen, wenn man nichts hat. Armut macht jedes Geschenk zu Almosen, jede Großzügigkeit zu Mitleid. Macht den Beschenkten zum Bedürftigen, den Schenkenden zum Gönner. In jeder Gabe steckt ein Vertrag über oben und unten. Mit dem Annehmen unterschreibt man ihn.

Wenn die Geschenke gebraucht sind, also aussortiert wurden und sonst auf den Müll kämen, berühren sie die Würde. Dennoch gab die Situation es nicht her, sie abzulehnen, und die Geste war klar freundlich. Saam sammelte die abgewetzten Radiergummis, die Stifte mit den Bissspuren, die Hefte mit den Eselsohren ein und steckte sie in seinen neuen Rucksack.

Der Junge saß in der hintersten Bank und hatte zwei Stühle besetzt. Er nahm seine Tasche vom Stuhl und bedeutete Saam, sich zu setzen.

»Du bist Iraner?«

»Ja.«

»Ich heiße Heydar. Libanese. Südlibanon. Wir sind auch Schiiten.«

Damit fing alles an. Es war mehr als Sympathie für den neuen vermeintlichen Glaubensbruder oder die Erinnerung an die Gastfreundschaft der Iraner, die Heydars Mutter als Vierzehnjährige bei der Pilgerfahrt nach Maschhad zum Schrein Imam Rezas erfahren hatte. Mehr als die schiitische Solidarität mit Underdogs und Außenseitern. Sie selbst waren vor einigen Jahren hierhergeflüchtet, und hätte es jemanden gegeben, der sich um Heydar gekümmert hätte, wären vielleicht ein paar Sachen nicht schiefgelaufen.

Also fanden nur wenige Tage später ein Paar neuer *Air Max* ihren Weg zu Saam, der jetzt offiziell den Platz neben Heydar besetzte. Es waren die schönsten Schuhe, die Saam je gesehen hatte. Heydar beharrte drauf, dass er sie anprobierte, und Saam gab nach. Sie passten perfekt. Er trug sie fast zwei Jahre lang. Aber zu Hause zeigte er sie nicht. Wenn er heimkam, ging er zuerst in den Keller, zog die *Air Max* aus und die Sozialhilfe-Schuhe an, die sein Vater genehmigt bekommen hatte, und lief die Treppen hoch. Was nun aber bei Heydar schiefgelaufen war, erfuhr Saam in den kommenden Wochen.

LOSER

Zu dem Zeitpunkt, als Saam in seine Klasse kam, zog Heydar schon am Gymnasium gegenüber der Hauptschule Gleichaltrige oder, wie er sie nannte, Loser ab. Ihm ging es nicht um Klamotten und Uhren. Die hatte er ohnehin. Ihm ging es um etwas, das er *Respekt* nannte und das ihm seiner Meinung nach einfach zustand. Daher nahm er sich die Uhren, Jacken und Pullover mit einer Selbstverständlichkeit, als würden sie ihm sowieso gehören. Als hätten die Loser sie nur ausgeliehen, nicht rechtzeitig zurückgebracht und ihn deshalb wütend gemacht.

Heydar hatte eine *Rolex*, von der viele glaubten, dass sie echt sei. Aber niemand wusste, wo er sie herhatte. Ähnlich wie mit dem Respekt schien es sich in Heydars Welt und der Welt seiner beiden Brüder, Naser und Marwan, auch mit Geld zu verhalten. Es stand ihnen einfach zu.

»Wir sind Libanesen, wir haben Geld«, hatte Heydar mal gesagt und dabei das *Haben* betont. Ihr Geld kam scheinbar nicht irgendwoher, musste nicht gemacht, nicht verdient, nicht einmal gestohlen oder geraubt werden. *Haben* war schon die Herkunft. So wie seine Brüder ihren Benz einfach hatten, noch vor ihrem Führerschein, und auch den machten sie nicht. Den hatten sie auch. Zumindest konnte keiner, der die beiden kannte, sie sich bei einer Theorieprüfung vorstellen oder beim Lernen von Vorfahrtsregeln. Vorfahrt schienen sie übrigens ebenfalls einfach zu haben.

Einmal war Saam dabei, als Heydar, wie er es selbst nannte, auf die Jagd ging. Die Schule war aus, und sie hatten denselben Heimweg. An dem Tag war das Gymnasium gegenüber zu, das

Gittertor abgeschlossen. Heydar betrachtete das als ein Zeichen von Respektlosigkeit. Als hätte man ihm Bescheid zu geben. Heydar nahm das Tor persönlich. Dreimal schlug er mit der flachen Hand gegen das Gitter, bevor er akzeptierte, dass es zu war. Saam stand daneben und versuchte, sich seine Erleichterung nicht anmerken zu lassen. Er wusste nicht, warum er dabei war und ob es reichte, nur dabei zu sein. Heydar hatte ihn einfach mitgenommen auf einen seiner Rundgänge. Jetzt allerdings war Heydar sauer. Er schlug noch mal zu, schnipste seine Zigarette durch das Gitter und lief weiter. Unweit von ihnen, an der Bushaltestelle, stand ein Junge in ihrem Alter mit einer *Raiders*-Cap. Heydar steuerte direkt auf ihn zu. »Yallah«, flüsterte er nach hinten zu Saam. Saam lief ein paar Schritte, um ihn einzuholen. Der Junge schien zu ahnen, was jetzt passieren würde. Er schaute kurz um sich und entschied sich dann für die Konfrontation.

»*Raiders*?«, fragte Heydar, als wäre er ein Footballfan der gegnerischen Mannschaft.

Der Junge trat nur ein paar Zentimeter zurück, das reichte Heydar, um zu realisieren, dass er Angst hatte.

»Was ist das für eine Größe?« Heydar griff nach der Mütze.

Der Junge wich aus und ließ Heydars Hand ins Leere greifen. Heydar schien sich über die Idee des Widerstands zu amüsieren.

»Ich will doch nur wissen, was das für eine Größe ist«, sagte er und grinste, als hätten sie sich nur missverstanden.

»Das ist ein Geschenk von meiner Mutter«, sagte der Junge. Er schaute zu Saam rüber. Dann wieder zu Heydar. Seine Mutter klang weit weg oder tot. Als könne sie ihm keine neue kaufen. Heydar schaute ihn ernst an, als würde er die Antwort auswerten, dann machte er eine hastige Bewegung, zuckte nur kurz. Der Junge sprang nach hinten an die Wand der Bushaltestelle und hielt seine Mütze mit beiden Händen fest, während er Saam anstarrte.

»Ich kann dir die Mütze nicht geben. Das ist ein Geschenk von meiner Mutter.«

Heydar sagte etwas auf Arabisch Richtung Saam und baute das Wort Rasierklinge mit ein. Saam verstand kein Arabisch. Aber der Junge verstand *Rasierklinge*, und darum ging es. Er nahm die Arme hoch, als hätte Heydar eine Pistole auf ihn gerichtet.

»Ich kann sie dir nicht geben. Ey … bitte.« Er ließ die Arme sinken und versuchte, sich gerade hinzustellen, Stolz zu wahren. Nahm sie wieder hoch. Er schaute Heydar in die Augen, konnte den Blick aber nicht halten. Dann zu Saam. Aber nicht flehend, vielmehr schaute er auf Saams Gewissen, das vorhanden zu sein schien.

Saam zog an Heydars Pullover. »Komm. Lass ihn!«

Heydar schnaufte. Mit weit aufgerissenen Augen starrte er erst Saam an und dann den Jungen, packte ihn schließlich an der Gurgel, drückte ihn gegen die Wand und fing an, ihn zu würgen. Der Junge nahm den Blick von Saam und starrte Heydar an. Er war bereit, sich für die Mütze erwürgen zu lassen. Er legte seine Hände auf Heydars Unterarme, ohne Widerstand zu leisten. Heydar würgte fester, schlug dabei den Kopf des Jungen zweimal gegen die Wand.

Saam zog Heydar wieder am Pullover. Diesmal fester. »Komm. Lass ihn. Die ist von seiner Mutter. Lass gehen.«

Heydar schaute verwirrt.

»Lass seine Mütze. Was willst du damit?« Saam schob sich zwischen die beiden. »Komm!«

Heydar ließ ihn los. Saam legte seine Hand auf Heydars Schulter und nickte. »Lass gehen!«

Heydar ging einen Schritt zurück, schaute Saam mit einem Blick an, der sagte, dass das, was jetzt passieren würde, auf Saam zurückfiele. Dann nahm er sein Messer aus der Hosentasche, ließ es aufschnappen, fasste die Klinge ungefähr zwei Zentimeter unter der Spitze an und stieß sie dem Jungen in den Oberschenkel. Er zog sie wieder raus und schaute auf die Eintrittsstelle, als prüfte er einen *Tag*, den er an die Wand gesprüht hatte, um sein Territorium zu markieren. Als wollte er checken, ob sein Tag gelungen war. Er war nicht gelungen. Dann starrte er den Jungen lächelnd an, bis der Junge auf seine Wunde schaute.

»Was los? Lass gehen«, sagte Heydar zu Saam, und sie gingen.

Als Heydar sich später den Namen Zorro zulegte, ging das auf diese *Tags* zurück. Das Markieren anderer mit einer Klinge war das, wofür Zorro in seiner Welt stand. Sie alle waren sein Territorium.

VERTRAUEN

Nach der Mikrowelle hatte Jamshid ein BMX-Rad gekauft. Für Nima. Weiß und blau, mit goldenen Sternen. Sie hatten es auf dem Flohmarkt gesehen. Nima hatte sich sofort draufgesetzt und war nicht mehr vom Sattel zu kriegen. Seitdem sah man ihn selten ohne sein Fahrrad. Bis zu dem Tag, an dem sein Blick Jamals traf wie ein verschossener Fußball einen Passanten, und dort haften blieb wie sein Abdruck.

Jamal war ein großgewachsener, unschöner Junge. Die schmale Oberlippe und die gewaltige Unterlippe schienen aus zwei verschiedenen Gesichtern zu stammen, und es misslang ihnen, die Sicht auf die Reihe kurzer, spitzer und ungeordneter Zähne zu verdecken. Als wäre er von einem Schwarm zorniger Kolibris angegriffen worden, war sein Gesicht gezeichnet von kleinen Strichnarben.

Sie alle trugen ihre Traumata in sich. Alle schon sehr früh. Sie alle hatten Gewalt erlebt, Unrecht, Krieg und Flucht. Aber nur Jamal zog keine T-Shirts an, damit keiner die Spuren der Zigarettenstummel sah, die auf seinen Armen ausgedrückt worden waren. Nur Jamal hatte Sperma gekackt und musste es mit sich selbst ausmachen. Nur Jamal dachte, dass Gerechtigkeit nicht existierte, solange nicht allen das Gleiche widerfahren war. Nur für Jamal war Sadismus ein Weg, ein Gleichgewicht wiederherzustellen.

Er trat jetzt näher, und als er vor Nima stand, fragte er ihn, ob er einen Trick könne. Nima nickte. Er setzte sich aufs Rad, zog den Lenker zu sich und das Vorderrad in die Höhe wie bei einem Kickstart und sprang rückwärts vom Sattel. Voilà. Jamal grinste und machte ein Zeichen in seine Richtung, das *Komm mal her!* oder *Gib!* bedeuten konnte.

Nimas Hände klammerten sich am Lenker fest. Klebrig vor Eiscreme und starr vor einer Angst, die sich in seine Gutgläubigkeit mischte wie Blut in Milch. Jamal stand jetzt vor ihm und lächelte, als er Nimas Hände Finger für Finger von den Griffen löste.

Jamal hatte grobe Hände und eine nervöse Hartnäckigkeit, ein Nicht-gut-sein-lassen-Können umgab seine blutig runtergeknabberten Nägel.

Er nahm das Fahrrad hoch und inspizierte es, als wolle er es kaufen, und in dem Moment packte Nima ein befremdlicher Stolz auf sein Rad. Es war wunderschön. Jamal drehte sich um und ging, zog das Rad hinter sich her wie ein ungeduldiger Vater sein widerspenstiges Kind und verschwand.

GOTT

Es waren die Neunziger. Die Lustlosigkeit eines Gottes, von dem viele der Bewohner des Viertels dachten, er würde existieren, hing über ihnen wie Smog, und unter dieser Glocke verschwanden Begriffspaare wie »Opfer und Täter«. Hier umarmten und erschlugen sie einander beiläufig. Ohne Ursache. Ohne Wirkung. Hier schuf selbst Mord keine Differenz. Sie alle schnappten in derselben Kloake nach Luft, und irgendwann nicht mehr. Hier lebten sie. Hinter Mauern, errichtet nach dem großen Krieg, an einem Tiefpunkt der Architektur, als man nur gebaut hatte, um sich zu schützen. Vor der Kälte. Dem Regen. Dem Anderen. Und wo man nicht hätte bleiben wollen, hätte man je wollen gelernt. Hinter Mauern, die sichern sollten, aber nur ausschlossen. Sie ausschlossen. Von einem Dahinter, das nicht weniger trist, aber zumindest in Bewegung war.

Arab-Power
Rahman, ich ficke deine Mutter
Halt die Fresse Hamza
Deine Schwester ist eine Sharmuta
Free Palestine

Eingeritzt in den Putz hing mehr Pathos an den Mauern als an Uniformen von Dritte-Welt-Generälen. Auf den Hinterhöfen rotteten Wäscheleinen vor sich hin, denen keine Mutter je etwas anvertraut hatte, die noch nie benutzt worden waren und genauso gut auch tote Leitungen hätten sein können.

Als wären sie angetreten, die ihnen unterstellte Fantasie zu leugnen, nannten die Kinder das Haus schlicht *Mülleimer*. Und in diesem *Mülleimer* wohnte Jamal. Jamal, der Dieb. Zu klein im Herzen, um nicht zu nehmen, was nicht seins war. Zu kräftig sein Körper, um dafür mit ein paar Ohrfeigen bestraft und zurechtgewiesen werden zu können.

Die Fliegen, denen dieses Haus seinen Namen verdankte, waren dick, smaragdgrün und blieben das ganze Jahr über. Zumindest konnte man hier die erste und die letzte des Jahres antreffen, und es war nicht unwahrscheinlich, dass diese beiden sich begegneten. Wie außerirdische Sonden saßen die metallisch reflektierenden Körper an den Wänden, inspizierten Neuankömmlinge, eskortierten die Bewohner durch den Flur und vielleicht, ganz vielleicht warteten sie auch nur still, bis die Anwohner auf die letzte falsche Karte gesetzt, die letzte Niete gezogen hatten, um endlich den ganzen Kackladen, das ganze Scheißviertel von einem genauso smaragdgrünen Mutterschiff versenken zu lassen.

Saam kannte das Haus, das nach morschem Holz und Rattenpisse roch. Das Fahrrad würde wahrscheinlich im Flur oder auf dem Hinterhof zu finden sein. Die Haustür war nicht abgeschlossen. Saam drückte den Schraubenzieher in die Türspalte, das schwache Schloss gab nach, und er stand im Flur. Er ging direkt auf den Hinterhof, und da war es auch schon, das Fahrrad. Angekettet. Er steckte den Schraubenzieher in das Schloss. Fummelte ungeschickt daran rum. Nichts passierte. Dann stach er mit dem Schraubenzieher auf die Reifen ein, schlitzte den Sitz auf und ging.

Die Diebesgüter waren eher Trophäen als Hehlerware. Der Mülleimer, dieses Haus, war die Station nach dem Endkonsumenten. Niemand flickte den Reifen eines abgezogenen Fahrrads, niemand brachte eine gestohlene Jacke in die Reinigung. Was nicht verkauft wurde, war ein Einwegprodukt. Sie waren also nicht quitt. Noch lange nicht. Aber Jamal würde nicht auf dieses Fahrrad steigen. Erst mit der aus den Reifen entweichenden Luft senkte sich auch der Druck, den Saam auf den Ohren und in der Hauptschlagader spürte. Zwei, drei Tage später ließ dann das Piepen in den Ohren nach, das ihn zu quälen begonnen hatte, seit er Nima ohne sein Fahrrad vor der Haustür sitzen gesehen und gewusst hatte, dass er es zurückholen musste, bevor Jamshid es mitbekommen und nichts tun können würde.

Nima war anders. Er hatte sich am nächsten Tag schon damit arrangiert. Er besaß jetzt kein Fahrrad mehr. Also würde er laufen.

KROKODIL

Jamshid hatte Sudabeh, die Mutter seiner Kinder, auf dem Campus kennengelernt. Der erste Jahrgang Soziologie an der Universität Teherans. Er sagte Dinge wie »die kapitalistische Migräne« und sie Dinge wie »die Ästhetik der Ausbeutung«. Sie flocht ihre Locken und band sie am Hinterkopf zusammen. Unter seine Schlaghosen passten die Schuhe einer Kleinfamilie. Unter ihre auch.

Die Bücher trugen sie lose unter dem Arm. Auch wenn es regnete. Und weil er einen Schirm hatte, nahm sie nie einen mit. Von dem ersten Hallo bis zum ersten Kuss dauerte es fast ein Jahr, aber zusammen waren sie, seitdem Sudabeh auf dem Weg zur Uni zum ersten Mal unter seinem Schirm Schutz gesucht und er ihre Bücher getragen hatte.

Und dann, anderthalb Jahre später, Honeymoon. In Abadan. Am Golf. Sechsundsiebzig. Drei Jahre vor der Revolution. Als Amerika sich noch von seiner Casino- und *Ray Ban*-Seite zeigte und Schatt al Arab nach Los Angeles klang und nicht nach uranverseuchter Munition und nach Kindern, die mit zwei Köpfen oder einem Schwanz zur Welt kamen. Sie fuhren mit einem Pontiac runter. Den Wagen hatte Jamshid gekauft, ohne auch nur die Motorhaube hochzuklappen. Sie wusste nicht, woher er das Geld dafür hatte, und er auch nicht. Sie sollte verstehen, dass er ein Mann war, der einen Pontiac kaufte, wenn er wollte, und nicht, wenn er das Geld dafür hatte. Der Wagen war champagnerfarben. Wie Sand, der golden war. Wie amerikanischer Sand. Die roten Ledersitze von der Sonne aufgeheizt. Sie setzte sich auf ihre Handtasche, und er fuhr halb im Stehen. Drei Tage dauerte die Fahrt. Das rote Hemd mit dem Krokodil hatte sie ihm dort gekauft.

Er hatte es sofort ausgepackt und angezogen. Ein einziges Mal. Das Hemd war nie wieder richtig gewesen. Nur ein Mal, dort. So wie auch der Pontiac nur dort richtig gewesen war. Seinen Ehering hatte Jamshid schon so lange nicht abgelegt, dass er nicht einmal mehr wusste, ob es überhaupt möglich war. Das rote *Lacoste*-Hemd hingegen hatte er nach den Flitterwochen in Abadan nie wieder getragen. Aber er hatte es mitgenommen nach Deutschland. Es hing in seinem Schrank. Er fragte sich, warum in dem einen Fall das Ablegen einem Verrat gleichkäme und in dem anderen Fall das Anlegen. Der Regen blieb ihnen treu. Es regnete in den »Nächten der Poesie«, im Garten des deutsch-iranischen Klubs im Teheraner Norden, wo sie zehn-, fünfzehn- und zwanzigtausend Mann stark hinmarschierten, um Nacht für Nacht den knapp hundert Rednern zuzuhören, die nacheinander über die Lautsprecher in den Bäumen einen Aufruhr gegen das Shah-Regime verkündeten. Es regnete, als sie auf dem Heimweg das begannen, was bald die Revolution werden würde. Es regnete an dem Tag, als Sudabeh siebenundsiebzig Saam und fünf Jahre später Nima das Leben schenkte. Es gab einen Schneeregen an dem 8. März 1979, als sie mit Tausenden Frauen gegen die Abtreibungsgesetze des neuen Regimes auf die Straße ging. Und es regnete, als dieses Regime Sudabeh 1985 bei einem geheimen Treffen mit den letzten verbliebenen Genossen fasste. Nur an dem Morgen, an dem Soldaten sie aus ihrer Zelle holten, auf das offene Feld außerhalb der Stadt fuhren und ihr in den Kopf schossen, schien die Sonne durch ihre verrutschte Augenbinde. Und jetzt saß Saam da und hatte bei dem Versuch, den Krokodil-Aufnäher mit einer Nadel und einer Rasierklinge vom Hemd zu entfernen, ein Loch in sein immer noch strahlendes Rot geritzt. Jamshid war kein Mann, der sein Kind schlug. Es war eher so, dass sein Körper vor ihm reagierte. Er packte Saam am Kragen und gab ihm zwei Ohrfeigen. Saam neigte sich mit jedem Schlag etwas zur Seite, und dann stand er da. In ausgelatschten Turnschuhen, aus denen er Schnürsenkel und Laschen entfernt hatte und die jetzt so etwas wie Hausschuhe ergeben sollten. Die Ohrfeigen hallten nach. Jamshid riss ihm das Hemd aus der Hand. Die Ohrfeigen, die auch etwas in Jamshid erschüttert hatten, brauchten eine Rechtfertigung oder zumindest Konsequenzen, also schmiss Jamshid das Hemd in den Mülleimer und schrie Saam an, er solle auf sein Zimmer gehen. Und an der Stelle brach etwas in Jamshids Stimme. Er hatte einen Kloß im Hals. Saam konnte es hören.

Sein Vater verbarg sich hinter der Gewalt und der Geste der Entscheidungen. Unter seiner Kleidung war Jamshid nackt, und Saam teilte dieses Geheimnis mit ihm, aber noch wusste er nicht, ob er es wie ein Sohn tat oder wie ein Erpresser. Er erzählte Jamshid nichts von den Mädchen in den *Naf Naf*-Wildlederjacken aus seiner Klasse, die so auffällig auf ihn zeigten, dass er es mitbekam. Erklärte ihm nicht, was »Drei Streifen Adidas! Zwei Streifen Caritas!« bedeutete oder wie er einfach mitgelacht hatte, als wäre er darüber erhaben, als wären die zwei Streifen an seiner Jacke eine Entscheidung. Als gäbe es überhaupt die Möglichkeit einer Entscheidung auf dem Schulhof. Er erzählte auch nichts davon, wie sehr er sich überwinden musste, wenn er Heydars Angebote, ihm Klamotten auszuleihen, nicht annahm, und er erzählte auch nicht, dass das Krokodil helfen könnte.

Saam blieb in seinem Zimmer, bis es dunkel wurde. Er kam nicht zum Essen raus. Nicht, um auf die Toilette zu gehen, und auch nicht, als er sich bei dem Versuch, eine Rasierklinge im Mund zu balancieren, wie er es in einem Rap-Video gesehen hatte, in die

Zunge schnitt. Erst nachts, als Jamshid schlief, schlich er sich in die Küche zu dem Mülleimer, holte das Hemd unter den Essensresten hervor und schnitt das Krokodil im Dunkeln raus. Dann ging er zurück in sein Zimmer und nähte es auf seine C&A-Jacke.

Am nächsten Morgen piepte der kleine Plastikwecker, den er mit Tesafilm auf die Tapete neben das Bett geklebt hatte. Er wachte auf, weckte Nima, wusch sich das Gesicht, und als er wie jeden Morgen die Toasts mit Margarine und Erdbeermarmelade beschmierte, die Vitaminbrausetabletten in ihre Trinkflaschen warf und sie dann unter dem Wasserhahn auffüllte, versprach er sich, dass er etwas ändern würde. Etwas Großes.

Es waren nicht der Plastikwecker, nicht die Brausetabletten oder das, was er Hausschuhe nannte. Er kannte gar nichts anderes als dieses Leben im Minderen. Saam kannte Hunger. Dritte-Welt-Hunger. Lebensmittelschlangen-Hunger. Essensmarken-Hunger. Seine Altersgenossen hatten sich mit Handgranaten unter Saddams Panzer geschmissen oder waren über Minenfelder gerannt. Saam hatte Amputierte gesehen, die auf Krücken Schlange standen, um sich wieder für den Frontdienst zu melden. Jemanden, der an der Front versucht hatte, sich zu erschießen, die Pistole unters Kinn gesetzt, aber das Gehirn verfehlt und sich stattdessen das Gesicht weggeschossen hatte und den man dann zusammengeflickt und mit seinem Inneren nach außen gestülpt durch die Welt laufen ließ, weil es Gnade nicht gab. Für Saam waren Brausetabletten und Margarine ein Privileg. Genauso wie der Plastikwecker, die Tapeten oder die beiden Streifen seiner Jacke Privilegien waren. Ihm ging es nicht um Klamotten, Schmuck oder Uhren. Er fühlte sich nicht arm, hatte keinen Hunger. Er wollte nicht mal verstanden werden. Sie sollten einfach nur nicht mehr über ihn lachen. Das war alles.

PROPERTY

Seit Heydars Mutter, Oum Naser, erfahren hatte, dass Saam Halbwaise war, hatten sich ihre Zuwendungen gesteigert. Beinahe täglich fragte sie nach ihm, hielt ihren Sohn an, ihn häufiger mitzubringen, und zwang Saam, wenn er da war, Speisen aus Libanon und Geschichten von ihrer Pilgerfahrt nach Maschhad auf, die sie mit ein paar Brocken Persisch ausschmückte, ansonsten aber auf Arabisch erzählte, während Heydar oder seine kleine Schwester Jasamin dolmetschen mussten.

Jasamin war die Jüngste von vier Geschwistern. Der Älteste war Naser, dann kam Marwan. Über Marwan musste man nur eines wissen: Er hatte noch nie gespielt. Als Kind schon nicht. Als Zwölfjähriger hatte er seine erste Gang gegründet und sie NATO genannt. Und Marwan war jemand. Jemand, auf den man da draußen schwor. Jemand mit einem Namen so mächtig wie ein Flugzeugträger.

Fremde behaupteten, seine Bekannten zu sein. Bekannte gaben sich als Freunde, seine Freunde als Cousins aus, und einer seiner Cousins trat sogar offiziell als sein Bruder auf.

Und Marwan tat alles, um Saam, den er wie einen Eindringling behandelte, zu vermitteln, dass es in seiner Nähe keinen Platz für ihn gab. Schon intuitiv. Aber auch, wie es in dem einzigen Buch erklärt worden war, das er gelesen hatte. *Hundeerziehung leichtgemacht.* Damals, als er »Power is nothing without Control«, den Slogan aus der *Goodyear*-Reifenwerbung, zu seinem Credo erklärt und sich erhofft hatte, das Herz seiner gläubigen Mutter mit Welpenfotos erweichen zu können. Sie über die Unreinheit des Tieres hinwegschauen zu lassen, um sich einen Hund, einen

Dobermann, zulegen zu können, den er erziehen würde, wie kein Dobermann zuvor erzogen worden, kontrollieren würde, wie keine Power zuvor kontrolliert worden war. Er beugte den Oberkörper nach vorn, wenn er redete, stellte sich Saam breitbeinig in den Weg und machte sich auf der Couch so breit, dass für Saam kein Platz mehr war.

Trotzdem kam Saam wieder, setzte sich mit ihnen an den Tisch und aß, was Marwans Mutter gekocht und ihm auf den Teller getan hatte, während Jasamin sich zwei Stühle weiter komisch verhielt. Handzahm, wohlerzogen und bemüht, nicht zu Saam hinüberzuschauen, als wäre sie schüchtern. Als hätte sie nicht die größte Klappe des Viertels.

Heydar hingegen gab sich besonders laut und dominant. Wissend, dass Saam sich nicht anders verhalten konnte, als er es tat, versuchte er, für ihn mit zu wirken, ohne ihn in die Schusslinie zu bringen, was ein Geschick erforderte, das er nicht immer besaß. Saam spürte das. Auch Naser, der Älteste, hätte es gespürt, wäre es ihm nicht egal gewesen.

Naser hatte gespielt. Viel sogar. War mal ein talentierter Fußballer gewesen, bevor er sich als Amateurboxer einen Namen verdient hatte. Naser sah Saam zumindest, lief nicht durch ihn hindurch und fragte Saam auch mal, ob er ihm die Fanta reichen könne oder etwas von dem eingelegten Blumenkohl, von dem Naser Unmengen aß. Ansonsten interessierte Saam ihn nicht. Wäre Saam nicht da, würde ihm jemand anderes den Blumenkohl reichen.

Die Indifferenz ihres Vaters war eine andere, fast herzliche. Es war eine Macht-den-Kohl-nicht-fett-Gleichgültigkeit. Mit gedimmtem Blick schaute er durch Saam hindurch, während er viel sprach und dabei gestikulierte wie ein Verkehrspolizist.

Heydars Vater war ein einfacher Mann, und es war seine Leidenschaft für Elektronik und Leuchtmittel, die ihm den Namen Abu Osram eingebracht hatte. Er hatte im Süden Beiruts, wohin sie Ende der Siebziger geflüchtet waren, einen kleinen Laden geführt, in dem er Haushaltselektronik verkaufte. Lampenfassungen, Einfach- und Doppelschalter, Halogenlampen, Transformatoren, Steckdosen, Taschenlampen, Kabel aller Art. Bis an Zündkerzen und Autobatterien hatte sich sein Imperium herangeleuchtet. Er ging seinem Beruf mit der Akribie eines Sammlers nach, seinen Spitznamen trug er mit an Stolz grenzender Selbstverständlichkeit.

»Ich hatte alles!«, sagte er, als hätte er wortwörtlich alles gehabt, und klang wie ein entthronter Monarch, wenn er von Glühbirnen sprach. Irgendwo, in einem fernen Land, hatte man ihn gestürzt, seine Statuen zerstört, ihn ins Exil geschickt und nicht bemerkt, dass es seitdem ein bisschen dunkler geworden war.

Die Wände der Wohnung waren üppig behängt mit illuminierenden Bildern von Heiligenstätten, Postkartenidyllen, nostalgischen Fotos des alten, noch weißen Beiruts und Schiitenkitsch. Auch um die Shahādas, Ya Husseins und Zulfiqars, mit denen Marwan und Naser regelmäßig wie von Raubzügen aus fernen Ländern heimkehrten, hatte Abu Osram Netze aus Licht gesponnen.

In einer Ecke des Wohnzimmers stand ein elektrisch betriebener Brunnen inmitten von Zimmerpflanzen, die so großzügig mit Lichterketten behangen waren, dass sie den Eindruck einer Unabhängigkeitserklärung vom Sonnenlicht erweckten. In Abu Osrams Welt kamen selbst Pflanzen nicht ohne Strom aus. Die mit Bindern zusammengefassten Kabel führten durch Kanäle zu kleinen Schalterhaufen. Kommandozentralen, die den Wandcollagen in ihrer skurrilen Pracht nicht nachstanden. Von hier aus dirigierte Abu Osram seine Bilderwelt zu Ehren besonderer Gäste. Und wenn die Gäste länger blieben und die Nachbarn in den unteren Etagen zu Bett gegangen waren, erinnerte das Haus mit seinen leuchtenden Fenstern im fünften Stockwerk an einen verirrten Leuchtturm.

Der andere Grund für Abu Osrams Gleichgültigkeit gegenüber Saam war, dass er zu Hause ohnehin wenig ausrichten konnte, wenn seine Frau, die er zur Demonstration seiner Machtlosigkeit »Al Hokumat«, *die Regierung*, nannte, etwas entschieden hatte.

Die Regierung wiederum war gut, gerecht und dem Land wohlgesinnt. Sie balancierte die Macht liebend und weitsichtig zwischen seinen Fraktionen aus – dem Militär, dem repräsentativen König, der Terrororganisation, den mündigen und noch unmündigen Bürgern. Und sie hatte gesehen, dass Saams Anwesenheit für Heydar gut und richtig war. Dass sie möglicherweise dafür sorgte, dass Heydar sich weder dem Militär (Naser) noch dem Staat im Staat (Marwan) anschloss. Denn sie spürte, dass Heydar mehr wusste, als er zugab. Dass er seinen großen Brüdern immer ähnlicher wurde und auch in jene Angelegenheiten verstrickt zu sein schien, über die ihre Nachbarn in Oum Nasers Gegenwart schwiegen.

Dagegen sah sie Saams gute Erziehung. Sie hatte das Bild mit den Flaggen Irans und Libanons, das Saam ihr als Dankeschön für die Schuhe gezeichnet hatte, neben das Foto ihrer drei Jungs in die Küche gehängt und es sich zur Aufgabe gemacht, den schmalen Jungen mit reichhaltigem Essen auf die Spur zu bringen. Eine sorgfältige Ernährung für den Austauschschüler aus dem *failed state* der Mutterlosigkeit. Jasamin konnte man wohl zu den regierungsnahen Kräften zählen, die zur Demonstration ihrer Loyalität am Tisch gerade saß, wenn Saam da war. Und ja, sie mochte Saam wohl etwas. Auch wenn die verbotene Energie in ihrem Schoß, die sich in letzter Zeit häufiger meldete, nicht ihm galt.

Die Weiße Rose war eine Schultheisskneipe in der Nähe ihrer Siedlung, neben den Spielhallen, Spätis und dem Friseursalon von Heydars Cousin, und einer der Orte, wo Naser, Marwan und die älteren Jungs, die gerade aus der Butterfly- und Baseballschlägerklasse in die der scharfen Knarren aufstiegen, mit Zuhältern, Hools, Waffen- und Drogendealern rumhingen.

Die Jüngeren verbrachten die Sommer auf Stromkästen und an Straßenecken, in den Fußballkäfigen und auf den Bänken der Spielplätze und die Winter im Jugendzentrum, wo sie an alten Trimm-dich-Geräten Gewichte drückten, kickerten und die Sozialarbeiter, die hier durch die Drehtür kamen, an ihnen scheiterten und wieder gingen, in die Depression trieben. Die Überfälle häuften sich im Sommer. Die Überdosen auch. Die Messerstechereien sowieso. Als die Sparkassen das Bargeld abschafften, wurde das als Auszeichnung, als Kapitulation vor ihnen gesehen. Knast-Abschiedspartys waren das ganz große Ding, und auch sonst erschienen sie wie ein einziger Alptraum aus insgesamt gut zweihundert Jungs.

Saam hasste die Weiße Rose mehr als jeden anderen Ort, an den er sich von Heydar mitschleppen ließ, um zu jemandem zu werden, der er nicht war, dessen Habitus und Gimmicks er aber zu brauchen glaubte.

Der Geruch reizte ihn schon vor der Tür. Die grünen Klosteine waren eines der wenigen Dinge, mit denen Uwe, der Besitzer, nicht sparte. Darüber legte sich der Geruch des ausgeschwitzten Alkohols, der Feuchtigkeit, die aus den Kellerräumen aufstieg, des Teers, der sich Tag für Tag, Nacht für Nacht, Schicht für

Schicht auf die Spitzengardinen legte, auf die Plastikblumen, auf die Griffe der Kickertische. Saam hasste den Laden auch, weil der Geruch in seine Haut eindrang, um zu Hause Fragen aufzuwerfen, die sich nicht ehrlich beantworten ließen, weshalb er sich vor dem Nachhausegehen im Keller umzog, wie ein umgekehrter Superheld, der sein Cape der Tugend erst überstreift, wenn er heimkommt. Und er hasste es, dass er als Einziger zu bemerken schien, wie unwillkommen sie, die Ausländerkids, dort waren. Mit ihrer Lautstärke, den wilden, plötzlichen Bewegungen, den Sonnenblumenkernen, die sie mitbrachten und deren Schalen die vielen Aschenbecher überluden, die Uwe in einem Akt passiven Widerstandes nicht leerte. Wie sie Fanta und immer nur Fanta schlürften, als ginge es um etwas.

Als sie reinkamen, hingen zwei Jungs über einem der beiden Billardtische und versuchten, jedem versenkten Ball hinterherzuspringen, ihn zu fangen und wieder zurück auf den Tisch zu packen. Nicht um die eine Mark zu sparen, sondern weil es gegen die Regel, also beinahe illegal war. Jemand ging am Glücksautomaten aufs Ganze. 120. 250. 500. 0. Dann wieder von vorne. 120. 250. 500. 750. 0.

Es gab also so etwas wie Stimmung in dem Laden. Ein Billardtisch war frei, und auch der Kicker. Heydar grüßte Uwe, bestellte zur Abwechslung zwei Cola, ließ sich einen Zehnmarkschein in Münzen wechseln und ging mit Saam zum Kicker. Er nickte den Jungs um Marwan zu, während sich Saam in seine Kapuze zurückgezogen hatte und Heydar hinterherstratzte.

Am Tisch warf Heydar eine Mark in den Schlitz und ließ die Bälle rausrollen. Heydar spielte ungeduldig und war genervt. Allein deshalb hatte es schon keinen Sinn, hier zu sein. Aber es ging auch nicht darum, dass etwas Sinn hatte. Saam gewann eine

Partie nach der anderen, als Ali, den sie Ali Pacino nannten, weil er minimal besser aussah als die anderen, und das mit viel Gel und einem Kamm, seinem Markenzeichen, den er wie Halbstarke in den amerikanischen Filmen der Fünfziger in der hinteren Hosentasche trug, auf sie zukam und ein weiteres Fanta-Crew-Member sich ihm anschloss. Keiner der beiden schaute Saam an. Sie quatschten mit Heydar, Heydar nickte, Ali bedeutete Saam, auf die andere Seite zu gehen. Sie spielten zwei gegen zwei, und Saam war jetzt einer von vieren, und zumindest für die paar Minuten war er jemand mit einer Funktion. Er war in Form und dadurch in Schwierigkeiten. Würde er gewinnen, wären die Jungs gegen ihn aufgebracht, würde er verlieren, würden sie ihn auf einem weiteren Feld unter sich wissen. Ein Spiel, das einfach nur ein Spiel blieb, befand sich nicht im Rahmen des Vorstellbaren. Spaß in Kombination mit Respekt gab es nicht. Immer hatte alles mit diesen Millimetern der Machtverschiebung zu tun. Immer mit oben und unten. Mit auslachen und ausgelacht werden, mit ficken und gefickt werden.

Und Saam, der in der stupiden Hierarchie dieser Totgeburten – wie Jamshid sie nannte, wenn er sie irgendwo rumlungern sah – ganz unten stand, sah ihre Dummheit, aber auch ihre Macht, und zu dem Zeitpunkt hatte er nicht die Reife und keine Idee davon, wie leicht Hierarchien zu verschieben waren, die auf nichts beruhten als darauf, dass das Justizsystem des Landes eine Milde walten ließ, die sie als Schwäche fehlinterpretierten. Aber wenn sie ihre Eltern zitierten, wenn sie sagten, dass Gott sie in Affen verwandeln würde, wenn sie Brot wegschmissen, oder ähnlichen Schwachsinn von sich gaben, wusste Saam, dass es Schranken gab, die sie niemals überschreiten, und Hürden, an denen sie scheitern würden.

Am besten wäre es, dachte er, wenn Heydar die Tore machen würde, also spielte er die Bälle einfach nur nach vorn. Heydar punktete aber nicht, verfehlte entweder das Tor oder den Ball. Saam machte mehr Distanztore als Heydar im Sturm. Die meisten davon aus Versehen, andere durch Glück beziehungsweise Pech. Die Jungs gegenüber wurden leiser, konzentrierter, spielten nach jedem kassierten Tor aggressiver und holten auf. Saam wurde das Gefühl nicht los, sie würden ihn meinen, wenn sie fluchten.

Es stand neun zu sieben für Saam und Heydar. Ein akzeptables Torverhältnis. Er würde vier Tore reinlassen, sie würden neun zu elf verlieren, und allen würde es damit gut gehen. Ali holte jetzt aus, Saam drehte absichtlich in die falsche Ecke, der Ball wurde abgefälscht, landete vor Saams Torwart, Saam versuchte, ihn nicht zu treffen, schnitt ihn aber an. Der Ball machte eine Kurve, drehte sich durch Alis Verteidigung und landete im gegnerischen Tor. Zehn zu sieben. Saam blickte nicht auf, sondern trat einfach nur einen Schritt zurück. Und ein paar Sekunden später passierte etwas. Ali Pacino reichte Saam die Hand. Erst gab er sie Heydar, und dann streckte er sie Saam entgegen. Saam schaute Ali verwundert an, wischte sich die Hand an der Hose ab, gab sie ihm, und das war der eigentliche Sieg. Die Geste, für die sich alles gelohnt hatte. Beim nächsten Mal würden sie einander vielleicht zur Begrüßung zunicken. Irgendwann »Hallo« sagen. »Wie geht's?«, »Alles klar?« und beim Abschied »Tschüss«. Irgendwann wäre er vielleicht wieder einer von vieren. Von acht. Von sechzehn vielleicht, und dann wäre alles normal.

Die Jungs, auch Saam und Heydar, gingen wieder zu Marwans Tisch, wo wie immer ausschließlich Arabisch gesprochen wurde, aber dieses Mal hatte die Wahl der Sprache nichts mit ihm zu tun. Sie waren Araber und sprachen Arabisch. Dieses Mal war das die ganze Geschichte. Saam verstand mittlerweile einzelne Wörter und Satzteile. Das reichte. Und die Jungs unterhielten sich ohnehin immer über die gleichen Dinge. Irgendwann sagte Heydar, dass er kurz wegmüsse. Zehn Minuten. Und Saam, der jetzt Anschluss zu haben glaubte, blieb. Während die Jungs sich unterhielten, beobachtete er, wie Marwan in seine Fanta spuckte und das Glas schwenkte. Das Gespräch setzte sich fort, und kurz darauf schob Marwan ihm das Glas rüber und sprach ihn zum ersten Mal an.

»Trink!«, sagte er.

Saam schaute erst ihn an, dann auf das Glas. Er schüttelte den Kopf, als wüsste er nicht, was mit dem Glas war. Als würde Marwan es ihm aus Höflichkeit anbieten und er es aus Höflichkeit ablehnen.

»Trink!«, befahl Marwan.

»Ich hab keinen Durst«, antwortete Saam, wartete ein, zwei Sekunden, dann ging er zum Kickertisch, schaute sich dort um, als suchte er etwas. Er würde jetzt gehen. Mit einem Kloß im Hals, versunken in seinem Hoody, die Kapuze tief ins Gesicht gezogen, die Hände am Körper. Mit der Erinnerung an eine gewonnene Kickerpartie und dem Stolz eines Vierzehnjährigen, der Marwan widersprochen hatte und davongekommen war. Am besten, er würde nicht wiederkommen. Nicht in die Weiße Rose, nicht zu Heydar nach Hause, nicht zu dem Jugendheim, nicht zu den Fußballkäfigen.

Wenn er nur noch zu Hause bleiben und fernsehen würde wie Nima. Wenn er sich in die *Cosby Show* flüchten würde, oder auf das *Love Boat*. In eine Welt, in der man das *A-Team* rief, *Knight Rider* oder *Airwolf*. Wo er bestehen konnte, indem er seine Hausaufgaben machte und den Fernseher ausschaltete, bevor Jamshid heimkam.

Alles, was ihm jetzt fehlte, waren vier Mark für die beiden

Cola, die Heydar nicht gezahlt hatte, und er würde diese Welt verlassen. Vier Mark Austrittsgeld. Er würde warten, bis Heydar wieder da war, sich verabschieden und für immer raus sein. Er gehörte nicht hierher. Alles, was ihn dort noch hätte halten können, wäre die Lust auf Vergeltung gewesen.

Saam setzte sich auf einen der Hocker auf der anderen Seite der Bar, wo die Toiletten waren, als die Tür aufging und ein beeindruckend großer Mann reinkam. Unrasiert, muskulös, massiv tätowiert, noch massiver vernarbt, und obwohl seine Erscheinung sehr auffällig war, schien ihn niemand zu bemerken, außer Saam. Selbst Uwes wachem, wenn auch gelangweiltem Blick entging er. Der Mann war nicht von hier, verhielt sich aber so. Er schaute sich nicht um, wie jemand sich umschaut, der einen unbekannten Raum betritt. Vielleicht war das der Grund, warum Uwe und auch die anderen ihn nicht sahen. Die Tätowierungen waren unsauber gezogen, teils verblasst, andere wieder recht frisch und deutlich, und sie ergaben kein Gesamtbild, keinen Zusammenhang, erinnerten eher an Unfälle oder Eingriffe in Blau und Schwarz. Sein Hals war übersät von schlecht verheilten, fleischigen Brandwunden, an den Armen hatte er Narben, die von Messerstichen stammen könnten. Ähnliche Narben trug er im Gesicht. Auf dem linken Unterarm schien jemand versucht zu haben, mit einem Messer etwas in seine Haut zu schreiben. Er hätte einem Horrorfilm entsprungen sein können, machte Saam aber keine Angst. Er sah müde aus. Er humpelte, schien Schmerzen zu haben, und als er sich neben Saam setzte, konnte Saam eine frische, hufeisenförmige Naht am Hinterkopf entdecken. Die Fäden waren noch nicht gezogen.

»Meinst du, er wollte wirklich, dass du seine Rotze schluckst?« Der Mann blickte Saam nicht an, sondern schaute auf seine eigenen Hände.

Saam wusste nicht, ob er richtig gehört hatte.

»Meinst du, er wollte, dass du seine Rotze schluckst?«, fragte er wieder. Er hatte ein Zucken in der rechten Gesichtshälfte, das auch Saam manchmal durchfuhr, und rieb sich die Augen wie er selbst. Exakt dieselbe Bewegung.

»Woher …?« Der Mann konnte unmöglich wissen, was am Tisch passiert war.

»Wo kommen Sie her?«

»Von da drüben.« Er zeigte auf Marwans Tisch.

»Meinst du, er wollte wirklich, dass du seine Rotze schluckst?«

»Nein. Ja. Also, ja«, flüsterte Saam.

»Wieso hat er dann nicht heimlich in sein Glas gespuckt? Oder dich einfach gezwungen, das Glas zu trinken?«

Saam traute sich nicht, ihn anzuschauen.

»Es war ihm egal, ob du die Spucke trinkst oder nicht. Dass du nicht mal seine Rotze schlucken musst, um niemand zu sein, das ist das Schlimmste daran.«

»Wer … was sind Sie?«

Der Mann zeigte auf seine Gurgel.

»Ich bin der Kloß in deinem Hals. Du kannst mich duzen. Aber was bist du? Außer egal?«

Dann griff er in seine Hosentasche, holte vier Mark raus, legte sie auf den Tisch, stand auf, klopfte Saam auf die Schulter und humpelte davon.

SONNE

Wenn Jamshid gerade kein Taxi fuhr, traf er sich mit anderen iranischen Fahrern im Tukan, einem von Kurden betriebenen Kreuzberger Hinterhof-Café, das einen Samowar besaß und ein Bücherregal, über dem die Portraits von Lenin, Marx und Che hingen.

Die Frauen trugen kurze Haare und Hosen. Die Männer sahen aus wie Variationen von Öcalan. Alle rauchten, und Esmail, einer der Taxifahrer, hatte sein eigenes Backgammon-Brett im Bücherregal deponiert, weil die Kurden nicht mit den kleinen Würfeln spielten und mit Steinen, die auf der Unterseite keinen Filz trugen, weshalb ihre Bretter nicht den für Perser gewohnten Sound hatten.

Hier spielten sie, aßen Menemen, stritten und diskutierten über buchstäblich alles. Über den Unterschied zwischen deutscher und iranischer Kuhmilch zum Beispiel. Sie stellten Theorien über die Besiedlung Nordeuropas auf und wie es damit zusammenhing, dass die Deutschen so gute Panzer bauten. Darüber, ob die Sesshaftigkeit der Menschen die der Tiere nicht zwangsläufig nach sich zog. Ob die Wiedervereinigung nicht eine Kolonialisierung des Ostens und die rechtsradikalen Gruppen in den neuen Bundesländern damit nicht als antikolonialistische Bewegung zu verstehen wären, die naturgemäß immer auch nationalistisch daherkamen. Sie stritten über Bierschaum in der Werbung, darüber, wie viel mehr US-Propaganda in der *Cosby Show* steckte als in *Rambo*. Über das Wort Weltschmerz, über die nächste Fußballweltmeisterschaft und die Weltrevolution. Wenn die anderen ihm zu sehr auf die Nerven gingen, was nicht selten der Fall war, fuhr Jamshid zu der Schrebergartenanlage, hinter der Frau Winkler damals gewohnt hatte, und machte dort einen kleinen Spaziergang oder setzte sich auf eine Bank, trank seinen Tee und rauchte.

FLEISCH

Das Linoleum war braun in braun und zumindest tarnte es den Dreck, den die vielen Schuhe hineintrugen.

Saam störte es, dass Jamshid sich zu den anderen auf die Wartebank gesetzt hatte. Sie sahen aus wie Probleme, von denen sie selbst genügend hatten, sie mussten nicht auch noch mit ihnen einen Klumpen bilden. Außerdem roch es auf der Bank. Nach nassem Leder, nach den Küchenhängeschränken alter Menschen und nach geöffneten Hackfleischverpackungen. Er stellte sich an die Wand, ohne sich anzulehnen. Keinen Körperkontakt mit diesem Gebäude. Und auch keine Schonhaltung. Über den Schaltern leuchteten Ampeln rot auf, wenn jemand davorstand, und grün, wenn derjenige fertig war; allein die Sinnlosigkeit dieser Lampen kränkte ihn.

»Wir sind bemüht, Ihre Anliegen …«, stand auf einem Schild, das er nicht weiterlas. Sie hatten keine Anliegen. Keiner hier hatte Anliegen. Sie waren in der Behörde für Asylangelegenheiten. Sie hatten Probleme.

Das Kommen, Setzen und Gehen wurde dirigiert von einem älteren Mann in blauer Uniform. Er ordnete die Wartenden, indem er »Der Nächste« oder »Bitte setzen« sagte.

Nicht nur Saam, auch Jamshid beschäftigte die knappe Sprache, die Pragmatik, aber auch die fehlenden Ausrufezeichen. Die Ruhe des Mannes.

Er rollte keinen Stein den Berg hoch, aber egal, wie viele Menschen er befehlbat, sich zu setzen, aufzustehen oder weiterzugehen, am nächsten Tag würden wieder so viele vor der Tür stehen. Elend war nichts, was sich in Öffnungs- und Sprechzeiten fassen ließ oder irgendwann endete. Jeden Morgen wartete es draußen, zog ein, sobald der Mann in Uniform die Tür öffnete, und blieb, bis sie wieder hinter ihm geschlossen wurde.

Rechts von ihnen hing ein Junge über dem Mülleimer und wühlte mit einer Hand darin herum, als wollte er einen Strudel erzeugen. Er fischte einzelne Teile heraus, schmiss sie auf den Boden oder legte sie – den Kopf nach hinten geworfen – auf sein Gesicht. Laute lallend, die keiner noch so fremden Sprache entlehnt sein konnten. Der Junge strudelte weiter. Jetzt Motor und Propellergeräusche von sich gebend. Die Mutter auf der Wartebank reagierte lange nicht, dann träge und plötzlich hysterisch. Das Kind erschrak, heulte nun lauter, als es eben noch gestammelt hatte, und Saam verstand nicht, warum er sich für sie vor dem Ordner schämte und vor ihnen für den Ordner.

Jamshid hatte die Prothese angewinkelt, und das war, wie bei einem Fahrrad den Ständer rauszuklappen. Er hatte sich auf der Bank geparkt, schlug jetzt seinen alten Pass auf, schaute auf das vier Jahre alte Bild und dann auf das Foto, das sie unterwegs noch hastig gemacht hatten.

Wenn er die rechte Gesichtshälfte auf dem Foto verdeckte, blickte ihn ein Mann an, der aussah, als wäre er gerade etwas gefragt worden. Etwas Banales. Etwas, das er nur ausspucken musste – seinen Geburtstag zum Beispiel, seine Adresse, die Namen seiner Kinder oder ob er Rechtshänder sei –, das ihm aber plötzlich entfallen war. Eine Verwirrung, etwas Suchendes lag darin. Diese Gesichtshälfte sah aus, als wäre die Kamera hinter einer verspiegelten Glasscheibe versteckt, in der er nur sich selbst anschaute. Als würde sein Blick nicht bis zur Kamera reichen, sondern irgendwo im Raum hängen bleiben.

Wenn er aber die linke Gesichtshälfte verdeckte, sah er einen

Mann, der präsent und wachsam war. Wenn man so wollte, schielte er also. Nur blickten seine Augen nicht in verschiedene Richtungen, sondern vor und zurück. Auf dem älteren Foto war das auch schon erkennbar, auf dem neuen aber unübersehbar. Und dann dachte er an das Zeitungsfoto von damals, das er heute, fast zwanzig Jahre später, nicht mehr so oft anschaute.

Als sie sehr viel später den Ordner hinter sich gelassen hatten und an die Scheibe gelangt waren, stellte Jamshid als Erstes fest, dass es sich um Panzerglas handelte. Die Luftlöcher am Sprechfeld der Scheibe und der Schlitz an der Durchreiche verbanden zwar ihre Atemluft miteinander, aber mehr Nähe hatte die Konstruktion des Schalters nicht vorgesehen. Die rückseitige Wand der Glaskiste war vollgeklebt mit *medizini*-Apothekenpostern und Postkarten – ein auf den Hinterpfoten stehender Hamster hielt einen Geburtstagskuchen in die Kamera –, die viel über die Sehnsüchte der eingeglasten Frau verrieten. Ein Tumult aus Schneidezähnen, Knopfaugen und weichem Fell, ein Dasein fernab jeglichen Grams und die Fülle schmackhaften Grases. Vor der Wand hingegen herrschte Misstrauen. Die Frau schob ihren Kaffee, den sie aus einer mit Blockbuchstaben bedruckten Tasse trank, zur Seite und trat an die Luftlöcher, um Jamshid wortlos die Pässe abzunehmen und auf sie zu schauen, wie eine Kassiererin auf Falschgeld. Noch bevor Jamshid schildern konnte, um was es ging, schob sie die Pässe zurück durch den Schlitz.

»Sie müssen zur Ausländerbehörde!« Der Satz dauerte genauso lange wie die Bewegung ihres Handgelenks, mit der sie ihm die Papiere wieder aushändigte. Er wollte sie gerade entgegennehmen, als Saam einschritt.

»Die meinten, wir sollen hierher! Wir haben heute mit ihnen telefoniert!«

»Kann nicht sein«, sagte sie mit einem leichten Zögern.

»Was kann nicht sein? Dass wir heute mit ihnen telefoniert haben?«, antwortete Saam etwas aggressiver, als er wollte.

»Wir bearbeiten hier keine Angelegenheiten für Asylberechtigte!«

»Das glaube ich Ihnen, aber ich habe heute auch der Dame am Telefon geglaubt. Wer bearbeitet die Sache dann?«

»Na, die Ausländerbehörde!«

»Aber warum wissen die das dann nicht? Die würden das doch zugeben, oder?«

Es fiel ihm schwer, nicht zynisch zu werden. Sie bekam Argumentationshemmungen und fing an, in den Pässen herumzublättern. Offensichtlich brauchte sie das Sinnliche.

Denn sie rieb, roch und beschaute die Papiere. Und als Jamshid sich noch mal zu der Mutter mit dem Kind umdrehte, zwinkerte sie Saam zu und fuhr mit der Zunge über die Pässe. Ihre Zunge war wie der Rüssel einer Fliege. Pelzig, stachelig und besaß so etwas wie einem Saugnapf an der Spitze. Saam konnte ihn deutlich erkennen. Kurz bevor Jamshid sich wieder zu ihr wandte, fuhr sie die Zunge wieder ein und schüttelte den Kopf. Einen solchen Pass habe sie noch nie gesehen. Sie seien falsch hier.

»Fragen Sie mal im Zimmer 406!«, blaffte sie, und da verstand Jamshid das Panzerglas.

Er bedankte sich und steckte die Pässe in die Jackentasche. Saam hingegen, der die Zimmer-406-Lüge durchschaute, zögerte, woraufhin der Uniformierte wachsam wurde. Saam überholte Jamshid, um das Humpeln seines Vaters vor dem Mann zu kompensieren, wurde dann gleich langsamer, um Jamshid nicht das Gefühl zu geben, er hätte seinetwegen beschleunigt.

Ins vierte Obergeschoss traute sich nicht einmal die Werbung hinauf. Stockwerk für Stockwerk waren die Wände leerer geworden. Im Erdgeschoss hatten die Plakate noch für eine Einbürgerung geworben, als wäre es eine Entscheidung. Dort hatten sie auf Plakate geblickt mit jungen Frauen, die nicht zu orientalisch, aber orientalisch genug aussahen, Jeans trugen und die Haare offen, mit einem Selbstbewusstsein, das sie – erst einmal eingebürgert – bis in den Olymp der Zahnarzthelferinnen und Sparkassenangestellten tragen könnte. Welche Zukunft sie andernfalls erwartete, auch dazu gab es Plakate. Dramatische Schatten in Schwarz-Weiß, unscharf und anonymisiert. Fäuste brüllender Männer, die Kamera auf deren Hüfthöhe und ihnen gegenüber am Boden zusammengekauerte Frauensilhouetten warben für Hotlines für Opfer häuslicher Gewalt und bildeten das andere Ende ihrer Schicksalsskala.

Einbürgerung war für Jamshid, der sich weder als Migrant noch als Flüchtling bezeichnete oder sah, aus anderen Gründen kein großes Thema. Der Endgültigkeit, die in »Einwanderung« oder »Immigration«, und der Feigheit, die in »Flucht« steckte, wich er für gewöhnlich aus, indem er von der »Reise« sprach. Jamshid war nach Deutschland gereist. Das war alles. In »Reise« steckte keine Not, kein Problem, nicht einmal ein Anliegen, »Reise« musste keine Gründe kennen, keine Skepsis ertragen, und »Reise« trug die Freiheit in sich, sie in alle Richtungen fortsetzen zu können, auch wenn man am Ende doch blieb oder wie in Jamshids Fall wartete. Und Reisende verprügelten auch keine Frauen.

Im vierten Obergeschoss standen einzelne Türen offen, manche von ihnen waren teilverglast, und es fiel etwas natürliches Licht auf den Flurboden der leeren Gänge. Vor Zimmer 406 blieb Jamshid stehen und schüttelte den Kopf. Sie waren falsch hier.

Auf allen Etagen und genauso vielen Ebenen waren sie falsch. Er klopfte nicht an, flüsterte etwas in sich hinein, lächelte zu Saam rüber, legte die Hand auf seine Schulter, und sie machten sich auf den Weg zur Ausländerbehörde.

STAUB

Die getönten, mit Schlamm bespritzten Scheiben des Busses legten ein staubiges und unwirkliches Lila auf die Landschaft. Die Gebäude wogten im Rhythmus des sich an den Haltestellen hydraulisch senkenden und wieder hebenden Wagens auf und ab, schwammen an ihnen vorbei wie verdreckte Kreuzfahrtschiffe. Es hätte Nacht sein können oder eine Animation. Saam hatte sich im Sitzen nach vorn gebeugt, den Kopf in die Hände gelegt und kreiste mit den Daumen über seine Schläfen, als wollte er sich Knoten aus dem Gehirn massieren, Beulen verreiben oder wachsende Hörner wegdrücken.

Jamshid, der wusste, dass man ihn in diesen Momenten besser in Ruhe ließ, weil schnell ein hospitalistisches Kopfschütteln hinzukommen konnte, versuchte vor den anderen Fahrgästen eine Normalität aus geradem Sitzen und ruhigem Sprechen herzustellen. Als Saams Gesicht ein paar Haltestellen weiter trotzdem zu zucken anfing und er den Kopf wiegte, klopfte ihm Jamshid mit der Hand auf die Schulter und flüsterte: »Hör auf.« Dann noch mal eindringlich: »Hör auf.« Und beim dritten Mal hörte Saam dann tatsächlich auf. Als sie ihre Haltestelle erreicht hatten, erhob er sich mit einem Blick, dem kein Gemütszustand abzulesen war. Er hätte gerade aus dem Bett gestiegen sein oder gerade jemanden getötet haben können. Er hätte bei Aldi in der Schlange stehen oder der letzte Messias eines noch übenden Gottes sein können, der Kinderpropheten auf die Menschheit losließ.

Als sie zu Hause ankamen, hatte er sich wieder gefangen. Jamshid ging ins Wohnzimmer, das inzwischen auch zu seinem Schlafzimmer geworden war. Er nahm die Prothese ab, stellte sie hinter die Tür und zog sich sein Shalwar kordi an. Auf dem Weg zur Küche sah er Saam aus der Tür huschen.

Saam war seit dem Vorfall mit dem Krokodil schweigsamer geworden. Manchmal fuhr er zusammen, wenn Jamshid oder Nima ihn ansprachen.

Auch auf die Frage, ob das Leben lebenswert sei, hätte Saam wohl geschwiegen. Zu einem Psychologen, der diese Frage hätte stellen können, gingen sie aber nicht. Jamshid würde keinen Arzt aufsuchen mit seinem Sohn und mit dem Satz »Manchmal sagt er nichts«. Depressionen standen seinem Sohn schlicht nicht zu. Genauso wenig wie Tics, Zuckungen oder Kopfschütteln.

Wenn Saam in Europa, wo er alle Möglichkeiten dieser Welt nutzen, alle Privilegien genießen konnte, depressiv wurde oder sich gehen ließ, was sollte dann erst aus den Kindern werden, die in ihrem Teheraner Viertel südlich des Schlachthofs auf Müllbergen Konservendosen oder Glasflaschen suchten und aus Pfützen tranken? Was stand dann den missgebildeten vietnamesischen Agent-Orange-Kindern zu? Den Schwarzen in den Townships Südafrikas. In den Ghettos Amerikas. Nein. Saam hatte keinen Grund, zu schweigen.

Als Saam weg war, setzte Jamshid einen Tee auf, holte das Fotoalbum aus dem Wohnzimmerschrank und schlug die Seite mit dem Artikel aus dem Jahr 1979 auf.

Jamshids Foto stand auf der ersten Seite der *Etelaat*, der wichtigsten Zeitung des Landes. Mit aufgerissenen Augen, deren Blick durch die Kamera hindurchstach, schrien Jamshid, Reza und vielleicht fünfzig andere Kämpfer Parolen. Jede Menge Pistolen und Heckler&Koch-G3-Gewehre in den Händen. Niemand auf dem Bild schien wahrzunehmen, dass er gerade fotografiert wurde. Sie alle schauten durch die Kamera hindurch, als wäre sie nicht da.

Sie kümmerten sich nicht um die Gegenwart. Sie kümmerten sich um Straßennamen. Die Straßen hatten nicht mehr Kennedy, Roosevelt, Eisenhower oder Shah zu heißen, sondern Straße der Revolution, der Republik, der Freiheit. Der Iran brauchte jetzt einen Fuck-Kennedy-Boulevard. Eine Scheiß-auf-Roosevelt-Allee. Einen Wer-lacht-jetzt-Platz. Einen G3-Weg. Und der hatte ihn genau hierhergeführt.

Reza war in den Kellern des Evin-Gefängnisses verschwunden, und seine Familie hatte erst Gewissheit über seinen Tod, als man ihr die Rechnung für die Kugel schickte, die man ihm in den Schädel gejagt hatte. Die meisten auf dem Bild waren in irgendwelchen Katakomben verschwunden. Auf Minenfeldern, in einem Krieg, der umso heiliger wurde, je aussichtsloser er schien, in den Sümpfen Schatt al-Arabs, den Wäldern Aserbaidschans, den Bergen Kurdistans. In Zellen, Bunkern und Schützengräben. Die meisten von ihnen schon in den folgenden zwei, drei Jahren.

Und er saß jetzt hier. Mit einem Auge, das sich langsam auf den Weg ins Off gemacht hatte, und einem, das wusste, dass ihm das gleiche Schicksal bevorstand. Mit einem Fuß, den er hinter der Tür abstellte, einer Frau, die andere abgestellt hatten, wie sie Reza abgestellt hatten, und einem Sohn, der selbst immer mehr zum Minenfeld wurde.

DISZIPLIN

Zuletzt war das Piepen in Saams Ohr wieder lauter und die Stille zu Hause unerträglich geworden. Draußen gab es zumindest eine Geräuschkulisse, die ihn von dem Ton in seinem Kopf ablenkte.

Er streunte herum, checkte die üblichen Spots, aber traf niemanden an. Nirgendwo ein Fußballspiel, bei dem ein Spieler fehlte. Kein Stromkasten, auf dem jemand saß und mit den Füßen wippte. Irgendwann kam er bei Heydar vorbei und klingelte.

Jasamin öffnete die Tür, strahlte ihn an und bat ihn mit den großen Gesten ihrer Mutter, die sie immer besser beherrschte, herein. Hinter ihr stand Heydar vor dem Spiegel des Badezimmers, hatte sich die Goldketten angelegt, ging mit dem Kamm durch die noch nassen Haare, versuchte, sie vorne zu einer Tolle zu drapieren, und rief Saam erst rein, als der schon die Schuhe ausgezogen hatte und neben ihm stand. Die Badezimmertür war offen, und es lagen mehr Düfte in der Luft, als in einer Douglas-Filiale in den Regalen stehen. Dann ging Jasamin an Heydar vorbei, griff ihm von hinten in die Haare, brachte sie durcheinander, wich dem darauffolgenden Tritt geschmeidig aus und verschwand im Wohnzimmer, wobei sie an der Tür kurz mit dem Hintern wackelte, den er verfehlt hatte. Heydar rief ihr etwas hinterher, das tonal abflachte, sodass sie es nicht mehr hören konnte. Dann fragte er Saam, wie es gehe, ohne den Blick von seinem Spiegelbild zu nehmen.

»Gut. Bei dir?«

»Gleich fertig. Lass raus.«

Saam hatte nur ein T-Shirt an, und als sie loswollten, verpasste Oum Naser ihren Auftritt nicht. Sie war in den Flur geeilt und bestand darauf, dass er eine Jacke anzog. Sie griff wahllos in die Garderobe und erwischte Nasers Bomberjacke, aus der man für Saam einen ganzen Schlafsack hätte nähen können. Saam lehnte ab. Er konnte nicht in Nasers Jacke durch die Gegend rennen. Ganz zu schweigen von einer zufälligen Begegnung mit Naser, dem das sicherlich nicht gefiele, sah er darin auch einfach bescheuert aus. Aber als Oum Naser sich auf die Lippe biss, dann auf ihr Dekolleté schlug und unter »Ich sterbe! Ich sterbe!«-Rufen ansetzte, sich selbst Backpfeifen zu geben, machte Heydar, der schon ein paar Stufen runtergelaufen war, kehrt, riss ihr die Jacke aus der Hand, drückte sie mit einem knappen »Sie stirbt« gegen Saams Brust und lief wieder vor.

Naser war nicht der Einzige, der in der Nachbarschaft eine Bomberjacke trug. Weiß Gott nicht. Aber sie saß an ihm so perfekt, dass sie eins geworden waren. Die Jacke war eine gelungene Umschreibung seines kräftigen Körpers, der Nackenmuskulatur und auch des Brustumfangs. Und er war ihr ein würdiger Inhalt. Er war ein Bomber.

Saam hingegen sah erbärmlich aus. Die Jacke weinte an seinem hageren Körper. An ihm war sie eine Lüge, eine Behauptung, aus der seine Beinchen röhrenförmig und beschämend herausragten wie die Wahrheit. An dem Ende dieser Wahrheit dann zwei ausgetretene Turnschuhe, vorne nach oben gewölbt, der linke Schuh bei jedem Schritt ein Schmatzen von sich gebend und der rechte alle drei Schritte den Pfützen lange, quietschende Küsse zuwerfend. Heydar ging schneller, als könnten sie vor den Geräuschen wegrennen. Aber das Tempo machte die Pausen zwischen den Tönen nur kürzer, das vehementere Auftreten das Schmatzen lauter, und aus Küssen wurden kleine Fürze. Saam blieb stehen, tat verwundert, als hätten die Schuhe gerade erst Löcher bekommen. Dann drückte er die rechte Ferse fester auf den Boden, drehte sie, ohne dass sich etwas änderte. Er klopfte und testete den anderen Schuh, rollte ihn vorsichtig ab, wobei er den Kopf schräg hielt, ein Ohr auf die Schuhe richtete und in die Luft schaute. Die Geräusche ließen sich nicht abstellen.

»Nimm mal hoch die Sohle!«

Saam winkelte den Unterschenkel an, balancierte auf einem Bein, und Heydar versuchte, die Sohle an der Stelle, die besonders abgenutzt aussah und wo er das Loch vermutete, mit einem Feuerzeug zum Schmelzen zu bringen, um das Loch zu schließen, wobei er es vermied, die Schuhe zu berühren, und ihm das Feuer immer wieder ausging.

Saam blieb ein paar Sekunden auf einem Bein stehen, bevor er wieder loslief.

Die Schuhe schienen vier, fünf Schritte lang zu halten. Als das Schmatzen wieder einsetzte und die Küsse länger wurden, beschloss Saam, nur noch auf den Fußballen zu laufen, was seinem Gang nicht unbedingt etwas Majestätisches verlieh. Dass die Ärmel über seine Hände rutschten, konnte er verhindern, indem er sie bis über die Ellenbogen hochkrempelte, die Arme anwinkelte, die Hände in die Taschen steckte und so den Schlafsack in die Breite zog. In der Jackentasche stieß seine Hand dabei auf eine kleine hölzerne Schatulle, zylinderförmig, so klein wie ein Daumen.

Und als Heydar in den Späti ging, um Zigaretten zu besorgen, lehnte sich Saam draußen mit dem Rücken an die Scheibe und öffnete die Schatulle. Darin fand er einen Zettel, fummelte ihn raus und faltete ihn auseinander.

Auf dem Zettel standen mehrere Reihen sich wiederholender Buchstaben. Dann Nullen. Weitere Zahlen und arabische Buchstabenkombinationen, die aber keine Wörter ergaben. Geschrieben mit einem Kugelschreiber und in einer Schrift, die kaum jemandem zuzurechnen war, der die Grundschule abgeschlossen hatte. Wirre Buchstaben, die voreinander wegzurennen schienen und eher gemalt als geschrieben waren.

Als Heydar wieder zur Tür kam, packte Saam alles wieder in die Jackentasche. Erst später am Abend, als er im Bett lag, fiel ihm ein, woher er diese Zettel kannte. Jamshid hatte ihm einmal die Geschichte von zwei abergläubischen, verfeindeten Nachbarsfamilien in Teheran erzählt, die sich gegenseitig solche Zettel in die Blumentöpfe und Ritzen im Mauerwerk steckten, um Dschinns zu beschwören und einander mit Flüchen zu belegen. Und jetzt also Naser, der Halt suchte und Angst hatte vor bösen Geistern.

FLAMENGHOU

Als hätte ihn der Zettel aber tatsächlich mit einem Fluch belegt, fingen die Kids in den nächsten Wochen plötzlich an, sich in seiner Gegenwart anders zu verhalten.

Am Anfang hörte er es nicht. Die Jungs schienen einfach gut gelaunt zu sein. Lächelten, scherzten, fragten, wie es gehe, und Saam lächelte, scherzte und antwortete: »Gut.« Eine allgemeine Heiterkeit machte sich breit, eine Heiterkeit, die vielleicht der Anfang neuer Freundschaften und das Ende der Eiszeit, der weggedrehten Gesichter, der entbehrten Handschläge war. Aber es wurden mehr Kids, und auch die gute Laune nahm zu und zeigte zugleich immer deutlicher die Züge einer Verschwörung, eines geheimen Wissens.

Langsam verstand er das Wort, das er anfangs aus den arabischen Gesprächen herausgehört und für eine Begrüßungsfloskel gehalten hatte. *Fla men ghou*. Es dauerte eine Weile, bis das Wort immer deutlicher aus den Sätzen hervortrat. Aber erst als Marwan in seine Richtung deutend das Wort und nur das Wort sagte und als Heydar auf die Frage, was *Fla men ghou* heiße, genervt antwortete: »Ist egal!«, begriff Saam, dass *Fla men ghou* kein Satz war, sondern ein Wort, und dass dieses Wort ihm galt. Dass er der *Flamenghou* war.

Zu Hause fragte er Jamshid nach der Bedeutung. Jamshid zuckte mit den Schultern und antwortete: »Weiß nicht. Vielleicht Flamingo. Die Araber haben kein G.« Dann fügte er etwas spöttisch hinzu: »Und kein P. Aber drei Z, drei S, zwei T, zwei Gh und einen ›Ain‹.« Wobei er das »Ai« des »Ain« aus dem Kehlkopf würgte, als kotzte er Luft.

Da begriff Saam, was los war. Jemand müsste an dem Abend, als er Nasers Jacke getragen hatte, beobachtet haben, wie er auf einem Bein gestanden und Heydar versucht hatte, die Sohle zu löten. In Nasers aufgeplusterter Bomberjacke, aus der Saams dünnen Beine wie Stängel rausragten, musste er das Bild eines grünbraunen Flamingos abgegeben haben. Flamenghou war kein Kompliment. Dass Spitznamen nie Komplimente waren, war genauso wenig Trost wie die Tatsache, dass Araber kein G hatten.

Es gab für ihn keinen anderen Weg mehr, außer alles hinter sich zu lassen. Die geborgte Jacke, die quietschenden Schuhe, die dünnen Beinchen, die fehlende Achtung. All das musste er loswerden.

Aber Naser würde die Angst nie loswerden. Kein anderer im Viertel wusste von der kleinen Schatulle, und wenn, dann verstand er sie nicht als Angst, sondern als Glaube. Aber es war Angst. Und wenn man trotz dieser kindischen und auch traurigen Angst jemand wie Naser sein konnte, dann konnte man auch als Flamingo jemand sein. Man musste nicht die Romantik der Straße, die Metaphysik von Entschlossenheit und Härte bemühen. Man konnte Saam nicht einmal eine Entscheidung unterstellen. Er hatte schlicht keine andere Option. Er hatte die Fresse zu halten und Flamenghou zu heißen, also hielt er die Fresse und hieß Flamenghou. Aber von da an sammelte er die Anzeichen von Schwäche, die Merkmale der Furcht anderer. Und er speicherte sie ab. Merkte sich jede ihrer Angriffsflächen, wie ein Geheimdienst.

SCHATTEN

An dem Weg zu der Anlage waren auf beiden Seiten Bäume gepflanzt worden. In Abständen von sechs bis acht Metern umstellten immer drei in die Erde gerammte, miteinander durch Querbalken verbundene Pfähle, die selbst mal Baum gewesen waren, jeweils ein zartes Gewächs, das noch Baum werden sollte. Um den jungen Stamm war ein fester Strick gebunden – wie ein Seil um einen Hals –, der in drei Enden zu den umstehenden Pfählen führte, die ihn aufrecht hielten. Die gerade mal unterarmdicken Stämme würden einknicken ohne sie. Sie wollten nicht bestehen. Der Zweifel der Schösslinge an das anstehende Leben aber wurde zusätzlich untergraben durch eine gelbe, seitlich aus dem Boden ragende Plastikdrainage – sie führte zu den noch nicht sehr tief geschlagenen Wurzeln und erinnerte an eine frische Nabelschnur – und außerdem durch eine aufgepinselte weiße Schutzschicht gegen die kalte, kalte Winterluft, der sich die empfindlichen Pflanzen nicht hingeben wollten. Neukölln sollte schöner werden, und sei es mit Gewalt. Die Bäume befanden sich im Rohbau.

Hauchdünn hatte der Frost den Schotterweg überzogen, und auch die Bank, die Jamshid jetzt erreicht hatte, trug einen Dreitagebart aus Eis. Er legte ein Stück Pappe, das er bei sich trug, auf die Bank und setzte sich, stellte seine Thermoskanne ab und brachte seine Prothese in Position. Er ließ seinen Blick über die Anlage schweifen und schüttete sich einen Tee ein. Auf einer der Fahnen an den aufragenden Masten stand »Born to be wild«. Darunter waren ein Chopper abgebildet und die Flagge der Konföderation.

Nach all den Jahren waren ihm die Schrebergärten immer noch ein Rätsel. Anfangs hatte er gedacht, dass es Wohnhäuser seien, und sich über die Klassenzugehörigkeit ihrer Bewohner den Kopf zerbrochen. Ihre Autos, ihre Ordnung, die Organisation der Anlage. All das kollidierte mit der billigen Bauweise der zwergenhaften, teilweise doch recht gepflegten Behausungen. Die Aushänge, die Angaben zur Laubverbrennung. Auch die Gesetzestreue entsprach nicht dem Habitus von Slumbewohnern. Eher wäre da eine Religionsgemeinschaft zu vermuten gewesen – er hatte mal einen Film über die Amish gesehen, und auch die Shaker mit ihrer Handwerkskunst kannte er. Das Handwerk war Teil ihrer Religion. Die Art der Bebauung, Zimmer- und Hausgröße wie auch die verwendeten Materialien waren vorgegeben. Vielleicht sogar von ihrem Gott. Eine Tischler- und Zimmermannssekte, wenn man so wollte. Und die Freimaurer trugen es sogar im Namen. Zwar keine Sekte, aber ein Bund. Und diese Schornsteinfeger in ihrer folkloristischen Montur mit dem unpraktischen Zylinder. Einmal war er Zimmermännern begegnet mit Bündeln, die sie an einem Stock über der Schulter trugen wie Kinder in alten Märchen. Was für Clowns, hatte er gedacht.

»Sie sind auf Wanderung«, hatte ihm Herr Javadi, einer der Kollegen am Taxistand, erklärt, mit dem Lächeln eines passivaggressiven Hindugottes, das Geduld wie auch Souveränität ausdrückte. Ein Wissensvorsprung, so etwas wie »Das verstehen Sie auch noch irgendwann« schwang mit. Herr Javadi gefiel sich in der braven Pose des Angekommenen. Des Deutschlandkenners.

»Wanderung?«, hatte Jamshid mit einem skeptischen Gesichtsausdruck gefragt, als existiere das Wort nicht, mehr echauffiert über Javadi als über die Aufmachung der Zimmermänner. »Wanderung wohin? Zum Knusperhäuschen?«

Die Umstände, unter denen ein erwachsener Mann sich in einer modernen, westlichen Großstadt am Ende des 20. Jahrhunderts ohne Not einen Stock mit einem Bündel über die Schulter warf, durch die Gegend lief wie Rotkäppchen, ohne sich zu schämen, durften sich ihm aus Prinzip nicht erschließen.

Einmal hatten auch die Zeugen Jehovas an seine Tür geklopft mit einer Zeitschrift in der Hand, auf deren Cover eine weich gezeichnete Parklandschaft mit einer unnatürlich hohen und abstrus vermischten Wild- und Heimtierdichte zu sehen war. Er erinnerte sich daran, dass er sie für Tierschützer gehalten und – als sie Gott ins Spiel brachten – befürchtet hatte, es sei vielleicht ein berühmter Zirkuslöwe gestorben. Bis ihm dämmerte, dass das Cover mit dem Jack Russell und den Lämmern, dem Eisbären, dem grasenden Wolf und dem Kleinkind, das mit einer Schlange spielte, wohl eher das Paradies darstellen sollte als einen Tierpark. Dieser Gemeinde hatte er die Kolonien am ehesten zugetraut. Die naive Malerei auf dem Zeitschriften-Cover und die gebügelte, einfache Kleidung passten zu der Bescheidenheit der einfältigen Häuschen.

Wie dem auch sei, klar war, dass die Bauweise der Schrebergärten nicht konform gehen konnte mit den Gesetzen eines Landes, das eine Pflanzenabfallverordnung kannte. Aber da standen sie trotzdem, die Häuschen. Wie auch die Pflanzenabfallverordnung stand. Beides direkt vor ihm. Und nicht nur das. Ihre Bewohner schienen das Pflanzenabfallverordungsland vehement zu vertreten. Die Mast- und Deutschlandfahnendichte war ernst zu nehmen. Und dann der Ausdruck »Kolonie«, der imperiale Anspruch. Waren das so etwas wie besonders deutsche Kibbuze? Festungen im Niemandsland? Aber das hier war kein Niemandsland. Das hier war Deutschland. Enklaven ergaben keinen Sinn, und die Flaggen waren auch zu bunt und zu mannigfaltig, teilweise trivial. Fußballvereine. Manchmal kleine, örtliche Clubs. Eine Piratenflagge.

Es war Tag, aber Jamshid warf keinen Schatten. Er stand auf, und die Sonne, die er »ihre Sonne« nannte und nicht respektierte, schaffte seine Umrisse nicht. Als ein Mann, in dessen Wertesystem Konturlosigkeit einen der kapitalsten aller menschlicher Makel darstellte, waren ihm besonders »wetterlose« Tage wie diese zuwider.

GLÜCK

1993, bevor Kokain die Stadt überschwemmte und Geld ins Viertel brachte, fiel das Glück noch von LKW. Gefälschte wie echte Markenklamotten verschwanden in einem Bermudadreieck zwischen Neapel, Istanbul und Rotterdam und wurden in Berlin an Land gespült. Fast immer vor Marwans und Nasers Füße.

Dieses Mal war das Glück pink, schwer an den Mann zu bringen und kam in zweihundertfacher Ausführung. Zweihundert *Iceberg*-Pullover. Mit violetten Ärmeln und einem gestickten Snoopy, der sich an seine Hundehütte lehnte und eine Sonnenbrille trug. Snoopy von den Peanuts. Die Pullover waren echt, und sie sahen erbärmlich aus.

Unbeholfen standen die beiden Männer, die sie hergefahren hatten, mit Marwan und Naser vor ihrem Transporter, präsentierten die Ware, als schämten sie sich. Naser überließ das Verhandeln wie immer Marwan, der erst überlegen musste, ob er das Ganze nicht vielleicht eher als Beleidigung verstehen sollte. Wieso kamen sie darauf, dass er der Richtige war, wenn es darum ging, zweihundert pinkfarbene Snoopy-Pullover loszuwerden? Doch den Gesichtern der beiden und ihrem Schweigen – sie versuchten weder, die Lage zu beschönigen, noch, zu verhandeln – war eine angemessene Portion Ausweglosigkeit anzumerken. Sie baten Marwan eher um Hilfe, als dass sie ihm ein Geschäft vorschlugen. Zudem drückte Marwans beleidigter Gesichtsausdruck bereits den Preis. Er fasste sich kurz.

»Wer soll das tragen?«

Schweigen. Nicken. Verständnis. Sie standen da wie Trauernde vor einem Grab. Andacht.

Einer der Fahrer holte eine Packung Zigaretten aus dem Auto und hielt sie Marwan entgegen, der ablehnte, um dann eine seiner eigenen zu rauchen.

»Zweihundert Stück. Woher habt ihr die?« Marwan klang ein wenig amüsiert.

»Freunde arbeiten beim Zoll. Haben einen LKW gestoppt. Ohne Papiere. Du weißt.« Ausgedachter hätte die Geschichte nicht klingen können.

»Die kosten neu fünfhundert. Original *Iceberg*«, sagte der Zweite.

Marwan sprach leise. Fast wie zu sich. Aber eben nur fast.

»Die Farbe schreit, dass sie geklaut sind. Hundert Meter weit schreit sie. In jede Richtung. Die sind aus dem Hubschrauber erkennbar. Vom Satelliten aus.«

Stille, und Marwan ließ die Stille wirken.

»Kannst du dir das vorstellen? BMW fährt vor. Alles dunkle Scheiben und so, und dann steigen fünf Jungs aus, alles harte Kanaken, und tragen diese Schwuchtel-Scheiße? In Rosa?« Wieder Schweigen. Wieder Wirkung.

»Kannst du auch färben«, traute sich der Erste zu sagen. Marwan fixierte erst ihn mit seinem Blick. Dann schaute er den anderen an und sagte: »Was glaubt er? Seh' ich so aus, als würde ich … Seh' ich aus wie ein Waschweib?«

Dann wandte er sich wieder dem Ersten zu: »Und selbst wenn, untendrunter wäre die Scheiße immer noch rosa. Verstehst du das?« Dann lauter: »Verstehst du das?«

»Können auch Frauen tragen. Kinder. S ist auch dabei.«

»Ja? Wo?«

Die beiden verstanden die Frage nicht.

»Wo können sie die tragen? Warst du schon mal mit 'ner Frau aus? Hast du schon mal gesehen, was passiert, wenn eine Frau eine andere sieht mit den gleichen Klamotten? Das sind zweihundert Stück. Verstehste das? Verstehst du zweihundert?«

Das Gespräch dauerte nicht lange, und die Verkäufer waren froh, dass es überhaupt eins gab. Marwan einigte sich mit ihnen auf hundertfünfzig Pullover zu einem Stückpreis von fünfzig Mark, gab ihnen siebentausendfünfhundert, und als sie abfahren wollten, sagte er: »Komm! Hier sind noch mal tausend. Gib die anderen auch. Schick ich nach Libanon.«

Die Jungs versuchten, ihr Gesicht zu wahren, als sie tausendfünfhundert vorschlugen, und Marwan ließ ihnen den kleinen Triumph, um eventuell irgendwann wieder mit ihnen ins Geschäft zu kommen, gab ihnen aber nur tausenddreihundert, weil er angeblich nicht mehr dabeihatte, half nicht mit, die Rollgarderoben abzuladen, war nun der Besitzer von vier überdimensionierten Raupen mit vierhundert violetten Ärmeln und hatte längst einen Plan. Und zwar einen, bei dem jede Menge harter Kanaken aus dunklen *BMW* stiegen. Alle in Rosa.

Am nächsten Tag zogen sich Marwan und Naser die Pullover an und patrouillierten durch die Straßen. Grüßten, küssten Wangen, winkten in die Teestuben hinein, gingen zum Friseur, ohne sich die Haare schneiden zu lassen, hingen vor Spielhallen ab und aßen Burger. Sie holten sich unehrliche Komplimente für die Pullover ab, dankten förmlich und sagten nichts weiter dazu. Und am Tag darauf taten sie das Gleiche. Dann verschwanden die Pullover für eine Weile und tauchten wieder auf. Die Nachbarschaft hatte sich an Rosa zu gewöhnen, musste an die Farbe herangeführt werden.

Bei der zweiten Runde fragte dann einer ihrer Jungs nach der Herkunft des Pullovers und bekam als Antwort: »Gefällt dir?« Gefiel ihm nicht. Natürlich nicht. Niemandem gefiel er, aber wer hätte sich getraut, es auszusprechen? Also war die Antwort: »Ja. Ist schön.«

Am nächsten Tag brachte Marwan ihm einen Pullover als Geschenk mit. Er öffnete das Paket selbst.

Küsschen links, rechts, links in Verlegenheit, und um zu beteuern, dass seine Begeisterung nicht gespielt war, zog er den Pullover auch gleich an. Weitere sechs Pullover wurden als Geburtstags- und Freundschaftsgeschenke verteilt. Nur nahestehenden Jungs, nur im inneren Kreis. Jungs, denen Rosa stand, wie Naser es ausdrückte, und tatsächlich gab es kurz darauf die Situation mit den dunklen *BMW*.

Jetzt setzte Marwan den Preis auf dreihundertfünfzig Mark fest und verwies jeden, der fragte und sich als Ritter seiner pinkfarbenen Tafelrunde würdig erwies, an Heydar, ließ ihn sie verkaufen, als hätte er selbst nichts damit zu tun, sondern wäre nur ein zufriedener Käufer. Für einen geklauten *Iceberg*-Pullover waren dreihundertfünfzig Mark überteuert, aber es waren auch keine *Iceberg*-Pullover, sondern Marwans *Iceberg*-Pullover. Das war eine Sonderedition. Nachdem die nächsten zehn, fünfzehn Pullover an den Mann gebracht waren, erhöhte Marwan den Preis noch mal und senkte die Anforderungen an die Käufer. Jetzt musste man nicht mehr Teil der Gang oder eine Größe im Kiez sein, um mit einem Snoopy auf der Brust durch die Gegend laufen zu können. Für die unteren Ränge reichte es, wenn man den überhöhten Preis zahlte. Trickle-down des schlechten Geschmacks. Über Heydar kam auch Saam an fünf Pullover, an denen er jeweils siebzig Mark oder eben insgesamt einen Pullover verdienen konnte. Heydar hatte Marwan nicht gefragt, sondern es als vollendete Tatsache hingestellt, dass Saam sie bekommen hat. Und auch das hatte er nur erzählt, um Saam zu etablieren und Marwan zu ärgern. Marwan hatte aber gleichgültig reagiert. Wer die

Teile verkaufte, war ihm egal. Saam wiederum machte seinen Job gut. Besser sogar als Heydar. Innerhalb einer Woche hatte er alle fünf verkauft, ließ sich weitere fünf geben und behielt einen davon gleich an. Zu diesem Zeitpunkt war Pink zwar nicht mehr die Gangfarbe, aber auch noch nicht die Farbe der Saison, dafür weit genug verbreitet, dass der Zigeuner davon Wind bekam.

ZELLEN

Sie waren Ghettoplankton. Zellen, die der Wind vor sich hertreiben konnte. Ein Regen. Ein spontaner Reiz. Eine Stimmung. Ein Flackern. Eine Irritation. Ein Konflikt. Ein unbedachtes Zwinkern oder ein falsches Lächeln. Sie hätten auch auf Harmonie reagiert. Vielleicht sogar auf Liebe. Und bald würde er auch kommen, der Wind. Aus dem Osten würde er kommen und auf ihre kaputten Gemüter pusten wie auf eine nicht heilen wollende Wunde. Würde sie von den Straßen in ihre Häuser blasen und der Nachbarschaft wie den Statistiken der Polizei eine kurze Ruhe gönnen. Die Tage wurden schon kürzer, und der Geruch von Kohle lag in der Luft. Aber noch blies er nicht. Noch schlugen sie ihre Zeit draußen tot, und auch dieser Tag hatte es so gut wie hinter sich.

Vor ein paar Monaten hatte jemand zwei Videorekorder aneinandergeschlossen, Dutzende *Scarface*-Kopien in Umlauf gebracht, und jetzt nannte sich jeder Zweite in der Gegend Tony, lief mit Al-Pacino-Schlafzimmerblick, einem »Ihr seid alle ein Stück Scheiße!«-Gesichtsausdruck durch die Gegend und hielt seine Sätze kurz und pathetisch, falls er überhaupt noch sprach.

Saam und Heydar hatten ihre Kreise gezogen, und es ging heimwärts, als sie ein paar Jungs aus der Nachbarschaft trafen, die Heydar besser kannte. Es begann das übliche Prozedere. Die anderen unterhielten sich auf Arabisch, und Saam stand daneben und versuchte, so zu tun, als würde er sich nicht langweilen.

Dann sah er den Zigeuner auf sie zukommen. Der Zigeuner war fünf, sechs Jahre älter als Saam und legte sich ständig neue

Namen zu. Eine Woche nannte er sich Billy, die Woche darauf Willy, dann Phil. Einen Monat später hieß er dann Flow, danach Flex. Daraus machte er Alex. Daraus wiederum Ali. Ali wandelte er in Al, Al in Attila um.

»Mein Name ist Zigeuner. Wie ich. Er wandert«, hatte er einmal erklärt, und die Jungs hatten ihn beim Wort genommen.

Der Zigeuner hatte keine Crew, keine Freunde. Er redete ununterbrochen. Erzählte eine Geschichte nach der anderen, in denen ihm immer alles gelang, wiederholte seine Sätze ständig. Selbst Heydar, der anderen nur ungern die Bühne überließ, fiel es schwer, seinem Stakkato etwas entgegenzusetzen. Der Zigeuner hatte graubraune Haut, rauchte die Zigaretten bis zum Filter runter und roch ständig an seinen Fingern.

Feuer hatte er nie. Er trug einen Löwenkopfring mit einem roten Stein, eine Goldkette mit dem klassischen Pumaanhänger und behauptete, dass sein No-Name-Jogginganzug, genau wie der Ring und die Kette, exakt tausend Mark gekostet hätte. »Das ist nicht Adidas. Ist nicht Puma. Das ist Marke.«

Der Zigeuner schlenderte auf sie zu. Der Tony-Montana-Gang.

Saam stand herum und war im besten Fall egal. Aber er trug als Einziger den pinkfarbenen *Iceberg*-Pullover, und das war eine Einladung an den Zigeuner, der, entgegen jeder Erwartung, nicht sich selbst, sondern alle anderen Tony nannte. Was geht, Tony? Alles klar, Tony? Tony, halt's Maul! Friss Scheiße, Tony!

Er stellte sich in den Kreis direkt neben Saam und kam zur Sache. Wie Scarface. Schnörkellos.

»Huu! Gangster-Style! Tony, ha?« Er lächelte.

Saam wusste nicht, ob es ein Kompliment sein sollte oder ob er sich über ihn lustig machte. Er schaute ihn kurz an und wieder weg, reagierte nicht und hatte damit die Verteidigung aufgemacht. Der Zigeuner sah die Lücke. Er fasste den Pullover an, der an Saam so falsch aussah. Zog ihn an der Schulter ein wenig hoch. Saam wusste nicht damit umzugehen, ignorierte es, und das war die zweite Lücke.

»Deiner?«, fragte der Zigeuner, der nun ganz dicht bei ihm stand.

Heydar wurde hellhörig. Der Moment, der früher oder später kommen würde, in dem Saam seinen Boden zu verteidigen hatte, schien da zu sein. Heydar beobachtete die beiden aus dem Augenwinkel und wusste nicht, ob es gut war, dass auch die anderen auf die Situation aufmerksam wurden. Es war zu spät. Die Szene bekam jetzt die volle Aufmerksamkeit. Saam machte eine wegwerfende Geste, als wollte er Fliegen wegscheuchen.

»Was hast du bezahlt? Kauf ich. Verkaufste?«

Saam verscheuchte wieder Fliegen.

»Hundert Mark! Was? Verkaufst du nicht? Was? Denkst du, ich hab kein Geld, oder was? Denkst du, ich hab kein Geld?«, legte er nach. Er schnipste mit dem Finger gegen Saams Brust. Dann holte er ein Bündel Scheine aus der Tasche, maximal zweihundert Mark dick, wedelte damit rum wie Cops in amerikanischen Filmen mit irgendeinem Wisch, den sie als Durchsuchungsbefehl ausgaben.

Jeder wusste, dass Saam noch ein paar Pullover hatte oder zumindest an welche rankam, und wenn er auf den Deal nicht einging, würde das heißen, dass er Angst hatte, abgezogen zu werden, und sich für ein mögliches Opfer hielt. Es gab aber keine möglichen Opfer. Nur richtige.

»Den nicht. Wolltest du einen kaufen?«, erwiderte er.

»Hast du noch einen, Tony?«

»Ja.«

»Wo? Hier? Zeig!«

»Zu Hause.«

Der Zigeuner sagte: »Yallah, Tony!« Sie ließen die Jungs stehen und liefen los.

Angekommen schloss Saam die Kellertür auf und machte das Licht an. Der Zigeuner zwängte sich mit rein. Zu zweit passten sie kaum in den vollgestellten, kleinen Raum. Saam schob den Schrank etwas zur Seite, den der Vormieter dagelassen hatte. Dahinter stand eine Spüle mit Unterschrank. Er hängte sich über die geöffnete Tür des Unterschranks und holte einen Pullover raus. Der Zigeuner inspizierte ihn, merkte gleich, dass da noch mehr lagen, und fragte nach einem weiteren.

»Gib mal!«

Saam holte widerwillig noch einen Pullover raus.

»Wie viele hast du noch?«

»Einen. Den brauch ich. Ist schon verkauft.«

Der Zigeuner inspizierte die beiden Pullover, prüfte die Labels und packte sie zur Seite. Er schaute er sich nach einer Tasche oder einer Tüte um, öffnete den Schrank, fand einen Plastiksack, in dem Jamshid ihre alten Schuhe gesammelt hatte, schüttete sie in den Schrank und packte die Pullover ein. Saam hatte den Schrank noch nicht zurückgeschoben, da machte der Zigeuner Anstalten, zu gehen. Saam folgte ihm. Draußen versuchte der Zigeuner, die Tasche so vor ihm abzuschirmen, dass Saam reflexartig nach ihr griff. Dann hielt er sie hoch, sodass Saam nicht rankam. Ein Kampf wäre aussichtslos. Den würde er verlieren, und er hätte dem Zigeuner einen Vorwand geliefert, die Pullover weder zurückzugeben noch zu bezahlen. Ohne Kampf hingegen wäre er zwar abgezogen worden, es wäre aber nicht offiziell. Außerdem würde es so eher schrittweise ablaufen. Sie würden sich wiedertreffen, Saam würde nach dem Geld fragen, der Zigeuner ihm irgendeine Geschichte erzählen, würde etwas mit ihm abmachen, sich nicht daran halten, dann wieder diskutieren. Es würde sich in die Länge ziehen, und Saam könnte sich entweder einen Plan ausdenken oder hinter einer gespielten Naivität verstecken. Nicht besonders glorreich, aber besser, als mit einer gebrochenen Nase dem Zigeuner hinterherzuschauen, der mit der Tasche davonstolzieren würde und am nächsten Tag eine weitere Heldengeschichte zu erzählen hätte, die ausnahmsweise mal wahr wäre.

Der Zigeuner legte einen Schritt zu, als Saam, der versuchte, mit ihm Schritt zu halten, fragte, wann er das Geld bekäme. Er warf einen Blick über die Schulter und antwortete: »Mittwoch. Nächste Woche. Nicht diese Woche. Nächste Woche, Tony. Mittwoch.« Als wäre das alles längst geplant.

Saam blieb stehen. Der Zigeuner ging weiter, drehte sich kurz darauf um und kam zurück.

»Willst du Anzahlung?« Er holte das Geld aus der Tasche.

Saam nickte, aber der Zigeuner steckte das Geld wieder ein.

»Brauch ich. Das Geld. Für später. Termine, Tony.« Und dann gab er Saam eine kleine Backpfeife. Für eine Abschiedsgeste zu fest, für einen Schlag zu weich.

»Mittwoch. Nächste Woche«, wiederholte er, und seine O-Beine setzten sich in Gang, während er eine Zigarette rausholte. Er lief auf einen älteren Mann zu, fragte nach Feuer, und als der Mann die Zigarette anzündete, löste sich der Zigeuner in Luft auf. Verschwand wie bei einem Zaubertrick. Saams Ohr piepte. Seine Mundwinkel zuckten, seine Augenbrauen verselbständigten sich. Er versuchte, sein Gesicht in den Griff zu bekommen, indem er es mit beiden Händen festhielt.

Saams Frage machte Heydar wütend. Er ging kurz in sich, dann holte er aus.

»Guck mal, du kennst Marwan. Wenn du sein Geld nicht hast, was will er machen? Dir eine reinhauen? Unsere Mutter verflucht ihn. Weißt du selber, was sie mit ihm macht, wenn er dich anfasst. Darum geht's nicht. Die Sache ist, Marwan braucht das nicht. Er hat nichts von den drei Pullis. Und er hat auch nichts davon, dir Stress zu machen. Ob nächste Woche, nächsten Monat, in zwei Jahren. Egal. Er bekommt sein Geld. Weißt du, weiß er, wissen alle. Kein Stress. Aber er hat dir keinen Gefallen getan, damit er dir noch einen Gefallen tun kann.«

Dann kam es ihm plötzlich in den Sinn. Er griff Saams Oberarm und schaute durch ihn durch.

»Sag mal, ist alles klar mit dir? Der Zigeuner? Dich hat keiner abgezogen, oder?«

Saam lehnte seinen Oberkörper zurück und zog die Augenbrauen zusammen, als hätte Heydar Mundgeruch.

»Abgezogen? Was los mit dir?«

Heydar sagte nichts. Schaute ihm nur in die Augen und suchte. Saam hielt dem Blick nicht lange stand. »Glotz mal weg mit deiner Fresse.«

Heydar nahm den Blick von ihm. Das, wonach er suchte, hatte er ohnehin schon gefunden. Dann dachte er kurz nach und setzte wieder an: »Guck mal. Wenn Marwan sich das Geld bei irgendwem abholen soll, kann er die Teile auch gleich selber verkaufen, oder? Hätte er weniger Ärger und mehr Gewinn. Weißt du, wie ich meine? Guck mal, ich sag's dir direkt: Er beschützt dich nicht, und ihm sind die Pullis auch egal. Was verdient er dadran? Hunni? Für ihn ist das sogar besser, wenn jemand die Kohle nicht rankriegt.«

»Besser? Was meinst du?«

»Ja. Besser so. Weil, dann weiß er für hundert Mark, dass er sich auf denjenigen nicht verlassen kann. Dass derjenige keinen Stolz hat.« Dann schaute er Saam wieder in die Augen.

»Ich brauche keinen Schutz. Ich habe nur gefragt, ob er zwei, drei Woche warten kann. Ist alles.« Saam sprach langsam, laut und deutlich. Pausierte, als würde hinter jedem Wort ein Punkt stehen.

»Drei Wochen sind kein Problem. Sag ich ihm«, antwortete Heydar genauso langsam und mit Punkten. »Aber wenn dich jemand abgezogen hat, musst du das klarstellen. Für dich selber auch. Nicht mal ich kann dir helfen.«

»Alter, mich hat keiner abgezogen. Jetzt halt mal deine Fresse!«

»Ich weiß. Ich sag's nur. Wenn … Wenn … Weil, wenn dich jemand abzieht und die sehen, dass ich das weiß, dann haben sie mich auch abgezogen, und dann haben sie auch Marwan abgezogen. Verstehst du das?« Er war jetzt in Fahrt. »Du weißt, die wollen alle mit mir abhängen. Die Jungs gestern zum Beispiel. Aber mit wem hänge ich ab? Mit dir! Richtig?«

»Richtig.«

»Und warum? Weil du schlau bist. Weißt du, was meine Mutter erzählt hat, was der Prophet über die Iraner gesagt hat? Dass ihr jedes Wissen findet, selbst wenn es auf dem Mond versteckt ist. Die Jungs von gestern zum Beispiel sind dumm. Du bist keiner von denen. Deshalb hängen sie nicht mit dir rum. Aber das ist ihre Schwäche. Weißt du? Die suchen deinen Schwachpunkt, finden die auch, aber eigentlich zeigen sie ihre eigene Schwäche dadurch. Warum? Weil sie es sich nicht leisten können, mit jemandem rumzuhängen, wenn sie denken, er ist schwach. Aber warum kann ich das dann?«

Saam druckste herum.

»Weil ich nicht schwach bin. Weil wir Löwen sind und sie Hyänen. Hast du mich schon mal klauen sehen? Hab ich schon mal was geklaut?«

Saam schüttelte genervt den Kopf.

»Oder Marwan? Hast du schon mal gehört, dass Marwan was geklaut hat? Nein. Weißt du auch, warum? Weil wir Löwen sind. Wir schleichen uns nicht heimlich an. Wir gehen da raus, fressen ihre Kinder und gucken ihnen dabei in die Augen. Das hat mit Stolz zu tun.«

Saam wollte etwas sagen, als Heydar ihn unterbrach.

»Ja. Ich weiß. Dich hat keiner abgezogen. Hast du jetzt fünfzehn Mal gesagt. Ich hab's verstanden.«

»Mich hat ja auch keiner abgezogen. Ich hab nur gefragt, wegen …«

»Natürlich hat dich keiner abgezogen. Wer soll dich auch abziehen, Bruder?«, wechselte Heydar den Tonfall und legte seinen Arm um Saams Schulter. Er lachte.

»Ich meine nur, wenn! Weißt du? Wenn! Nächste, übernächste Woche ist kein Problem. Nächsten Monat ist auch kein Problem. Ich sag Marwan, du hast das Geld mir gegeben und ich brauchte das. Und du gibst es mir in zwei, drei Wochen, Löwenbruder. Mit Blut zwischen deinen Zähnen und so. Da hast du ein paar Köpfe abgerissen, wenn du kommst.« Heydar trommelte mit der Hand auf Saams Brust.

»Komm. Lass McDonald's. Hab Hunger«, sagte Heydar fast zärtlich, und sie gingen los.

Saam trat eine Coladose, die auf dem Gehweg stand, in die Luft. Sie war noch halbvoll und flog in einem missglückten Bogen über den Bürgersteig. Die Cola schäumte und spritzte über den Bürgersteig und über seinen Schuh wie ein Kommentar.

Kurz bevor sie ankamen, versuchte Heydar, die Stimmung aufzuhellen.

»Okay. Pass auf. Ich hab einen. Rambo!«

»Was, Rambo?«

»Rambo. Barbecue oder Süßsauer?«

»Rambo?«

»Ja. Aber Rambo Drei. Afghanistan-Rambo.«

»Weiß nicht. Süßsauer.«

»Was, weiß nicht? Auf jeden Fall Süßsauer, Mann.« Heydar hob die Hand für einen High five. Saam schlug lustlos ein.

»Okay. Der war einfach. Aber jetzt pass auf: Tupac und Biggie.«

»Tupac Süßsauer. Biggie Barbecue.«

»Alter, du hasst Biggie!« Heydar regte sich künstlich auf, um der Situation mehr Dramatik zu verleihen, aber auch um sich selbst von dem Fakt abzulenken, dass sein Freund jemandem unterlegen war, der unter ihm selbst stand.

»Nein, Mann. Jay-Z, Biggie und so. Die sind alle Barbecue. Das sind Amis. Denen ist alles egal. Die wollen nur reich werden.«

»Und Tupac nicht, oder was? Guck mal die ganzen Videos. Goldkette hier, Karre da. Money. Money. Money«, erwiderte Saam.

»Ja. Aber Tupac ist gegen die. Der hasst die Weißen. Seine Mutter war Black Panther. Der hasst Amerika. Der will nicht reich werden, der will es ihnen wegnehmen.« Heydar blieb stehen.

»Genau so, Bruder. Verstehste auch, warum? Verstehste, warum? Weil Tupac ein Löwe ist. Er will, dass sie sehen, dass er es ihnen weggenommen hat. Er nimmt die Goldketten und zeigt sie ihnen in den Videos. Hier, ihr Nutten. Eure Kette, mein Hals. Er guckt ihnen in die Augen. Verstehste?«

»Ja. Und Biggie eben nicht. Biggie ist einfach nur ein Yankee. Der ist auch bestimmt für den Irakkrieg«, erwiderte Saam.

»Frisst Reste«, pflichtete ihm Heydar bei.

»Tupac ist gegen den Irakkrieg.«

»Okay. Nächste. Che Guevara«, sagte Heydar.

»Che Guevara isst nicht bei McDonald's.«

Heydar blieb wieder stehen.

»Was? Echt jetzt? Aber Rambo Drei isst bei McDonald's? In Kabul. Was los mit dir? Denk mal ein bisschen … freier oder so. Du fickst mein Kopf, Junge.«

»Che Guevara isst einfach nicht bei McDonald's. Würde er nicht machen. Rambo Eins, Zwei, Drei. Ist egal. Am Ende ist Rambo 'n Ami. Che Guevara nicht.«

»Aber Rambo war in Asien. Hat im Kloster gelebt. Die essen da nicht mal Fleisch.«

»Trotzdem. Er kämpft für die Amis. In Afghanistan genauso. Er kämpft für die Amis.«

»Okay. Aber Che Guevara. Sagen wir, er muss jetzt. CIA hat ihn gekidnappt und gibt ihm nichts anderes zu essen. Er kann auch nicht sagen: ohne Sauce. Die tunken ihm die Nuggets sonst einfach in beide Saucen.«

Die beiden verzogen das Gesicht. Beide Saucen zu wählen, war Verrat an allem. In dem Fall sogar Folter.

»Okay. Barbecue«, antwortete Saam.

»Barbecue? Du sagst, John Wayne frisst Barbecue, Helmut Kohl frisst Barbecue und Che Guevara frisst auch Barbecue, oder was?«

»Ja. Weil Che Guevara unberechenbar ist! Der nimmt Barbecue, damit die CIA nicht mehr klarkommt. Damit die nicht checken, was er mag. Manchmal nimmt er auch Süßsauer, um sie fertigzumachen.« Saam musste grinsen.

Sie schauten sich an und lachten los, wie die Kinder, die sie irgendwie auch immer noch waren. Am Schalter legte Heydar wieder seinen Arm um seinen Freund. Saam tat das Gleiche, und sie schauten auf die Tafel mit den Sparmenüs wie auf den letzten Sonnenuntergang eines zu kurzen Urlaubs. Sie bestellten Nugget-Menüs. Süßsauer. Heydar bestand wie immer darauf, zu zahlen. Saam, der ausnahmsweise auch etwas Geld dabeihatte, leistete Widerstand, unterlag zunächst Heydars festem Griff um sein Handgelenk, kämpfte sich aber mit der anderen Hand zur Hosentasche und gewann schließlich.

Als sie mit den Nuggets fertig waren, Saam den leeren Colabecher auf das Tablett gelegt hatte und sie aufstehen wollten, hielt Heydar kurz inne und sagte dann: »Warte mal kurz! Ich hab was für dich.« Er nahm seine *Rolex* ab und reichte sie Saam.

Saam wusste nicht, ob es ein Abschiedsgeschenk war oder ein Willkommensgeschenk, ob er damit zu den Hyänen abgestiegen oder zu den Löwen aufgestiegen und die Uhr so etwas wie ein Vorschuss war. Auch Heydar wusste es nicht. Aber es war keine leere Geste. Kein »Lass mich dieses Mal zahlen«. Die Uhr war ernst. Sie sollte jetzt Saam gehören, und Saam nahm sie ohne Widerspruch an.

Ein pinkfarbener Streifen zog sich über den Himmel, als sie bei Saam ankamen. Heydar hielt zwei tief fliegende Fledermäuse für Schwalben, und Saam ließ es so stehen. Als sie vor dem Hauseingang standen, schlugen sie wieder ein und gaben einander Wangenküsse.

»Bis morgen, Bruder!«

»Bis morgen!«

Saam steckte den Schlüssel ins Schloss. Im Flur nahm er die zu große Uhr vom Handgelenk, versteckte sie in der Hosentasche und schleppte sich die Treppen hoch. Oben brannte noch Licht.

ARBEIT

Es gibt Angst nicht, und der Schmerz kommt erst am nächsten Tag, falls er überhaupt kommt, und wenn es gut gelaufen ist, hast du ihn in deinen Fäusten. Das ist der gute Schmerz. Angeknackte, vielleicht angebrochene Mittelhandknochen. Geschwollene Hände, mit denen du nicht zum Arzt gehst und die Ruhm bedeuten. Ein paar Schrammen sind auch gut, weil sie davon zeugen, dass es Gegenwehr gab. Dass du kein Kind zusammengelegt hast oder einen Rentner.

Es gibt auch Gesetze nicht. Staat nicht. Richter nicht. Henker nicht. Polizei nicht. Wenn sie überhaupt kommt, kommt sie irgendwann, und irgendwann gibt es nicht. Es gibt nur jetzt. Und es gibt den Sound, wenn Fleisch auf Fleisch trifft, wenn ein Nasenbein bricht oder noch besser ein Jochbein. Ein Kiefer. Brechende Gesichter gibt es. Und weil es Zeit nicht gibt, gibt es auch Geschwindigkeit nicht. Aber es gibt Kraft. Kraft mal Weg. Arbeit gibt es. Und du musst atmen, damit du nicht krampfst und steif wirst, damit du klar bleibst und besser triffst. Öfter triffst und mehr kaputt machst.

Und wenn er stärker ist als du und du weißt, dass er wiederkommt, musst du ihn so kaputt machen, dass er kaputt bleibt, und ein paar Tage später musst du ihn unbedingt noch mal kaputt machen. Unbedingt. Damit er weiß, dass er der Ruhe nicht trauen kann. Dass Frieden vielleicht nur Waffenstillstand ist, den du nicht mit ihm ausgehandelt hast, sondern mit dir, und das ist der Moment, in dem er sich fragt, ob es ihn selbst vielleicht auch nicht gibt. Dann erst hast du gewonnen.

ANGST

Saam hatte aber Angst. Wie schwere Handtaschen hing sie an seinen Fäusten, und hätte jemand mit einer Knarre vor ihm gestanden, Saam wäre erschossen worden, weil er die Hände nicht hätte hochnehmen können.

Und auch atmen konnte er nicht. Sein Herz raste ins Delirium. Seine Lungen waren wie eingefroren. Sein Hals, seine Schultern steif, sein Gesicht bleich, die Kehle ein Strohhalm, sein Magen aus Holz. Die Arme hingen runter, gelenklos wie Äste. Sein Gesicht zuckte. Aber seine Beine liefen auf den Zigeuner zu, als hätten sie mit dem Rest seines Körpers nichts zu tun. Sie liefen einfach.

Der Zigeuner stieß sich von der Wand ab, an der er lehnte, baute sich auf. Breitbeinig. Die Füße so weit nach außen gedreht, dass es fast etwas Ballerinahaftes hatte.

»Was los, Fotze?« Er machte Saams Zucken nach. Grinste.

Saam war steif, hatte keine Luft in den Lungen, keine Kraft in den Armen. Es gab Zeit. Geschwindigkeit existierte, und Saam war langsam. Saam krampfte. Aber Saam hatte zu viel zu verlieren, und was Saam auch hatte, waren vier Zweifingerringe, die er aus den grünen Drehwasserhähnen im Keller rausgesägt hatte und jetzt an beiden Händen trug. Ringfinger und Mittelfinger. Mittelfinger und Zeigefinger. An beiden Händen. Als er ankam, schaute er gerade mal so kurz zum Zigeuner hoch, dass er sehen konnte, wo er ungefähr stand. Dann schleuderte er die Fäuste, mehr aus der Schulter als mit den Armen, und platzierte die ersten beiden Schläge. Die, die die volle Wucht haben und alles entscheiden können. Der erste war hart genug, um dem Zigeuner die Nase zu spalten. Der zweite landete auf der Schläfe, der dritte kam wieder von rechts und traf die Hand, mit der der Zigeuner sein blutiges Gesicht hielt, erst dann drehte sich der Himmel. Saam atmete, und die Zeit verschwand. Er setzte einen Uppercut unter das Kinn des Zigeuners. Der Sound, wenn Eisen auf Knochen trifft, wenn ein Gesicht kaputtgeht. Der nächste Schlag kam – der Zigeuner hatte sich gebückt – von oben auf den Schädel und danach noch mal. Der Zigeuner fiel auf den Boden. Dann setzte ihm Saam das Knie auf die Brust, griff mit einer Hand die Haare des Zigeuners, beugte sich über ihn und holte aus.

Was danach passierte, wusste niemand mehr genau. Auch Saam nicht. Fakt aber war, dass die Zähne, die Saam mit der Goldkette, dem Pumaanhänger und dem Löwenkopfring in einer Zigarettenschachtel unter seiner Matratze aufbewahrte, mal dem Zigeuner gehört hatten. Auch die Zigarettenschachtel hatte mal ihm gehört. Fakt war auch, dass »Was los, Fotze« das Letzte gewesen war, was der Zigeuner mit einer intakten Zunge ausgesprochen hatte. Fakt war, dass der Zigeuner für den Rest seines Lebens zwei neue Feinde hatte. Die Buchstaben F und S. Und Fakt war auch, dass Saam einen Kopf abgerissen hatte. Dass er morgens aufgestanden war als Kind und sich abends schlafen gelegt hatte als Mann. Morgens aufgewacht war als Hyäne und sich abends schlafen gelegt hatte als Löwe. Mit angeschwollenen Fäusten und gebrochenen Mittelhandknochen, mit denen er nicht zum Arzt ging und die bald schon Ruhm bedeuten würden.

2

Liegestütze, Push-ups und Proteinshakes. Die Pubertät war das Erste, was es sichtlich gut mit ihm gemeint hatte. Drei Jahre nach der Geschichte mit dem Zigeuner wog Saam fünfundachtzig Kilo. Die dünnen Beine waren verschwunden. Auf dem Weg von einem zornigen Jungen zu einem zornigen Mann wurden die Geschichten, mit denen er sich einen Namen machte, finsterer und verschafften ihm den Ruf eines kaltblütigen Schlägers.

Und er hatte nicht nur an Gewicht zugelegt. Im gleichen Maße wie seine Bizepse hatte auch seine Polizeiakte an Umfang zugenommen.

Schwer zu sagen, was ihm mehr Ruhm und langsam auch Geld einbrachte. Aber die losen Schnürsenkel waren verschwunden. Keine angenähten Krokodile auf C&A-Jacken. Kein »Deine Lehrerin hat angerufen«. Kein »Woher hast du das?«. Kein »Wann bist du wieder zu Hause?«. Kein »Was hast du in der Hosentasche?«. Auch draußen hatte sich viel geändert. Kein Lachen mehr. Keine Witze. Keine Adidas-Caritas-Reime. Keine »Flamenghou! Flamenghou!«-Rufe. Überhaupt keine Sprüche mehr. Nur die Finger zeigten weiterhin auf ihn. Saam war jetzt jemand. Nicht jemand, auf den man schwor. Aber jemand.

Milch, Bananen und Eier hatte er auf seinen Speiseplan gesetzt, und Shakes. Ansonsten aß er immer noch die gleichen Toasts mit Margarine und Erdbeerkonfitüre. Löste die gleichen Brausetabletten in Wasser auf. Nima stellte sich mittlerweile selbst einen Wecker. Wachte meist vor Saam auf. Machte sich sein Brot. Aß manchmal Obst. Trank Milch, manchmal Tee. Hin und wieder auch in der Küche. Aber meist in seinem

Zimmer. Außerhalb von Saams Aura, die immer kälter zu werden schien.

Im gleichen Maße, wie Saams Ruf der Wahrheit entsprach, verdankte er ihn seiner und Heydars Informationspolitik. Es gab nur eine Regel, und die war einfach: Sie redeten nicht über ihre Aktionen mit anderen. Weder über die kleinen noch über die großen. Sie vertrauten darauf, dass sich eine ohnehin übertriebene Version dessen, was passiert war, verbreitete. Darauf also, dass Menschen miteinander sprachen. Weil Saam und Heydar sich bedeckt hielten, entstand der Eindruck, dass sie schon ganz andere Dinger gedreht haben mussten. All das geschah wie von selbst. Sie sahen zu, dass genug Geschichten im Umlauf waren.

Dann wurde Jamshid von einem Fahrgast, einem Junkie, überfallen. Mit einer Schreckschusspistole. Er hatte sich in eine abgelegene Ecke fahren lassen und Jamshid die Waffe an den Kopf gehalten. Jamshid erzählte später, dass er schon an dem Chrom der Knarre gemerkt hatte, dass sie nicht echt war. Eine scharfe Pistole in Chrom passte nicht zu den speckigen Röhrenjeans des Junkies, dem Zahnfleisch in seinem Mund und dem Dreck unter seinen Fingernägeln.

Trotzdem hatte er ihm sein Geld überlassen und nicht die Polizei gerufen. Zu Hause am Küchentisch beschuldigte Jamshid alle und alles. Die Perspektivlosigkeit, die Drogen, die Armut, den Staat, den Kapitalismus, die Polizei, nur nicht den Junkie selbst. Saam hingegen interessierte nur der Junkie. Sein Aussehen, sein Alter, seine Herkunft, seine Klamotten, sein Gang, seine Stimme, seine Knarre. Wo er eingestiegen war, wo er ausgestiegen war. Aus welcher Richtung er gekommen war, bevor er einstieg. In welche Richtung er lief, nachdem er ausgestiegen war.

In den nächsten Tagen streute er die Informationen in der Weißen Rose und setzte ein Kopfgeld aus. Zweitausend Mark für nützliche Hinweise. Das hatte noch niemand gemacht. Nicht einmal Marwan. Keine Woche später wurde ein Junkie in einer Tiefgarage erstochen. Die Kripo bekam Wind von dem Kopfgeld, und Saam wurde verhaftet. Wegen Mordes.

Aber es war weder der gesuchte Junkie, noch hatte Saam ihn umgebracht. Die Cops konnten ihm nichts nachweisen und ließen ihn laufen. Das war dem Viertel egal. Jeder ging davon aus, dass Saam es getan hatte, und dass er es leugnete, war nur ein weiterer Beweis für sie. Niemand wurde so bewundert wie ein Mörder, der nicht überführt werden konnte.

Saam war kein Psychopath. Er hatte nur Marwans Credo »Psycho ist nicht immer Psycho!« verinnerlicht. Seine Tics wurden zu seinem Markenzeichen. Er übertrieb sein Zucken, kombinierte es mit einem starren Blick oder schlug mit der flachen Hand gegen seinen Kopf, wenn das Zucken kam.

Alle konnten böse gucken, aber er hatte »Monster Kody« gelesen. Wusste, was *screw facing* ist und *mad dogging*.

All das in Kombination mit der Rasierklinge, mit der er auf der Zunge rumfuchtelte.

Saam hatte die Logik von Gewalt verstanden. Die strenge Schule Jamshids, die Kälte Marwans, sein spartanisches Verhältnis zum eigenen Körper als einem Ort des Aushaltens und der Disziplinierung. Er hatte gelernt, dass derjenige, der nicht am Thron sägte, noch unter dem stand, der es tat. Er hatte es verstanden. Dieses Mal wirklich. Er konnte der nächste König sein, und wenn nicht, zumindest der nächste Terror, die nächste Furcht.

Aber Könige zogen keine Viererkarten aus Fahrkartenautomaten. Terror lief nicht drei Stationen bis zur nächsten Haltestelle, damit ihn niemand aus der Nachbarschaft in den Bus steigen sah. Furcht stand nicht mit Rentnern und Hausfrauen in einem Blechhäuschen und wartete auf den Linienverkehr. Das Dealen brachte mehr Prestige ein als Geld, und das Geld, das es einbrachte, wurde in Prestige investiert. In Turnschuhe und Behauptungen. In Pager, die selten bis nie piepten, und Taxifahrten, bei denen es nicht darum ging, von A nach B zu kommen, sondern darum, vor anderen aus einem Taxi zu steigen, in dem ein leise in sich hineinfluchender Fahrer zurückblieb.

Dasselbe Butterflymesser, mit dem Saam die Initialen W. F. A. in die schwarze, gemaserte Kunststoffoberfläche des Jugendzimmertisches geritzt hatte, hielt er nun über der Kerze, um den mittleren Teil der Klinge zu erhitzen. Neben ihm saß Heydar auf dem Bett mit einem vermutlich zehn Gramm schweren Stück Hasch in der einen und einem Fünfmarkstück in der anderen Hand und versuchte zu erfühlen, ob beide gleich schwer waren. Saam hatte ihm erklärt, dass die Münze auf zehn Gramm geeicht sei.

»Okay. Gib her.«

Heydar händigte ihm das Stück aus und rückte näher an den Tisch. Saam legte es auf die ausgebreitete Alufolie. Das Messer glitt durch das olivgrüne Piece und zerschnitt es in fünf und dann in zehn Teile. Saam war jetzt Dealer. Heydar nannte sich Zorro. W. F. A. stand für »Wir ficken alle«.

Zu diesem Zeitpunkt hatten die beiden, wenn man es wörtlich nehmen wollte, aber noch niemanden gefickt. Die Vorstellung, zu der die kleine Schwester eines Klassenkameraden mit den Worten »Kommt schnell! Die Zigeunerin zieht sich ein Tampon aus der Muschi!« zu der Garagenauffahrt gerufen hatte, hatten sie damals verpasst. Und so waren die einzigen Muschis, die Saam je zu Gesicht bekommen hatte, die aus dem italienischen Porno, den die Mutter des Klassenkameraden in dem Schuhkarton mit den Deichmann-Pumps versteckt hielt. Das sollte sich nun ändern.

YELLOW CORVETTE

Wenn man aus einer Welt kommt, die einen nicht will, ist man ihr auch nichts schuldig. Keine Loyalität. Keine Erklärung. Man muss nicht einmal den Namen annehmen, den man bekommen hatte. Daniela hieß jetzt Donna. Nach Donna Summer. Der Name hatte alles, woran sie damals glauben wollte. Donna wie Donner. Wie Kraft. Summer wie Ferien und gute Laune. Frühreif war sie mal gewesen. Körperlich und erhaben. Unnahbar für jeden, der leise genug gewesen war, das zu begreifen. Verbraucht hatte sie sich dann mit denen, die zu laut waren, um überhaupt etwas zu begreifen, und sie hatte, unvorbereitet, wie man ist, wenn man auf sie trifft, die einfache Psychologie der fehlenden Achtung für eine Aufforderung gehalten, sich festgeliebt und Opfer gebracht. Im Zenit dieser Zeit hatte sie sich tätowieren lassen. Mit Motiven, die in der damaligen, leicht einzuzäunenden Welt Bedeutung gehabt hatten und wahr gewesen waren. Die überholte Ikonografie dieser Wohnzimmerrebellion hing nun, zehn, zwölf Jahre später, an ihrem langsam erschlaffenden Körper auf Halbmast. Verblasste wie die Erinnerungen, die sie nachzustechen versuchte. Manchmal, wenn sie sich mit den »Verrückten von damals« im Maxxx traf. Es waren Erinnerungen an den weißen Peugeot und später den grauen Kadett. Sie hatten hinten gesessen auf der Hinfahrt nach egal wohin. Der Sekt schäumte. Der Radioempfang war schlecht. Die Freundschaften labil. Aber die Geschwindigkeit stimmte.

Ab und zu tauschten sie die getönten Sonnenbrillen, und alles begann von vorn. Orangegelb-oranges Gleiten. Die Pillen, die sie nahmen, versetzten sie in Fieber. In ihren Mündern schmolzen die Kaugummis, der Rausch schoss aus ihren Poren, beschlug ihre Wangen, und Donna wurde noch schöner. Als sie noch nicht wusste, was zu tun war mit all dem Glanz in ihren Augen, waren das die Momente, die zu halten schienen. Sie lachte viel damals. Jetzt taten die Füße weh. Das glänzende Partyblond hatte sich dem matten Kastanienrot unterworfen, und zwischen dem Wechsel der Jahreszeiten in ihrem Haar war etwas verloren gegangen, das nicht ihre Unschuld war, aber auf demselben Festivalgelände liegen könnte, wo auch sie abhandengekommen war. Geblieben war ihr eine Leere und eine gelbe Corvette, die sie – wie so oft, wenn sie zu spät war – im Halteverbot neben dem Gelände des Bordells parkte. Donna Summer. *She worked hard for her money.*

Sie ging durch die Seitentür ins Gebäude, drückte die Zigarette, an der sie kaum gezogen hatte, an der Wand aus, schmiss ein Kaugummi mit Bananengeschmack ein, schloss auf und ging in ihr Zimmer. Als sie die Jalousien hochzog, standen die beiden auch schon vor ihrem Fenster wie zu einer Verabredung. Heydar sprach sie direkt an.

»Wie viel?«

Kein »Hallo«.

Kein »Wie geht's?«.

Kein »Na, alles klar?«.

»Wie viel?« sollte hier das Eis brechen.

»Fünfzig«, antwortete sie ebenso trocken wie amüsiert.

Dann trat Heydar einen Schritt zurück, ohne den Blick abzuwenden, und wiederholte noch mal für Saam: »Fünfzig«, als hätte er nicht direkt danebengestanden.

Saam nickte wortlos, zog eine kleine Schnute, als würde er abwägen, als hätte er weitere Optionen, und ging dann in die Richtung, auf die sie gedeutet hatte. Sie holte ihn an der Seitentür ab, lief neben ihm durch den Flur, hielt an der ersten Tür an und ließ ihm den Vortritt.

Dann machte sie die Tür zu, und das Lächeln in ihrem Gesicht fror ein. Ihr Blick hatte jetzt etwas Pädagogisches. Enttäuschtes. Es war der Blick einer Lehrerin, die ihren Schüler beim Rauchen auf der Toilette erwischt hatte. Ein Blick, der sagte, dass das, was da gerade schieflief, auf sehr vielen Ebenen schieflief.

Kurz sah sich Saam mit ihren Augen in der Zukunft. Wie er mit sechzig durch dieselbe Gasse schlurfte, in dasselbe Zimmer reinlatschte. In einem billigen Viskoseanzug, mit schlechten Zähnen und einer Gebetskette in der Hand, als wäre er gekommen, um für die verlorenen Seelen zu beten, und nicht, weil er geil war und niemand bereit, ohne Bezahlung seinen Schwanz anzufassen.

Er holte den Schein aus der Hosentasche.

»Bitte sehr«, sagte er. Irgendetwas in ihm wollte jetzt höflich sein, sich abgrenzen von denen, die tagein, tagaus vor ihrem Schaufenster herumlungerten. Und vielleicht war es auch eine Art Unterwerfung vor Donnas sexueller Überlegenheit. Er wusste nicht, was es war, aber hätte er sie ansprechen müssen, hätte er sie gesiezt.

»Okay. Fünfzig Mark ist aber nur Blasen. Wenn du ficken willst, hundert.«

Sie sagte »FICKEN« in Großbuchstaben.

Saam griff noch mal in die Hosentasche. Er wollte nicht ficken. Nicht mehr. Nicht so. Aber er wollte auch nicht geizig sein oder arm. Hauptsächlich wollte er, dass es vorbei ist, und er wollte, dass sie ihm verzeiht. Er hatte noch nie eine Frau »ficken« sagen hören. Er hatte selbst noch nie in der Gegenwart einer Frau »ficken« gesagt. Und jetzt hatte sie es seinetwegen ausgesprochen. Sie zog ihren Push-up-Bra aus, er seinen *Chevignon*-Pullover, während vor ihm eine Steilwand aus Scham wuchs, und das war der Moment, der sie irgendwie rührte. Sie klopfte auf das Bett, als hätte sie es für ihn gemacht, als würde sie ihn zudecken und ihm was vorlesen wollen. Er legte sich hin, wie in einer Arztpraxis, und sie untersuchte ihn. Erst mit der Hand, dann mit dem Mund und dann wieder mit der Hand. Er schaute an die Decke, dann wieder zum Geschehen, um sicherzugehen, dass es auch tatsächlich passierte. Dann wieder an die Decke. Seine Hände lagen neben ihm und ergaben keinen Sinn. Seine Beine schämten sich. Nur sein Glied erbarmte sich seiner und machte mit. Nach einer Weile drehte sie sich um, legte sich auf den Rücken, schob ihren Slip zur Seite, zog ihn auf sich, führte seinen immer noch umklammerten Penis zwischen ihre Schenkel, schloss ihre Augen und ließ ihn ihre Hand ficken. Saam nahm die Illusion fast dankbar an. Mehr Nähe, mehr Komplikationen würden jetzt nur mehr Pein erzeugen. Sein Penis hingegen konnte nicht lügen. Die Hand war grob, die Umklammerung eng. Der Schmerz real.

Unter ihren »Komm schon! Komm schon!«-Rufen, aus denen er ausschließlich den Wunsch nach dem Ende des Aktes raushören konnte, bewegte er sich, mal hastiger, mal fester. Vollkommen frei von Rhythmus setzte er zu harten Stößen an, wie er sie aus diesem Video kannte, rutschte immer wieder aus, die Hand klammerte fester, enger. »Komm schon! Komm schon!« Er zappelte, versuchte zu kommen, und irgendwann riss ihr die Geduld.

»Wenn das länger geht, macht es hundertfünfzig.«

Er nickte und gab auf. Er bewegte sich nicht mehr, konnte sich aber auch nicht dazu überwinden, zu sagen, dass er nicht mehr wollte. Dass ihm das Ganze Lektion genug gewesen war. Dass er es nie wieder machen würde. Er hörte einfach nur auf, schaute an ihr vorbei, und sie ließ ihn los.

»Entschuldigung«, sagte er und setzte sich auf, um vom Bett aufzustehen. Schwer zu sagen, ob es Mitgefühl, Zärtlichkeit oder einfach nur Berufsethos war, aber sie hielt ihn an der Schulter fest, rückte von hinten näher an ihn, umklammerte seine Beine von hinten mit ihren Beinen, drückte ihre Brüste in seinen Rücken, legte ihr Kinn auf seine Schulter, eine Hand auf sein nervöses Herz, zog das Kondom ab und machte es ihm mit der Hand, bis er auf das Küchenpapier kam, das sie griffbereit hatte. Danach stand sie auf, lächelte kurz und sagte: »Gern geschehen«, bevor sie aufstand und sich über eine rote Plastikschüssel hockte, um beinahe eine ganze Minute lang zu pinkeln. Saam zog sich an.

»Wenn du mit einer Frau schläfst, immer mit Gefühl!«, gab sie ihm aus der Hocke noch mit auf den Weg.

Er schaute kurz zu ihr, dann auf den Boden, nickte, sein Lächeln scheiterte. Dann zog er sich die Turnschuhe an, sagte »Tschüss«, bremste seine Hand, die winken wollte, und verließ das Zimmer.

Draußen hielt ihm Heydar eine *Marlboro* hin. Saam zündete sie an, und sie verließen das Gelände wie Diebe mit vollen Taschen. Keiner von beiden sagte ein Wort, bis sie an der U-Bahn waren.

Als Saam die Zigarette ausmachte, durchbrach Heydar die Stille und fragte, ob er müde sei. Saam schüttelte den Kopf. Er war hellwach.

TIMBERLANDS

Foot Locker war damals schon die Bank, die immer gewann. Egal, wer Maismehl ins Gras streute und streckte, wer eine Nase für eine Goldkette brach. An dem Schnappen jedes Springmessers, an jeder Knast-Abschiedsparty verdiente Foot Locker. In jedem »Was glotzt du so«, in jedem »Hurensohn«, in jedem »Halt die Fresse«, von San Salvador bis Neapel, von Amsterdam bis Kapstadt hielt diese Bank Aktien. In Jungs wie Saam legten die Anleger ihr Vertrauen. Zu Recht.

Saam trat aus seinem Zimmer mit schwarzen *Timberlands* an den Füßen und einem nagelneuen *Fila*-Jogginganzug. *Foot Locker*-Chic. Draußen hupte Heydar in Marwans neuer S-Klasse, die er zum ersten Mal fahren durfte. Saam stellte sich vor den Flurspiegel, feuchtete mit der Zunge Daumen und Mittelfinger an, fuhr mit den Fingern über die Augenbrauen und zog sie nach oben. Sprühte zwei Wolken *Cool Water* an den Hals, eine in die Hände. Rieb sie aneinander. Am linken Handgelenk hing die *Rolex*, die er nicht mehr im Flur abnahm und versteckte. Er legte sich die Goldkette mit dem Zarathustra-Amulett um den Hals, richtete die Uhr so, dass sie seitlich aus dem Ärmel lugte. Er setzte diesen Psycho-Blick auf, bei dem man nicht wusste, ob er einen abstechen würde oder nicht. Und man sah, dass er es auch nicht wusste.

Dann öffnete er den Mund, streckte die Zunge raus, schloss den Mund wieder, machte ein paar Kaubewegungen, und als er ihn wieder öffnete, blitzte eine Rasierklinge zwischen seinen Vorderzähnen auf. Er ließ sie verschwinden, öffnete den Mund. Keine Klinge zu sehen. Er machte den Mund zu, die gleichen Kaubewegungen, und wieder steckte die Klinge zwischen seinen Zähnen. Dann wiederholte er das Spiel, schneller und noch mal schneller. Unten drückte Heydar wieder die Hupe. Saam checkte den Stapel Scheine in seiner Hosentasche, die er mit einem Gummiband zusammengebunden hatte. Er richtete den *Fila*-Trainingsanzug und ging die Treppe runter. Draußen der obligatorische Blick nach links und rechts, als wäre er eine würdige Zielscheibe für ein Attentat.

»Mach mal die Falafel-Musik leiser!«, rief er Heydar zur Begrüßung durch das offene Beifahrerfenster zu.

»Halt die Fresse, du Spast«, erwiderte Heydar und schaute in die andere Richtung. Saam öffnete die Tür.

»Mach mal leiser!«

Heydar schwieg. Saam stieg ein.

»Das ist Feiruz«, zischte Heydar leise.

»Feiruz. Feiruz. Wallah, mach leiser, diese.« Saam parodierte den arabischen Akzent.

Heydar grinste.

»Alles klar? Was machen Sachen?«, fragte Saam.

»Alles Bang. Bei dir?«

»Ohne Witz, Mann! Mach mal die Scheiße aus. Hier. Die neue Nas.« Er holte ein Tape aus der Hosentasche.

»Halt deine Fresse.«

»Wieso darfst du überhaupt die Karre fahren?«

»Halt einfach deine Fresse, okay?! Halt einfach deine Fresse! Und guck mal!« Heydar zeigte auf die Anlage und grinste.

»Kein Tape. CD-Wechsler im Kofferraum. In deine Fresse, Mongo. In deine Fresse. Scheiß auf dein Nas.«

»Hoffentlich baust du ein Unfall, und Marwan fickt dich. Hoffentlich baust du ein Unfall.«

Heydar lachte. Saam drehte die Musik runter. Heydar drehte sie mit der Taste am Lenkrad wieder auf und ließ synchron zu der lauter werdenden Feiruz seinen rechten Mittelfinger Richtung Saam ausfahren. Jetzt freute er sich richtig.

»Hoffentlich stirbst du in diesem Wagen«, sagte Saam.

»Heydar holt dich ab. Arbeit.« Hatte Marwan Saam nur über den Pager mitgeteilt. Sie fuhren zur Karl-Marx-Straße.

Heydar parkte den Benz in der zweiten Reihe. Saam setzte sich nach hinten, Heydar rutschte auf den Beifahrersitz, und Marwan, der auf sie an der Kreuzung gewartet hatte, verschwand noch mal in dem Kiosk auf der gegenüberliegenden Straßenseite, kam mit ein paar Zigarettenschachteln wieder heraus und auf sie zu.

Er öffnete die Fahrertür, stieg, ohne zu grüßen, ein, stellte den Sitz zurück, als wäre er größer als Heydar – was er nicht war –, machte die Musik aus, drehte alle Fenster außer seinem hoch und drückte auf das Pedal. Sie fuhren eine Weile Richtung Tempelhof.

Irgendwann hielt Marwan an. Bei laufendem Motor stieg er aus, nickte Saam gelangweilt zu, und Saam folgte ihm wortlos über die Straße und in einen Hauseingang, über dem das Firmenschild eines Taxiunternehmens angebracht war.

Heydar sank unterdessen tiefer in den Sitz und spielte an der Anlage herum. Sie blieben anderthalb Feiruz-Songs lang weg. Als sie wieder am Auto waren, legte Marwan seinen Arm um Saams Schulter und gab ihm einen festen Schlag in die Rippen. Saam lächelte nicht, damit keine Missverständnisse aufkamen, aber er hatte den Job wohl gut gemacht. Marwan bedeutete Heydar, sich ans Steuer zu setzen, und stieg auf der Beifahrerseite ein. Er fragte Saam, was er hören wolle. Saam antwortete: »Feiruz ist gut.« Und Marwan wechselte die Musik zu Stevie B. »*Spring Love*«. Er drehte die Anlage lauter, ließ das Fenster runterfahren und warf sich eine Zigarette in den Mundwinkel. Heydar schaute im Rückspiegel kurz Saam an und fuhr los.

Don't you know I'm the one
And I love you, girl
I don't care what they say
You know you are my world

Marwan war selig.

Heydar fuhr zu seinem weißen Toyota. Sie verabschiedeten sich, stiegen um in Heydars Wagen und kurbelten synchron die Fenster runter.

»McDonald's?«, fragte Heydar.

Saam nickte, machte das Autoradio an und schob sein Tape rein. »*If I ruled the world*«. Es war Juni 1996. Nas hatte den Track am selben Tag auf den Markt geworfen wie Tupac »*Hit 'em up*«. Am selben Tag. Eine Autofahrt ohne die beiden Tracks hätte etwas Großes aus dem Gleichgewicht gebracht.

SIEBEN

Noruz ist nicht Weihnachten. Und auch nicht Ostern. Kein Ritual, mit dem Menschen versuchen, Kontinuität zu simulieren, vielleicht sogar zu schaffen. Stabilität zu versprechen oder herzustellen. Noruz braucht keinen Zweck. Es ist einfach da. Tausende Jahre vor ihnen schon. Als man die Toten noch den Vögeln auf hohen Gerüsten zum Fraß hinlegte, damit die verwesenden Leichen die unwirtliche und doch heilige Erde nicht befleckten, war das Ritual schon da, und es würde noch da sein, wenn Autos fliegen können. Das Ritual schaute nur einmal jährlich vorbei. Es kam und blieb kurz, wie der Höflichkeitsbesuch einer fernen Verwandten aus besseren Verhältnissen, die an ihrer Tür klingelte, weil sie gerade in der Stadt war. Die von billigem Geschirr aß, sich unwohl fühlte, früh aufstand, um zu gehen, und wenn die Tür dann hinter ihr ins Schloss fiel, sich wegdrehte und kopfschüttelnd den Flur runterlief. Es schaute sich ihren »Haft Sin«, den gedeckten Tisch mit den sieben Symbolen, an, deren Namen im Persischen mit »Sin«, dem S, anfangen und von denen einige fehlten. Auf einem Teller lagen drei gelbe Äpfel, davor ein paar Münzen, eine Schale mit etwas Essig und ein Eierbecher gefüllt mit Somagh. Die Symbole für Gesundheit, Wohlstand, Glück und Geschmack hatte Jamshid immerhin besorgt. Dann schaute das Ritual zu, wie er seinen Kindern erst die Hand, dann drei Wangenküsse gab und ihnen je einen Umschlag mit einem frischen, gebügelten Zwanzig-Mark-Schein aushändigte. Jamshid erwartete nichts. Es reichte ihm, wenn diese kleine Zeremonie konfliktfrei über die Bühne ging, ohne den Rest ihrer auseinanderklaffenden Leben zu berühren. Es reichte, wenn sie alle nur diese halbe

Stunde im Jahr stillhalten würden. Er hoffte auf das Ausbleiben einer weiteren Demütigung. Darauf, dass Saam den Schein nicht nehmen und zu dem Bündel stecken würde, das seine Taschen seit einiger Zeit ausbeulte.

Dieses Fest, der Haft Sin, war ein letztes Aufbäumen Jamshids. Nicht um zu kämpfen. Nicht für ein Staub-abklopfen-und-weiter. Jamshid ließ dieses Mal den Staub dort, wo er war. Er wollte nichts sagen, was nicht der Staub schon sagte.

»Guck! Ich bin hingefallen. Und ich weiß nicht weiter. Wusste noch nie weiter.«

Aber es geschah noch etwas anderes an diesem Noruz. Jamshid hatte vor einiger Zeit einen Kanarienvogel gekauft. Er hatte einen Aushang gesehen, dort, wo er damals auch die Mikrowelle entdeckt hatte. Ein unscharfes Foto des Vogels in einem Käfig, der für vierzig Mark angeboten wurde. Dass jemand sein Haustier verkaufte, hatte in ihm Bilder einer Armut heraufbeschworen, von der er wusste, dass es sie hier gar nicht gab, Bilder, die dennoch stärker gewesen waren als dieses Wissen. Er hatte von der nächsten Telefonzelle angerufen und den Vogel noch auf dem Rückweg vom Einkaufen abgeholt. Und jetzt zum Noruz tat er etwas, das Saam zu denken gab. Er holte einen kleinen Spiegel aus der Schublade des Wohnzimmerschranks und befestigte ihn über der Sitzstange.

Saam erinnerte sich an drei Sätze, in denen ihm Jamshid etwas über die Würde, die Männlichkeit und auch über das Erwachsensein vermittelt hatte und die mit dieser kleinen Tat kollidierten.

Einen dieser Sätze hatte Jamshid an einem zweiten Weihnachtstag ausgesprochen. Auf dem Hof vor ihrer Wohnung ließ gerade ein Vater mit seinem Sohn ein rotglänzendes, ferngesteuertes Auto ein paar Runden drehen. Saam schaute den beiden aus dem Fenster zu, als Jamshid hinzutrat, einen Blick in den

Hof warf und beiläufig sagte: »Er spielt«, und dann zu sich selbst: »Ein erwachsener Mann. Spielt.«

Der zweite Satz war gefallen, als Jamshid ins Wohnzimmer gekommen war, während Saam und Nima *Wetten, dass ..?* schauten. Jemand versuchte, mit einem Bulldozer die Nadel eines Schallplattenspielers in die Rille zwischen zwei Songs zu setzen. Nima erklärte Jamshid, ohne den Blick vom Fernseher zu nehmen, was da vor sich ging, und Jamshid sagte: »Wie voll die Bäuche sein müssen.«

Und der dritte, als Nima von einem Popstar erzählt hatte, dessen Vermögen achtundvierzig Millionen Dollar betrug, und Jamshid hatte gelächelt und gesagt: »Wenn er isst, wird er auch nur satt.«

Nima verstand es nicht, aber Saam tat es. Und es erfüllte ihn mit Stolz, einen Vater zu haben, für den die Ernsthaftigkeit des Lebens nicht verhandelbar war. Und jetzt hatte dieser Mann dem Kanarienvogel zu Noruz ein Geschenk gemacht.

WEG

Das Skateboard war nicht nur ein Geschenk, sondern auch eine Entschuldigung. Ein paar Wochen zuvor war Saam nach Hause gekommen. Nima saß mit einem Freund, einem Schwarzen Jungen namens Sel, im Wohnzimmer. Sie hatten sich auf dem beigefarbenen Cord-Sofa ausgestreckt und Videos geschaut, in denen Skater über Treppen sprangen oder Betonbänke entlangrutschten.

Sel grüßte Saam und nahm dabei die Füße von der Sofalehne, auf die Jamshid immer seinen Kopf legte.

Nima winkte ihm nur stumm zu. Saam schaute kurz auf den Fernseher, nahm die Fernbedienung von dem braun gefliesten Tisch, schaltete den Fernseher aus und sagte: »Skaten ist für Weiße! Echte Kanaken und Schwarze machen so was nicht.« Im Flur horchte er, ob sie den Fernseher wieder anmachten. Das Gerät blieb aus. Und die beiden sprachen kein Wort. Es erinnerte ihn an die Ruhe, die früher herrschte, wenn Jamshid ihn bestrafte. Die unendlichen Minuten, in denen er seine eigene Anwesenheit, die Last der Präsenz seines Körpers kaum aushielt. Die Unruhe unter seiner Haut, seine in den Schuhen versteckten Zehen, die hin und her tasteten. Das Piepen in den Ohren, die Ungeduld, die er in sich zähmte.

Und als würde sich auch sein Körper erinnern, fing sein Gesicht wieder an zu zucken, sein Ohr an zu pfeifen.

Er ging zurück. Die beiden schauten immer noch auf den schwarzen Bildschirm, als er eintrat. Er nahm die Fernbedienung und schaltete den Fernseher wieder ein.

»Fürs nächste Mal«, sagte er. Nima nickte.

Dafür wollte er sich mit dem Skateboard entschuldigen, und wohl auch dafür, dass er es damals nicht geschafft hatte, Nimas BMX zurückzuholen.

Das Ding war nur, dass Kanaken tatsächlich nicht Brett fuhren. Und genau deshalb war Brettfahren das, was Nima ab diesem Moment jeden Tag tun würde. Auf dem Brett könnte er alles hinter sich lassen. Auf dem Brett wäre er kein Kanake. Und Saam, der ein echter Kanake war, hatte dafür gesorgt, dass er das konnte.

ABSICHT

Die Arabs nannten jeden, der zweimal an einer Tüte gezogen hatte, einen »Junkie«, und nicht nur deshalb verpassten sie das bisschen Spaß, das es vielleicht noch hätte geben können.

Vergnügen war für sie ein Ort, an dem man die Haltung verlieren konnte, und viel mehr als Haltung hatten sie nicht. Also blieben sie nüchtern und passten auf, dass niemand diese infrage stellte.

Wenn Saam einen Joint anzündete, tat er das also allein. Er rauchte beim Laufen. Drehte die Sticks zu Hause vor, zündete sie an, wenn er aus der Haustür trat, und warf sie weg, wenn sich jemand näherte. Er lief in Richtung Sonnenallee. Die Straße, die am meisten Teheran war. Weil nichts funktionierte und trotzdem alles überlebte. Keiner, kein Einziger auf dieser Straße hatte eine gute Idee. Das musste man sich genau so vorstellen. Nicht eine einzige Idee war gut. Aber jede gut genug. Und das war der Witz, die Pointe, vielleicht sogar die Überlegenheit dieser Straße. Mitten in Europa hatten sie sich angesiedelt. Ohne eine Idee. Ohne Geld. Ohne Sprache. Ohne Wissen. Ohne Verbindungen oder Freunde. Sie hatten nicht mal Lust und schon gar keine Vision. Sie waren genauso fehl am Platz wie der *american dream* in ihren Heimatländern, und genauso aufdringlich. Das reichte.

Manchmal, meist zwischen der goldenen und der blauen Stunde und nach ein, zwei Sticks, wirkte die Allee, als gäbe es einen Code, einen zentralen Geist, der alles lenkte, damit es nicht einfach nur Dienstag war, Mittwoch oder Donnerstag. Das Wissen der Bälger darüber, wer Hood war und wer nicht, schien angeboren zu sein. Dass sie nicht länger brauchten als ein Blinzeln, um zu wissen, um wen sie herumzulaufen hatten und wen sie umrennen konnten, Instinkt.

Saam gefiel der Lärm. Es gefiel ihm, den Männern zuzusehen, wie sie ihre Autos in der zweiten Reihe parkten. Diese Sekunden der Selbstbestätigung. Und er mochte es, den Alten beim Melonenkauf zuzuschauen. Wie sie mit ihren schwülstigen Fingern und den dicken Ringen gegen die Früchte schlugen und am Sound erkannten, ob sie gut waren. Die Gewissheit, die Souveränität, das männliche, abgeriegelte Wissen um den Klang von Reife. Das kleine Stück Ehre, das auf dem Spiel, aber nie infrage stand. Diese Hände, die so viel schon getan hatten und jetzt nicht mehr wollten als reife Melonen.

Das waren die kurzen Momente, in denen das Leben nichts wog. Das Rosenwasser, mit dem der Konditor seinen miserabel laufenden Laden gesprenkelt hatte, markierte eher ein Revier, als dass es einlud. Der Duft, als freundliche Begrüßungsdame gedacht, war jetzt ein kantiger Türsteher, der gelangweilt Passanten anrempelte. Saam wechselte die Straßenseite.

»MP7!«, hatte Marwan ihm auf seinen Pager geschickt, der längst nicht so oft piepte, wie er es sich bei der Anschaffung gewünscht hatte.

MP stand für die Spielhalle Megaplay, und 7 für sieben Uhr.

Saam hatte die Botschaft amüsiert. Jeder Cop, der sich für Megaplay um sieben Uhr nicht interessiert hätte, würde bei MP7! hellhörig werden – hätte er sich für Marwan interessiert. Aber da kein Cop das tat, ging nichts, von dem Marwan dachte, es könnte schiefgehen, schief, und so konnte er es unter Abgezocktheit verbuchen. Und das tat er auch.

Vor dem Megaplay hingen um sieben gut dreißig Kanaken rum und machten Lärm wie sechzig.

Saam überlegte kurz, ob er nicht einfach umdrehen und gehen sollte.

Er setzte sich in Bewegung. Zur Begrüßung hatte Marwan dieses geschäftig freundliche »Wie geht's dir?« auf den Lippen, auf das immer die Frage nach einem Gefallen folgte. Aber Saams neue *Jordans* waren zu rot, um unkommentiert zu bleiben. Marwan verstand, dass Saam sich anders und vielleicht sogar besser kleidete als die anderen Jungs im Viertel. Das sah er, auch wenn er nicht dahinterkam, was den Unterschied machte. Was den Unterschied machte, war hingegen schnell erzählt. Saam kleidete sich amerikanischer als sie. Er kaufte, was er in Rap-Videos sah. Und das waren jetzt ferrarirote *Air Jordans*.

»Was ist das?«

Am liebsten hätte er »Schuhe!« geantwortet, aber stattdessen sagte er: »*Jordans*. Michael Jordan. Kennst du Michael Jordan?«

»Nee. Wieso? Kennt der mich?« Marwan war jemand, der diese Frage ernst meinte und dabei sein Gegenüber fixierte, bis Ironie keine Option mehr war.

»Was geht?«, fragte Saam.

»Musst jemanden wegmachen für uns.« Marwan schaute, als fühlte er sich ertappt. »Für mich.«

»Wegmachen?«

»Ja, wegmachen.«

»Wen meinst du?«

»Lass mal spazieren! Du kennst ihn sogar.«

Spazieren war ernst. Nach ein paar Schritten fragte Marwan: »Du weißt, wen ich meine, oder?«

Saam schüttelte nur den Kopf.

»Doch. Weißt du. Ich gebe dir einen Tipp. Du hasst ihn auch.«

»Ich hasse alle.«

»Aber den hasst du besonders. Den hasst du richtig. Die Zeit ist gekommen für ihn. Das ist auch für dich gut. Du musst endlich jemand Richtigen wegmachen. Nicht diese kleinen Bauernlümmel und Zigeuner. Einen richtigen Gegner, Mann!«

»Wen meinst du?«

»Du weißt, wen ich meine. Jamal, den Hurensohn.«

»Jamal?«

Marwan legte seinen Arm um Saams Hals.

»Muss nichts Wildes werden. Schmierst ihm eine, und ich stehe daneben. Wenn er Action macht, gehe ich dazwischen. Wenn er auf mich draufgeht, mach ich ihn fertig.«

Jamal war ernst. War ein Problem. Definitiv Spaziergang-Liga. Jamal würde wiederkommen. Immer und immer wieder. Schwingend, stechend, ballernd. Er würde wiederkommen, solange er laufen konnte, und wenn er es nicht mehr könnte, wenn er in einem Rollstuhl landete, käme er mit einer Knarre vorbeigerollt. Jamal müsste begraben werden, damit er nicht wiederkam. Den machte man entweder ganz weg oder gar nicht.

Auf der anderen Seite war aber auch Marwan ein Problem, weil er solche Szenarien auch gerne mal erfand, um zu testen, wer loyal war, wer was draufhatte und wer wie weit gehen würde.

»Woher weißt du, dass ich ihn hasse?«

»Ist mein Job, zu wissen, wer hier wen hasst. Sonst wäre es nicht mein Viertel«, setzte Marwan nach. Dann wurde er leiser.

»Früher lächelte er in mein Gesicht und lachte in meinen Rücken. Ich hab ihn verschont. War okay für mich. Konnte mir eh nichts. Aber jetzt hat sich das umgekehrt. Jetzt lacht er, wenn er mich sieht, und ich muss aufpassen, dass er nicht in mein Rücken lächelt. Dass er nicht denkt, er steht über mir.«

»Der hat doch nix drauf. Macht bisschen auf Psycho.«

»Hat er auch nicht. Aber er will sich jetzt Namen machen, 'stehste? Muss nichts Krasses werden, du schmierst ihm einfach eine, ich steh daneben und mach nix. Einfach, dass er vor mir eine geballert bekommen hat. Weil, ich kann das nicht machen, weißte?«

»Wieso? Der hat doch nix drauf.«

»Nix drauf? Natürlich hat der nix drauf, das ist doch das Problem. Wenn er was draufhätte, hätte ich den dann nicht längst weggemacht?«

Erst beim Reden verstand Marwan, dass das auch eine Beleidigung enthielt. Er krempelte die Ärmel hoch und fing an, mit vorgeschobenem Kiefer an seinen Fingernägeln zu knabbern. Saam liebte es, wenn Marwan wütend wurde, aber nicht ausrasten konnte, weil er was von ihm wollte. Je dümmer er sich jetzt stellte, desto unbeherrschter würde Marwan werden, desto gefickter wäre sein Tag.

»Warum sagst du ihm nicht, dass er sich verpissen soll? Oder redest einfach nicht mit ihm?«

»Bist du jetzt Pädagoge, oder was? Soll ich mit ihm zur Konfliktberatung?«

»Ignorier ihn doch einfach. Vielleicht denkt er ja dann nach.«

Marwan seufzte, ging tief in sich und kam zurück mit: »Der will sich Namen machen. Verstehst du das?« Er schnaufte.

Saam nickte. Als Nächstes würde Marwan die Hand um Saams Nacken legen. Saam hasste das. Er trat einen Schritt zurück.

»Das ist Arab-Scheiß, Mann! Politik-Scheiß! Überleg mal, was das für eine Werbung für ihn ist, wenn ich ihm eine gebe. Was denkt jeder?«

Sie blieben stehen und schauten einander an. Marwan tippte mit dem Finger auf Saams Schläfe und beantwortete seine eigene Frage: »Jeder denkt: Krass, er hat sich mit Marwan angelegt, und er steht immer noch hier. Hammerwerbung für ihn. Sogar, wenn ich ihn wegschmiere, war er auf mein Level, 'stehste? Ich bin König. Ich kann gar nicht gewinnen. Du musst smart sein, Sammyboy. Immer nachdenken.«

Dann fuhr er fort. »Der kriegt noch seine Schelle. Glaub mir. Dem zieh ich noch 'n Rock an. Aber weißte, wo er sie kriegt? Vor allen Leuten kriegt er sie. Nicht unter vier Augen, hier so privat mit Kerzenlicht. Er kriegt sie öffentlich. Stadtgespräch. Dass der letzte Clown gleich sieht, dass er Opfer ist. Aber pass auf.« Die Hand tippte wieder an Saams Schläfe. »Er kriegt sie wegen irgendwas anderes. Wegen Kleinigkeit. Einfach so ausrastermäßig, 'stehste? Spontanbombe. So, dass die Leute sagen, Marwan ist der richtige Psycho. Hat einen seiner eigenen Typen weggemacht. Wegen gar nix.« Er machte eine Denkpause. »Und dann sagt einer: Nee, Leute. Hatte Vorgeschichte. Und alle denken, scheiße! Vorgeschichte will ich nicht haben mit Marwan. Und dann nächster Schritt so: Jeder denkt für sich noch mal nach. ›Shit! Hab ich vielleicht schon Vorgeschichte mit Marwan?‹ Kopfkino. Angst. Und genau das ist Terror, Sammyboy. Deshalb wirkt Terror. Angst. 'stehste, wie ich meine?«

Saam verstand, wie er meinte. Den »Terror versus König«-Vortrag bekam er nicht zum ersten Mal zu hören.

Marwan gab ihm trotzdem noch einen Moment.

»Psycho sein ist nicht nur Psycho sein. Du musst auch überlegen, wann. Die Leute dürfen dich nicht berechnen können. Manchmal Krawatte, Anzug. Manchmal Hassi und Quarz. Manchmal hörst du zu. Manchmal Schelle. Du weißt, wann. Aber nicht die.«

Saam nickte.

»Du kennst uns. Was sag ich immer, was schlimmer ist als Araber in Action?« Marwans Hand rüttelte an Saams Nacken, als wollte er die Antwort aus ihm rausschütteln wie einen Ball, der sich in einem Baum verfangen hatte.

»Araber, die sich langweilen«, antwortete Saam.

»Richtig. Araber, die sich langweilen. Solche Jungs brauchen Beschäftigung. Eine Aufgabe. Die müssen sich immer nur wundern. Solange sie sich wundern, sind sie nämlich beschäftigt. Sind sie ruhig.«

Saam nickte.

»Das Ding ist, dass jetzt erst mal ein anderer ihm Erziehung geben muss.«

»Ich«, schlussfolgerte Saam für ihn, und Marwan nickte, fast stolz auf Saams Abstraktionsfähigkeiten. Dann klatschte er ihm auf die Brust Beifall und sagte nickend: »Also ja oder ja?«

»Ja.«

»Meld mich die Tage bei dir. Lass schauen. Und jetzt verrat mir mal was.« Er kam etwas näher und flüsterte ihm ins Ohr: »Bin ich zu nett geworden, Sammyboy? Merke ich nix mehr? Seh ich aus, als würde ich Schafe hüten gehen, und keiner sagt's mir? Kann ja sein. Vielleicht ist ja bei mir was weggekokelt, und ich check's nicht mehr. Ich frag dich, Bruder.« Dann schaute Marwan ihm wieder in die Augen und knabberte an den Fingernägeln.

Saam legte ihm jetzt seine Hand auf die Schulter, nahm sie aber gleich wieder runter, als er feststellte, dass die Frage gar nicht rhetorisch gemeint war und er tatsächlich auf eine Antwort wartete.

»Du bist nicht plemplem und auch nicht zu nett.«

Marwan gab ihm einen festen Handschlag und drei Wangenküsse. Links, rechts, links. Jamal war kein Test.

RAUCH

Ein paar Tage später bekam Marwan dann, wonach er gefragt hatte. Jamal war bei Megaplay aufgetaucht, und Saam hatte ihn weggeschmiert. Wortlos und ohne Vorwarnung.

Marwan hätten vielleicht zwei Ohrfeigen gereicht, aber nicht Jamal und auch nicht Saam. Also klemmte er sich eine Rasierklinge zwischen die Finger und gab ihm zwei Backpfeifen. Die Schläge zogen zwei saubere, sechs und zehn Zentimeter lange Schnitte durch Jamals Gesicht, der sich aber erst geschlagen gab, als Marwan und Naser dazwischengingen. Sie zogen ihn zur Seite. Jamal schlug wild um sich und traf Naser, und da hatten sie, was sie wollten. Sie schlugen so lange auf Jamal ein, bis jemand schrie: »Die Bullen! Die Bullen!«, und sie aus dem Blutrausch riss. Jamal blieb liegen mit gebrochenen Rippen, einem ausgekugelten Arm und einer Nase, aus der das Nasenbein heraustrat. Saam rannte los. Marwan und Naser stolperten in die entgegengesetzte Richtung.

Zwei Blocks weiter wurde Saam langsamer, sein Atem tiefer. Sein Adrenalinspiegel senkte sich.

Jamal würde wiederkommen, und wenn er nicht wollte, dass sein Gegner das Wann und Wo der Revanche bestimmte, musste er ihm zuvorkommen. Nachlegen. Ihn noch mal finden und noch mal fertigmachen. Dieses Mal ohne Rückendeckung. Gleichzeitig hatte Jamal Freunde. Und sie würden Saam suchen. Vielleicht taten sie es sogar schon. An seinen *Jordans* baumelten die goldenen Marken-Embleme. Er wechselte die Straßenseite mit großen Schritten, als ein Wagen auf seiner Höhe das Tempo drosselte und jemand vom Beifahrersitz aus seinen Namen rief. Er drehte sich um. Es war Marwan. Naser saß am Steuer.

»Spring rein, Gangster!«, rief Marwan und lachte.

Saam öffnete die hintere Tür, rutschte durch bis zur Mitte und beugte sich zu den beiden nach vorne. Am Rückspiegel baumelten drei Duftbäume – Zedern in den Nationalfarben Rot, Grün und Weiß – wie das libanesische Staatswappen.

»Die Jungs haben erzählt, als wir weg waren, hat Jamal sich eine Zigarette angezündet, und der Qualm kam aus seinen Backen. Der Hurensohn hat jetzt drei Münder.« Marwan lachte. Das hatte Saam selten, vielleicht noch nie gesehen. Aber er lachte. Er saß da, in seiner patriotischen Duftwolke und lachte. War sichtlich erleichtert. Es ging ihm richtig gut.

»Ist jetzt der Frankenstein von Neukölln«, ergänzte Naser. Dann deutete Marwan auf das Handschuhfach. Naser öffnete es, nahm das Bündel Geldscheine, das dort lag, und löste einen Hunderter raus.

»Gib ihm zwei«, sagte Marwan, und Naser nahm einen weiteren Hunderter und reichte Saam die Scheine nach hinten.

Eigentlich bezahlte Marwan nicht für so etwas. Er forderte diese Dinge einfach ein. Manchmal machte er Geschenke, lud alle zum Essen ein, reservierte Tische in Clubs, und alles ging auf ihn. Oder er schmiss Partys, auf denen er den allerwenigsten Spaß hatte, die meiste Zeit bei den Türstehern stand und auf irgendwas aufpasste. Aber er zahlte kein Geld. Wenn er es tat, gab es also immer einen Haken. Und jetzt überreichte er gleich zweihundert, was nicht wenig war. Das fühlte sich an wie die Münze damals bei Frau Winkler. Es verschob etwas. Niemanden würde es wundern, wenn Marwan sich in zwei Wochen wieder mit Jamal vertragen und was von Politik und Smartness erzählen würde, als wäre er wirklich in der Politik oder smart. Und Saam würde alleine dastehen.

Er nahm die Scheine trotzdem. Es war sowieso eine Ja-oder-

Ja-Situation. Er nahm sie und wusste, dass er jetzt auf sich gestellt war.

»Marwan, ich wollte dich noch um einen Gefallen bitten.«

Marwan grinste.

»Was los?«

»Ich brauche eine Scharfe.«

Naser lachte leise. Marwan schaute ihn im Rückspiegel an und nickte. Dann sagte er: »Ich sage Libelle Bescheid. Ist kein Problem.«

Der Satz, mit dem immer ein Problem begann.

Drei, vier Blocks weiter stieg Saam aus, holte sich am Späti eine Packung Kaugummis, und als er aus dem Laden trat, traf sein Blick den des Taxiunternehmers, bei dem sie damals aufgeschlagen waren. Vor einem der Imbissläden saß er mit einem Jungen, der sein Sohn sein musste, und aß. Kaute ruhig und mit Andacht, wie ein geduldiges Tier, das grast. Vor ihm die laminierte Karte mit den Bildern der Speisen. Darauf zwei weiße Plastikbecher. Für genau einen Schritt verpasste sein Fuß den Takt. Der Mann erkannte ihn und hörte auf zu kauen. Sein Gesicht wurde blass, und die Stirn zog sich zusammen. Die asymmetrischen Augenbrauen formten fast ein flaches, langgezogenes Z. Dann beugte er sich vor, hielt den Blickkontakt und tat so, als wollte er auf den Boden spucken. Oder er tat nur vielleicht so, als wollte er auf den Boden spucken. Denn genau in dem Augenblick schoben sich mehrere Passanten zwischen sie, verdeckten den Mann, und jetzt hatte Saam zu entscheiden, ob er auf den Boden gespuckt hatte oder nicht, ob er also umdrehen und etwas klarstellen musste oder nicht. Aber was überhaupt? Das alles hatte nichts mit ihm zu tun. Er wusste nicht mal, worum es damals gegangen war. Ihm war der Typ egal. Und auch Marwans Geschäfte waren ihm egal. Er wusste, dass Marwan sie nicht mit Zivilisten abschloss. Der

Typ musste ihm nicht leidtun, er war kein Rechtschaffener, der im Angesicht seines Schweißes seine Brötchen verdiente und dem Marwan dann am Monatsende die Klinge unters Kinn hielt. Irgendeinen Dreck hatte er schon am Stecken. Und auch der ging Saam nichts an.

In seinem Kopf stießen die Gedanken zusammen und blockierten alles. Bevor Saam das alles einordnen konnte, hatten seine Beine ihn fortgetragen.

Kurz darauf sprach er den Satz aus, der seit der Geschichte in der Rose, eigentlich aber schon immer in ihm wohnte und von dem er sich erhoffte, dass er einen Wendepunkt markieren würde. Er sprach ihn nicht laut, aber hörbar aus. Er sagte: »Scheiß auf Marwan.«

Im selben Moment wurde knapp zweieinhalb Kilometer entfernt Jamals Gesicht mit zweiundvierzig Stichen genäht. Von innen und außen, während seine Mutter sich vor dem OP-Saal in Ohnmacht geschrien hatte und selbst an einen Tropf angeschlossen werden musste. Schon vor der Prügelei wirkte Jamals Gesicht, als sei es aus mindestens zwei verschiedenen zusammengesetzt worden, die nichts miteinander zu tun haben wollten. Aber die Narben und die mehrfach gebrochene Nase machten jetzt ein Monster aus ihm und aus seinem Namen einen *running gag*. Jamal heißt nämlich »der Schöne«.

Auf dem Krankenhausparkplatz liefen sein Bruder und sechs seiner Cousins auf und ab, rauchten nervös und beschworen einen Krieg, von dem sie noch nicht wussten, gegen wen er zu führen war.

GOLD

Ihren Platz nannten sie »Yard«. Eigentlich ein betoniertes Kleintorfeld, auf dem niemand mehr Fußball spielte. Aus Sperrholz, Paletten und Schrankrückwänden hatten die Skater Rampen zusammengeschraubt, deren Restaurierung und Umbau zu einer eigenen Disziplin geworden waren. An guten Tagen fuhren hier fünfzehn Jungs, an ruhigeren nur Nima und Sel.

Neben dem Platz lag der kleine, stickige Laden eines weißhäutigen, mit Altersflecken übersäten und nach Aleppo-Seife riechenden Arabers, der jeden Morgen, wenn er sich wie ein Schlaganfallpatient zur Arbeit tastete, den Jungs »Mashallah! Mashallah!« zurufend, einen Schlenker in ihre Richtung machte, prüfend ihre Oberarme drückte und ihnen Fleiß oder Stärke attestierte, die Arme theatralisch in die Luft warf, wenn jemand hinfiel, oder »Mashallah! Bravo!« rief, wenn ein Trick gelang – um dann weiterzuschleichen.

Sein Laden lag im Souterrain. Die Oberlichter waren verdunkelt von den Obst- und Gemüseauslagen auf der Straße, der Raum beleuchtet von dem Halogenlicht der Theke und des Hinterzimmers. Die Aggregate der Kühlschränke klirrten, rauschten, surrten in einem undurchschaubaren Algorithmus, immer zu der Melancholie Umm Kulthums, deren Stimme aus der krächzenden Box, die auf der Kasse stand.

Der Laden roch nach Kurkuma, nach Trockenpfirsichen und Chlor.

Hier kauften die Jungs Wasser oder Limonade, manchmal Obst, das der Araber für sie wusch, und manchmal die in Olivenöl eingelegten Paprikawürstchen, die sie in dünne Fladenbrote wickelten. Für zwei Mark ließen sie sich Strom geben und schlossen den Ghettoblaster an.

Abends, wenn der Alte den Laden schloss, ging er den Schlenker vom Vormittag zurück und brachte den Jungs Fladenbrot, Datteln, manchmal ein Stück Melone oder ein paar Trauben, mal eine scharfe Paprikasauce, die seine Frau gemacht hatte und von der er behauptete, dass sie für Männer gut sei, oder etwas Schafskäse, in den der Chlorgeruch eingedrungen war.

Dann aßen die Jungs zusammen. Verschwitzt und glücklich, mit freien Oberkörpern im Schatten der Ahornbäume, auf deren Blättern ein weißgelber Staub lag. Dünn wie der Flaum über ihren Oberlippen, und im Hintergrund lief Rage Against the Machine, Napalm Death oder Gang Starr.

Der Yard war auch der Ort, an dem die ersten Besäufnisse stattfanden. Apfelkorn, Bier und *Kleine Feiglinge*. Hin und wieder tauchten die Mädchen auf, in weiten Klamotten und dicken Turnschuhen. Manchmal geschminkt. Selten dezent. Jemand brachte Gras mit. Die Abende an den Wochenenden wurden länger. Den Mädchen gefiel Nima. Er hatte die feinen und klaren Züge seines Vaters und dunkelbraune Locken. Die gleichen vollen Lippen und große braune Augen.

Nima zog meist ein-, zweimal an den Joints und reichte sie weiter. Er trank wenig. Gerade genug, damit nicht auffiel, dass er eigentlich nicht mittrank. Dann sprang er auf sein Brett und fuhr die nächste Runde im weißen Licht der Laternen, während am Rand des Platzes gehustet, gekotzt, geknutscht und gefummelt wurde.

EUROPA

An der Wand tickte eine Uhr mit blassgoldenen Zeigern auf einem Zifferblatt aus rotem Glas. Es war Punkt sechs, als Saam eintrat. Der Raum war fensterlos und mit einer nackten, grellen Glühbirne ausgeleuchtet. In den Türrahmen zu den beiden Nebenzimmern hingen keine Türblätter, sondern dicke Polyesterdecken. Eine davon orange-schwarz mit einem weinenden Mädchengesicht drauf, die andere mit zwei beigebraunen Tigern. Zwei Feldbetten füllten den Raum, in dem er sich befand. Unter den Betten je ein gesamter Schrankinhalt in Taschen und Tüten. Eines war leer, auf dem anderen Bett lag der schnaufende, korpulente Körper eines Mannes, dessen Rückenhaare teils weiß waren. Der beißende, chemische Geruch von verbranntem Kokain hing unter der Decke. So dicht und penetrant, dass man glaubte, mit dem Kopf dagegenzustoßen. Direkt neben der Eingangstür stand ein schwarzes, von Brandlöchern übersätes Kunstledersofa auf dem abgewetzten Teppichboden. Davor ein mit nasser Asche gefüllter, zwei Handflächen großer Aschenbecher aus schwerem Stein. Der Junge, der ihm die Tür geöffnet hatte, konnte sechzehn sein oder Mitte dreißig, aber nichts dazwischen. Ein fast kinnloses Gesicht. Während er an seiner Kokarette zog, durchleuchtete er Saam mit seinen geweiteten Pupillen. Er war dürr, wog keine fünfzig Kilo, und seine Schulterblätter standen ab wie seine Ohren. Die Ohren schauten nach oben, die Schulterblätter wie Flügel schräg nach unten. Und Saam kapierte auf den ersten Blick, warum sie ihn Libelle nannten.

Mit freiem Oberkörper stand er vor ihm und zeigte Richtung Sofa. Als wollte er sagen: »Hab ich doch gesagt, hier ist ein Sofa.«

Saam nahm Platz. Eine Etage unter dem Kokaingeruch setzte sich der Duft von deftigem, gekochtem Fleisch ab.

In dem Zimmer hinter den Tigern lief ein Fernseher, in dem anderen brannte Licht. Hätte Saam die Lage einschätzen müssen, hätte er gesagt, dass sich ungefähr zehn Menschen in der Wohnung befanden und dass es wahrscheinlicher war, dass die Leiche des rechtmäßigen Bewohners im Badezimmer verrottete, als dass irgendjemand von ihnen im Mietvertrag stand. Dass sie sich hier eingenistet hatten und verschwinden würden, sobald der Verwesungsgestank die Nachbarn alarmierte. Dann fragte Saam, wer der Mann sei, der dort schlief. Der Junge dachte keine Sekunde nach, antwortete nicht, sondern ging direkt auf den Schlafenden zu, gab ihm zwei für seine körperlichen Mittel beeindruckend wuchtige Tritte und fing an, ihn anzuschreien, worauf es Proteste aus dem Tigerzimmer gab. Saam verstand nichts, aber das Problem im Raubtierzimmer schien nicht die Misshandlung zu sein, sondern der damit verbundene Lärm. Der Mann wälzte sich auf die andere Seite, ohne aufzustehen, und nuschelte etwas vor sich hin. Es war, als schliefe er einen Rausch aus. Libelle hatte bei der Aktion einen rauchbaren Teil der Kokarette auf dem Teppich verloren. Er pustete auf die verbleibende Glut, bis sie gelborange aufleuchtete, dann trat er noch näher an den Mann heran und drückte ihm die Glut zwischen die Arschbacken. Der Typ sprang auf, schrie und fluchte, verstummte aber, als er den Jungen sah. Mit einem Mal wirkte er ausgenüchtert. Es gab keinen Zweifel, das musste Libelle sein. Libelle brüllte ihn nun in einer slawischen Sprache an, die Saam noch nie gehört hatte, deutete auf das weinende Mädchen, und der Mann verkroch sich mit dem Beutel, den er als Kissen benutzt hatte und in dem sich zwei Schuhe abzeichneten, in Richtung Mädchenzimmer.

Libelle erklärte: »Mein Onkel«, und wandte sich zum Tigerzimmer.

Sobald Libelle hinter dem Vorhang verschwunden war, stieg dort der Lärmpegel. Eine raue, gelassene, aber dominante Männerstimme klang, als würde sie ihm etwas erklären, wobei sie immer lauter, rauer und nach wenigen Sätzen auch überhaupt nicht mehr gelassen klang. Libelle antwortete erst unsicher, dann genervt und schließlich genauso laut. Eine dritte Stimme mischte sich ein, übertönte beide, wollte aber scheinbar nur fernsehen. Jedenfalls wurden die anderen leiser und der Fernseher lauter. Die ersten beiden Stimmen gaben sich noch einen kurzen Schlagabtausch, bei dem Libelle das letzte Wort behielt, und als er wieder rauskam, zielte er mit zwei Neun-Millimeter-Pistolen auf ihn. Er ging auf Saam zu, richtete die Läufe nach unten und hielt ihm die beiden Griffe hin.

»Die ist geladen«, sagte Libelle und zeigte auf die linke. Die andere nahm Saam erst gar nicht in die Hand. Die linke war schön. Wunderschön sogar. Das glatte Metall, das matte Schwarz, die Rundungen, die Kanten, die Einkerbungen, der Griff. Aber vor allem das Gewicht. Das Gewicht war ernst. Seriös. Waffenstahlseriös. Er richtete sie auf den Boden, zog den Schlitten zurück, die Patrone schob sich mit einem Klicken aus dem Magazin in den Lauf. Er entsicherte sie, zog den Hahn nach hinten, sein Zeigefinger fest am Abzug, hielt er den Hahn aber mit dem Daumen zurück, betätigte den Abzug und ließ den Hahn langsam zurückschnappen. Dann nahm er das Magazin raus, zog den Schlitten nach hinten, und die Patrone sprang in einem perfekten Bogen in seine Hand. Er steckte sie in das Magazin, das Magazin in den Schacht, sicherte die Pistole und schob sie in den Hosenbund, als wäre er mit ihr reingekommen. Er zog sie wieder raus, legte sie auf das Sofa neben die andere und lehnte sich zurück.

Die Beine breit auseinander, den Arm auf der Rückenlehne, so wie Marwan damals, wenn er nicht wollte, dass sich Saam neben ihn setzte.

»Ich hab auch noch ’ne andere«, sagte Libelle, der seine Zigarette anleckte, um daraus die nächste Kokarette zu bauen.

»Ich will die«, erwiderte Saam.

»Tausendzweihundert. Mit zwanzig Schuss.«

»Ich brauch hundert«, antwortete Saam, als hätte er genau hundert Feinde und bräuchte für jeden genau eine Kugel.

NACHT UND NEBEL

Fast zwei Wochen vergingen, ohne dass etwas von Jamal kam. Die Knarre gab Saam ein Gefühl von Sicherheit und eine Illusion von Macht. Trotzdem beunruhigte ihn die Stille, und er beschloss, aufzurüsten.

Die Nummer des Hundezüchters hatte er aus einer Zeitungsanzeige. In zwei Telefonaten bemühte sich Saam, den Slang zu unterdrücken und den Eindruck zu vermitteln, er verstehe etwas von Hunden und sei auch sonst verantwortungsbewusst und erwachsen. Der Züchter hingegen hatte versucht, sein Stadtrandberlinerisch wie auch seine schlechte Laune zu unterdrücken, und so geredet, als wäre ihm die Sache mit der Verantwortung nicht egal. Dann hatten sie sich auf einer Raststätte verabredet.

Heydar fuhr ihn hin. Die Jungs waren spät dran. Der Züchter grüßte lustlos. Dass ausgerechnet zwei Kanakenkids ausstiegen und ihn hatten warten lassen, schien ihm nicht besonders zu gefallen.

Heydar sagte: »Alles klar?«, und Saam entschied sich für ein weiches Hallo, zu dem er freundlich winkte.

Der Züchter öffnete die Beifahrertür und rief: »Odin! Krieg! Raus da!«

Da der Name Odin aber weder Saam noch Heydar etwas sagte und Krieg – ein kupierter, robuster Dobermann – nach der Autofahrt eher die Entleerung seiner Blase im Sinn hatte, als die rechte Gesinnung seines Herrchens zu repräsentieren, blieb die Wirkung aus. Als Krieg den zweiten Poller anpinkelte, entschieden sich alle, das Ganze professionell hinter sich zu bringen. Der Züchter öffnete die hintere Tür, und ein schwarzbrauner Welpe sprang heraus und Saam an, der sich erschreckte, nach hinten stolperte und umfiel, während der Welpe mit großen, tapsigen Vorderpfoten auf seine Brust kletterte und sein Gesicht ableckte. Saam lachte wie ein Kind, das gekitzelt wurde, und kurz lachte auch Heydar. Der Züchter lachte nicht, sondern ging zum Kofferraum, holte eine Tüte Trockenfutter, stellte sie neben Heydar auf den Boden, und mit einem harten Blick, der den Eindruck erweckte, er hätte sich das Blinzeln abtrainiert, sagte er: »Passt auf den auf!«, was mehr nach einer Drohung klang als nach Tierliebe.

Dann griff Heydar in die Hosentasche und gab dem Mann vierhundert Mark, ohne ihn anzuschauen, damit er sich verzog.

Der Züchter rief Odin und Krieg zurück in den Wagen, stieg ein, zündete sich eine Zigarette an und ließ die Asche aus dem Fenster fallen, als er aufs Gaspedal drückte.

Saam war neunzehn. Das letzte Mal, dass er so gelacht hatte, war Jahre her. Der Hund, den er sich als Waffe anschaffen wollte, saß jetzt neben ihm, wedelte mit dem Schwanz, hielt den Kopf schräg, ein Schlappohr aufgestellt, das andere über dem Auge baumelnd, und roch nach Säugling.

Nach dem neugeborenen Nima und nach dem Koffer, den sie damals zu Nimas Kinderbett umfunktioniert hatten und der neben Saams Matratze lag. Auf der Rückfahrt setzte er sich mit dem Hund auf dem Schoß nach hinten und entschied sich für den Namen Cashflow.

JO

Jo hieß Josephine nach dem Chris-Rea-Song, den sie natürlich peinlich fand. Ihre Schönheit verlieh ihrem Auftreten etwas, das oft mit Mut verwechselt wurde. Auch von ihr selbst. Ihre Kleidung kaufte sie secondhand, weil sie Dinge nicht mochte, die glänzten und neu waren. Ihre Chucks waren dreckig, ihre Fingernägel lackiert, weil es ihr gefiel, wenn der Lack halb runter war. Die dunkelbraunen Haare trug sie meist offen. Manchmal band sie sie zu einem Pferdeschwanz.

Sie ging auf Nimas Gymnasium und war, wie die Jungs in seiner Klasse einstimmig bezeugten, *high end.* Von dem übergewichtigen Maklersohn über den aggressiven Hypermacho, von der Pali-Tuch tragenden Polit- und Antifa-Fraktion, den Kurt-Cobain-Reinkarnationen aus der Theater-AG, dem Speed- und Ecstasy-Dealer der Schule bis zu den beiden Jungs, die sich, wie ihr Sportlehrer behauptete, noch für keine Uferseite entschieden hatten – in einem waren sie sich einig: Jo war *high end.*

Angesprochen hatte sie ihn. Auf einer der Partys, die nicht mehr Feten hießen, weil das uncool war. Sie trank Bier aus der Flasche und tanzte mit dem Rücken zum DJ. Sie war kein Fan. Keine Tussi. Daher auch das Bier und nicht Prosecco auf Eis.

Nima und Sel kamen direkt vom Yard, die Bretter noch unter dem Arm. Sels Vater war Schwarz, seine Mutter hatte moorgrüne Augen, die sie ihm vererbt hatte. Sel war der beste Skater auf dem Yard, und viel mehr brauchte es nicht, um der Einzige zu sein, der regelmäßig Sex hatte. Laura, die Gastgeberin, begrüßte sie und drückte jedem eine lauwarme Flasche Bier in die Hand, aus der Badewanne, die eigentlich bis zum Rand mit Eis gefüllt sein sollte, bis klar wurde, wie viel Eis in eine Badewanne passte und wie viel Bier man für das gleiche Geld bekam. Als Nima die Flasche aufmachte, lächelte Jo rüber und prostete ihm zu.

Sie war eine Klasse über ihm, eigentlich unerreichbar, aber sie mochte sein Lächeln, wie jeder sein Lächeln mochte. Es war reine Physiognomie, keine Magie. Er lächelte asymmetrisch, leicht schief, und auf einer Wange bildete sich ein Grübchen.

Nima stand in der Küche, wo die Jungs einen Joint angezündet hatten, den sie Spliff nannten, als sie dazukam.

»Du heißt Nima, oder?« Ein Gespräch, durch das sie ihn eher führte, als es mit ihm zu führen.

Als das Bier auf der Party aus war, bot sie an, mit Nima neues zu holen, ohne ihn gefragt zu haben. Damit hatte sie ein Wir geschaffen. Draußen, sie waren ein paar Meter gegangen, blieb sie plötzlich stehen, nahm seine Hände und sagte: »Weißt du, was ich glaube?«

Nima schaute sie an und versuchte, nicht wie ein Trottel auszusehen. »Nee.«

»Ich glaube, du brauchst eine richtig coole Freundin.« Sie drückte seine Hände ein wenig fester und schaute zu, wie er nickte. Jetzt wie ein Trottel.

Dann erzählte sie ihm, dass sie bald selbst eine Party schmeißen würde, im kleinen Kreis, und dass es toll wäre, wenn er auch käme. Nima sagte zu, und als sie den Späti erreichten, gab sie ihm einen Kuss auf die Wange und berührte dabei flüchtig seine Lippen. Gerade so, dass es auch ein Versehen hätte sein können.

Sie kauften vier Sixpacks und gönnten den Tussis auch zwei Flaschen Prosecco. Auf dem Weg zurück hatten sie alle Hände voll, und die Zärtlichkeit blieb aus, Nimas Verwunderung und auch sein Interesse aber nicht.

4LIFE

Die Raubüberfälle fingen nicht mit der Idee an, Raubüberfälle zu begehen, sondern damit, Schusswaffen zu besitzen. Auch Heydar war jetzt bei Libelle shoppen. Dann hatte er Saams Knarre ausgeliehen und war damit zu Mister Minit gegangen, um die Läufe gravieren zu lassen.

W. F. A. 4. L. I. F. E. in Typewriter-Großbuchstaben. Das sah am härtesten aus. In Auftrag gegeben hatte er 4. L. I. V. E., aber dem Mitarbeiter bei Mister Minit ist der Fehler gleich aufgefallen, er hatte ihn schon mal bei einem Ehering gemacht und seine Lektion gelernt.

»Kennst du nicht das Lied ›Life is Life‹? Das Leben ist das Leben?«, übersetzte er schief und schmiss »Lala lalala« die Gravurmaschine an, als wäre es sein täglich Brot, Knarren zu gravieren. Nachdem er fertig war und man ihm ansehen konnte, dass ihn die Knarren nicht beeindruckt hatten, öffnete Heydar – statt mit dem Geld aus der Hosentasche zu bezahlen – sein Hip Bag, das er vor der Brust trug, legte einen gut fünf Zentimeter dicken Geldstapel auf den Tresen und löste zwei Zwanziger raus. Erst da fiel bei Mister Minit der Groschen, und er fragte, ob die Knarren echt seien. Heydar verneinte, der Schuhmacher glaubte ihm nicht, und damit hatte alles seine Ordnung.

Die Überfälle liefen gut. Eine ganze Weile sogar. Saam und auch Heydar, der sich mittlerweile Zorro nannte, hatten nicht das Zeug, um Juweliere auszurauben. Das wussten sie immerhin. Sie waren zwanzig, zweiundzwanzig und hatten weder Weitsicht noch einen klaren Verstand, aber diese eine Sache hatten sie irgendwie kapiert. Also überfielen sie Spätis, Eisdielen und Imbissbuden. Vordergründig ging es um die König-oder-Bettler-Frage, um Bus oder Benz, Hyäne oder Löwe und den ganzen Schwachsinn. Aber wie bei allem, was Jungs in dem Alter und dem Viertel anstellten, ging es hauptsächlich um die Belastbarkeit von Behauptungen. Darum, ob Fremde ihnen zutrauten, dass die Pistolen echt, dass sie selbst echt waren. Darum, ob sie die Geschichten über sich selbst glaubten oder nicht. Daher waren die Überfälle zwar immer Überfälle, aber eben auch Spiegelung, Versuch, Filmzitat und Probe für das große Ding, für das Juweliergeschäft, für die Bank.

Einmal hatten sie sich eine richtig miese Pizzeria ausgesucht, den Laden gestürmt und den Mitarbeiter gezwungen, die Kasse aufzumachen. Keine zwanzig Mark lagen darin. Also fing Heydar an, dem Pizzabäcker zu erklären, dass es kein Wunder sei, wenn es nicht liefe, obwohl die Lage des Ladens an sich ja gut sei. Was aber nicht helfe, wenn alles scheiße schmecke. Dann ging er um die Theke herum, öffnete die Saladette, schmiss die Dosenchampignons, den Mais, die Ananas und den vertrockneten Thunfisch in den Müll. Als er bei der Mülltonne stand, fiel sein Blick auf zwei Fünfzehn-Kilo-Analogkäseblöcke, die hinter einer Glastür im Kühlschrank gestapelt lagen, und er lachte. »Das ist so hart Ghetto!«, sagte er zu Saam, und zu dem Pizzabäcker: »Mozzarella! Mit Mozzarella macht man Pizza! Verstehst du das? Weißt du, was Mozzarella ist?« Als der Pizzabäcker nickte, steckte Heydar die Pistole wieder ein, öffnete sein Hip Bag, holte wieder seine fünf Zentimeter Geld raus und schmiss einen Fünfziger in die Kasse. Das waren bestimmt fünfzehn- oder zwanzigtausend Mark, die er einfach so dabeihatte. Bei einem Überfall.

»Kauf Mozzarella, okay?«

Dann schaute er in den Getränkekühlschrank.

»Nicht mal Fanta hat der.«

Er nahm sich zwei Seven Up, gab eine davon Saam, und sie stürzten lachend in die Nacht hinaus.

SAMSTAG

Jos Party war eine Übung im Erwachsensein. Die Getränke wurden zwar noch nicht gereicht, lagen aber auch nicht mit aufgelösten Etiketten lauwarm in der Badewanne. Auf der Kücheninsel steckten die kleinen Tonic-Flaschen in dem mit Eis gefüllten Sektkübel zwischen den Crémant-Flaschen, davor standen eine Flasche Gin und eine Schale mit Limetten und einer Gurke. Jo trank diesmal kein Bier, sondern Crémant.

Als Nima klingelte, öffnete eine attraktive, überraschend jung aussehende Frau Maybach, die nicht so genannt werden wollte. Jos Mutter trug eine figurbetonte Designer-Jeans und darüber eine hippieesk mit Blumenmustern bestickte, tief ausgeschnittene dünne Bluse, die sie am Bauch zusammengebunden hatte. »Hallo. Du bist bestimmt Nima«, sagte sie mit Jos Lächeln.

»Hallo. Ja.« Nima streckte ihr die Hand entgegen, sie nahm sie und umarmte ihn gleich. Sie schien ihn zu mögen.

»Uta. Hi. Ich hab schon viel von dir gehört. Komm mit. Die anderen sind im Garten.«

Sie führte ihn durch die zum Wohnzimmer hin offene Küche, die größer war als manche Wohnung in Nimas Siedlung. Durch die weit geöffneten rahmenlosen, gläsernen Schiebetüren gelangte man vom Wohnzimmer in den Garten.

Frau Maybach blieb im Wohnzimmer stehen und fragte ihn, was er trinken wolle.

»Eine Cola, wenn es geht. Danke.«

Frau Maybachs Gesicht hatte sich noch nicht zwischen »Gott, bist du süß« und »Baby, komm schon! Das soll hier noch lustig werden!« entschieden, da kam Jo auch schon aus dem Garten.

»Cola? Du meinst natürlich Gin Tonic«, sagte sie und umarmte ihn kurz und fest und gab ihm einen Kuss auf die Wange. »Komm. Ich mach uns einen!«

Sie zog Nima zurück in die Küche, griff sich den Gin und schüttete ihn in das erstbeste Glas. Ihre Fähigkeiten als Barkeeperin kommentierte sie mit einem »Oh. Das war viel. Na ja!«. Sie stellte zwei halbvolle Gläser Gin auf den Tisch, nahm zwei Scheiben Zitrone aus der Schale, schaute sie skeptisch an, zuckte mit den Achseln und warf sie mit einem »Was soll's« in die Gläser.

Drei Na-jas später saß Nima draußen. Er hatte sein *Vision Street Wear*-Shirt an, seine *Stüssy*-Army-Hose, die er *baggy* trug, und mehrfach geflickte *Airwalks*. Nicht, weil kein Geld da war. Saam sorgte dafür, dass Nima keine falschen Krokodile auf seine Shirts nähen musste. Nima hatte nur keine Zeit zum Shoppen.

Die anderen Jungs trugen zwar auch Skateschuhe, weil es in war, aber sie waren nicht verschlissen. Diese Jungs hatten noch nie auf einem Brett gestanden. Ihre Beine steckten in hellblauen und lachsfarbenen dünnen Chinos, die zwei von ihnen auch noch mit einem Poloshirt kombinierten. Er mochte diese Jungs von Anfang an nicht. Und als sie anfingen, sich über Zigarren zu unterhalten, wie man sie anzündete und ob das Etikett entfernt zu werden hatte, fragte Nima sich, was er eigentlich in dieser Gin-Tonic-Welt verloren hatte.

Die Na-jas zeigten Wirkung und auch der Spliff, an dem er noch vor der Party kräftig gezogen hatte. Er brauchte eine Auszeit, etwas Wasser im Gesicht und eine Taktik, wie er das Ganze überstehen sollte. Er fragte Laura nach der Toilette.

»Die sind oben«, antwortete sie, und er machte sich auf den Weg, den er sich geradliniger vorgestellt hatte. Im Wohnzimmer erwischte ihn Frau Maybach, und im selben Moment stieg das Bittere des Tonics und die Säure der Zitronen in ihm auf. Er machte ein paar unsichere Schritte in ihre Richtung, woraufhin Frau Maybach in einer geübten Bewegung die Schnittblumen aus einer Vase nahm und Nima die Vase hinhielt. Er übergab sich dezent und kurz.

Als er fertig war, nahm er ihr die Vase aus der Hand, und sie lächelte und sagte, dass das zu einer gelungenen Party dazugehörte.

»Komm. Ich zeig dir das Bad«, flüsterte sie und nahm ihn wieder bei der Hand. Händchenhalten schien in dieser Familie das Ding zu sein.

Nima spülte sich den Mund aus, schlug sich etwas Wasser ins Gesicht, säuberte die Vase, ging hinunter und gab sie Frau Maybach zurück, die sie mit frischem Wasser und den alten Schnittblumen füllte. »Unser Geheimnis!«, versprach sie und zog sein verschlissenes Shirt zurecht.

»Ich hab übrigens auch noch eine Cola hier.« Sie holte eine Dose aus dem Kühlschrank, gab sie Nima, der sich bedankte und wieder zu den anderen auf die Terrasse ging.

Keine Stunde später – die Jungs diskutierten immer noch über die Kunst des Zigarrerauchens, während Jo sich mit ihren Freundinnen über Kuba und Sozialismus unterhielt – entschied sich Nima für eine zweite Exkursion Richtung Toilette. Er ging hinauf, rutschte kurz auf dem Treppenabsatz aus und knallte mit dem Schienbein gegen die Stufen. Es war nicht wild, nur laut, und Frau Maybach, die gerade aus dem Bad gekommen war, stand direkt vor ihm und nahm die kleine Schramme ernster als nötig.

»Setz dich hin. Ich hol Eis.« Sie rannte runter, ging zum Gefrierfach und kam mit einem Eisbeutel zurück. Als sie ihm das Hosenbein hochzog, um den Unterschenkel zu untersuchen, war die Wunde von den anderen Verletzungen, die sich Nima beim

Skaten ständig zuzog, kaum zu unterscheiden, ging regelrecht unter. Nur das leuchtende Rot verriet, dass sie frisch war. Sie legte ihre Stirn in Falten, als würde ein Knochen aus dem Fleisch herausragen, umklammerte mit einer Hand seine Wade und drückte den Eisbeutel gegen das Schienbein. Sie saß zu seinen Füßen – sodass er in ihr sommersprossiges Dekolleté schauen konnte, vielleicht sogar sollte? Die Gin Tonics knallten, obwohl er sie ausgespuckt hatte. Und da geschah es. Er bekam eine Erektion, der selbst die Baggyhose nicht gewachsen war. Er beugte sich vor, um sie zu kaschieren. Ihm schoss die Röte ins Gesicht, und er wäre gerne auf der Stelle die Treppe runtergestürzt und hätte sich das Genick gebrochen. Aber Frau Maybach lächelte ihn mit einem »Alles gut« an und legte ihre Hand auf seinen steifen Penis. Ganz kurz und mit der Souveränität einer Mutter. Sie griff nicht nach seinem Penis, hielt ihn nicht fest, massierte ihn nicht. Die Bewegung wirkte weder obszön noch übergriffig, sondern beinahe natürlich. Als hätte sie das in der Erektion enthaltene Kompliment angenommen, sich geschmeichelt gefühlt und kurz die Spitze seines Gliedes mit dem Handballen berührt, weil das die Art ist, wie man sich für so etwas bedankt.

Familie Maybach gehörte zu den Familien, in denen Intimität keine Sache des Individuums war, deren Toilettentüren keine Schlüssel besaßen und bei denen der Weg vom Schlafzimmer dorthin auch mal nackt zurückgelegt wurde. Zumindest von Artur Maybach.

Uta Maybachs Rache für die Selbstvernachlässigung ihres Gatten, eines stark untersetzten Mittfünfzigers, dessen Genitalien aussahen, als hätte man eine Ochsenherztomate halbiert und wie einen Saugnapf unter seinem Bauch befestigt, und der, wenn er morgens an seinem Hemd von gestern roch, sich trotzdem dafür entschied, es wieder anzuziehen. Ihre Rache bestand nun darin, mithilfe von Yoga, Fitness, Meditation, einer natürlichen Körperlichkeit, aber auch dezent aufgespritzter Wangenknochen ein ästhetisches Umfeld zu schaffen, in dem ihr Ehemann zum Fremdkörper wurde. Ein Eindringling im eigenen Haus. Ein Barbar, über dessen Willen sie sich im Auftrag der Schönheit und der höheren Dinge hinwegzusetzen, ein Barbar, den sie zu bevormunden, vielleicht sogar zu unterdrücken hatte.

Nimas Glied zu berühren, war also auch ein Griff nach ästhetisch Ansprechenderem gewesen.

Dann drückte sie ihm den Eisbeutel in die Hand und ging an ihm vorbei zurück ins Bad.

Als Nima ein paar Minuten später wieder nach unten ging, schien sich etwas verändert zu haben. Jo widmete ihm fortan ihre gesamte Aufmerksamkeit, ihre Freundinnen erkannten eine nach der anderen die Zeichen und verschwanden. Die Jungs im Schlepptau. Jo verabschiedete sie herzlich und wandte sich gleich wieder Nima zu. Als sie allein waren, ging sie zum Kühlschrank. Sie nahm eine Flasche Bier heraus, trank einen kleinen Schluck und reichte sie ihm.

»Gott, was für peinliche Typen. Ich erkenne die Girls nicht wieder. Dass die auf solche Jungs stehen.«

»Bisschen langweilig«, sagte Nima.

»So austauschbar. Manchmal frage ich mich, ob die sich nicht gegenseitig verwechseln. Und dann dieses Zigarrengehampel.«

Nima nickte.

»Total albern. Die Girls sind so viel interessanter. Nora war gerade erst in Südamerika. Chile, Peru, Guatemala. Hat in Nicaragua bei einem ganz tollen Projekt mitgemacht. Bin richtig stolz auf sie. Aber meinst du, irgendwas davon hat ihren Moritz da interessiert?«

»Ist sie nicht mit Philipp zusammen?«

»War extra. Ob Philipp oder Moritz …«

Nima gefiel es, dass sie extra Moritz gesagt hatte. Die Bierflasche ging öfter zwischen ihnen hin und her als nötig und leerte sich gerade, als Frau Maybach durchs Bild lief, um die Sprinkleranlage einzuschalten.

»Wollt ihr nicht langsam reinkommen? Wird kühl hier draußen.«

»Ja, Mama!« Jo setzte Mama in Anführungszeichen. Das klang zynisch, aber Frau Maybach reagierte nicht beleidigt, sondern ertappt.

Nima verstand das alles nicht und sagte: »Ich sollte auch langsam mal los.«

»Ich glaube, ehrlich gesagt, dass das keine gute Idee ist. Ich finde, du schläfst heute hier. Ich ruf, wenn du willst, deinen Vater an und sag, dass alles okay ist, und morgen früh kannst du in Ruhe entscheiden, wann du loswillst«, sagte Frau Maybach, die die Sprinkleranlage mittlerweile angeschmissen hatte.

Sie hatte damit die Tür aufgestoßen zu einem sicheren Raum, wo nicht verlegen verhandelt und austariert werden musste, wie die Nacht verlaufen würde.

Ein Raum, in dem ein Bett stand, in das er zu steigen hatte, und ihre *High end*-Tochter würde daneben oder zumindest im selben Raum liegen. Und das alles knapp eine halbe Stunde, nachdem sie selbst seinen Penis in ihrer Hand gehalten hatte. Diese Welt schien deutlich anders zu funktionieren, als er gedacht hatte, und sie gefiel ihm.

Jo griff Nimas Hand, zog sie an sich, legte sie um ihre Hüfte und ergänzte: »Ja. Find ich auch, dass du heute bei uns schläfst.« Sie sagte das mit so fester Stimme, dass es entschieden war.

Jos Zimmer war der ausgebaute Dachstuhl, mehr Loft als Zimmer. Warm und holzig. Es hing nicht viel an den Wänden. Ein Bild von Kurt Cobain, ein Foto von Jo mit einer Frau, die ihre Oma sein musste. Die Matratze lag auf einem Gerüst unter dem Dachfenster, sodass man im Liegen den Himmel sehen konnte.

Jo suchte ihm ein frisches T-Shirt raus. Ein Pearl-Jam-Shirt. Und während er noch damit haderte, ob er sich vor ihr umziehen sollte, war Jo schon nackt. Allerdings nur kurz. Dann zog sie sich ein langes, übergroßes T-Shirt an. »Normalerweise schlafe ich nackt«, sagte sie beim Versuch, souverän zu wirken, hatte es aber doch etwas zu eilig, unter der Decke zu verschwinden. Irgendwie schien alles so leicht zu sein, und Nima beschloss, nur die Dinge wichtig zu nehmen, die ihm vertraut waren. Jos *Chucks* zum Beispiel, ihre Fingernägel mit dem abgesplitterten Lack, das weite Shirt, in dem sie sich eigentlich versteckte, und die Nervosität, die sich hinter der Geschwindigkeit verbarg, mit der sie unter ihre Decke geschlüpft war. Nima hatte Lust und Angst. In einem Verhältnis, das manchmal Liebe ergibt.

ADRENALIN

Die Schwäne schliefen. Ruhten auf dem schwarzen Wasser wie verschmähte Brautkleider oder ein böses Omen. Die Apotheke lag auf der anderen Seite des Kanals nicht weit von ihrer Siedlung. Vereinzelt liefen Passanten über die Straße. Heydar legte seinen Adrenalin-Gang ein, wurde schneller, pumpender. Als sie die Brücke hinter sich gelassen hatten, nahmen sie die Halsketten ab und packten sie in die Hosentaschen. Es war ihr zwölfter Überfall. Heydar war der Aufbrausende und Laute, Saam blieb kalt. Die Rollenverteilung hatte sich so ergeben. Mehr war da nicht. Kein Plan. Keine Arbeitsteilung. Keine Routine. Aber Masken und Handschuhe. Immerhin. Sie streiften sie über, als sie am Hintereingang ankamen. Die Apotheke hatte gerade erst zugemacht, und es brannte noch Licht. Heydar klingelte bei den Nachbarn. Für einen, der eine Pistole im Bund hatte, beinahe zaghaft. Jemand ließ sie rein. Sie nahmen die zwei Stufen im Flur, gingen zur Hintertür des Ladens, luden ihre Pistolen durch, und wieder klingelte Heydar.

»Medizinische Lieferung!« Was Besseres fiel ihm nicht ein, aber das reichte. Der Apotheker hatte die Tür kaum einen Spalt breit geöffnet, da trat Heydar dagegen, und sie flog dem Mann ins Gesicht.

Saam folgte Heydar hinein und schloss die Tür hinter sich. Der Apotheker war sportlich, mit dichtem, rotem Bürstenhaar und sonnengebräunter Haut voller Sommersprossen. Sofort nahm er die Hände hoch, ignorierte seine blutende Nase und blickte sie mit großen Augen an. Er war nicht ganz so alt, wie Heydar ihn beschrieben hatte.

Saam ließ sie stehen, ging den Flur entlang und am Büro des Apothekers vorbei. Heydar schrie den Mann an, was er so glotze, packte ihn hinten am Kragen, knallte sein Gesicht gegen die Wand, wo die Nase einen dreieckigen Blutfleck hinterließ, bohrte seine Knarre in das Fleisch unter dem Kinn und schob den Apotheker über den Flur in sein Büro. Saam ging unterdessen in den Verkaufsraum, machte das Licht aus und versuchte, die Kasse zu öffnen: einhundertfünfzig Mark in Scheinen. Sauber geordnet. Alle Gesichter auf den Scheinen in eine Richtung schauend. Alle Scheine bündig. Das war also das Wechselgeld. Er steckte es ein, öffnete ein paar der Schubladen, in denen Hustenbonbons, Tee-Probepackungen, Taschentücher und Magazine lagen. Er sah Heydars Silhouette in der Bürotür, ging hin und schob sich an ihm vorbei in den Raum. An den Wänden hingen Fotos vom Apotheker beim Fischen, mit Jagdtrophäen. Er hatte sich hinter den Schreibtisch gehockt und schloss die Tür auf. Auf dem Schreibtisch eine rot-graue Geldbombe.

Etwas stimmte mit dem Typen nicht. Irgendwie war er zu gefasst und geistesgegenwärtig, als hätte er eine Routine darin, ausgeraubt zu werden.

Es war besser, ihn im Blick zu halten, dachte Saam. Also machte er zwei Schritte in seine Richtung, um hinter den Schreibtisch zu schauen. Und er hatte recht. Der Apotheker hockte dort mit einem chromfarbenen Revolver, dessen Mündung jetzt auf Saam gerichtet war. Saam streckte dem Revolverlauf die Handfläche entgegen, als könnte er die Kugel aufhalten, und der Apotheker schoss ihm ein Neun-Millimeter-Projektil durch den Oberarm, das ihn gegen die Wand schmetterte.

Nach dem Aufprall starrte Saam dem Apotheker endlose Sekunden in die Augen, dann rannte er los. Als rannte er vor dem Blick davon, und nicht vor dem nächsten Schuss. Aus seinem

Arm pumpte das Blut im arrhythmischen Durcheinander seiner Schritte und seines Pulsschlags. Seine Ohren waren taub von dem Knall. Er rannte durch den Flur, raus aus der Apotheke, sprang, fiel und grätschte die Stufen im Hausflur runter zum Hauseingang.

Vor der Haustür lag ein Stapel Baumarkt-Prospekte. Er hob ein paar auf und wickelte sie um seinen Oberarm. Das Blut sickerte durch und lief in der Geschwindigkeit eines abgedrehten, aber noch nachfließenden Gartenschlauchs seinen Arm hinunter. Draußen sah er Heydar, der noch vor ihm losgerannt sein musste, um die Ecke biegen. Also lief er in die andere Richtung.

Instinktiv rannte er nach Hause, obwohl das der letzte Ort war, an dem er sein wollte. Seine Beine würden ihn ohnehin nicht weit tragen. Die Blutspur, die er hinter sich herzog, würde den dümmsten Polizisten direkt zu ihm führen. Jeder in der Nachbarschaft musste den Schuss gehört haben. Seine Taubheit wich einem durchdringenden Piepen, das wiederum von dem Lärm der Martinshörner übertönt wurde. Der erste klare Gedanke, den er fassen konnte, war, dass nicht gefunden zu werden wahrscheinlich das größere Problem wäre. Er warf die Pistole in den Kanal, bog in die nächste Straße ein und wurde langsamer.

STOLZ

Saam war einen ganzen Tag nicht aufgetaucht. Jamshid wusste nicht, dass der Hund in der Wohnung war, bis es dunkel wurde und er ein Fiepsen und das Kratzen an Saams Tür vernahm.

Saams Zimmer lag gleich neben der Wohnungstür, und er betrieb eine Art Teilautonomie, als hätte er eine Wohnung in der Wohnung, ein Zelt im Haus. Lebte mit Jamshid und Nima zusammen wie ein Mitbewohner, der ihre Routinen und Rhythmen auswendig gelernt hatte, um den Kontakt mit ihnen zu vermeiden. Er ließ seine Sachen nicht außerhalb seines Zimmers liegen, betrat selten das Wohnzimmer, nahm seine Hygieneartikel mit ins Bad und wieder zurück. Die Küche hinterließ er, wie er sie vorgefunden hatte. Nur den Kühlschrank füllte er. Die Zeiten, in denen Jamshid mit ihnen für ein Mittagessen in die Mensa der Uni oder des Arbeitsamts schlich, wollte er für immer hinter sich wissen.

Es war ungewöhnlich, dass Saam länger ohne den Hund wegblieb. Manchmal kam er zwar nachts nicht heim, und manchmal verschwand er für Tage in seinem Zimmer, aber wo er war, war auch der Hund. Der Hund kannte den Flur und Saams Zimmer. War noch nie im Wohnzimmer gewesen. Jamshid hüpfte ohne seine Krücken zu Saams Zimmertür. Das Kratzen wurde lauter, das Fiepsen heller. Er klopfte, und als keine Antwort kam, öffnete er, und der Hund stürmte durch ihn hindurch zur Wohnungstür. Jamshid stolperte, fiel auf den Rücken und verdrehte sich einen Wirbel. Aus dem Zimmer drang der Geruch von Pisse. Der Hund musste raus. Jamshid hatte ihn aber noch nie geführt, gefüttert oder auch nur angefasst.

Er richtete sich auf. Er legte dem Hund die Leine an, und der zog ihn mit sich die Treppen runter. Kaum aus der Haustür, kackte er. Die Scheiße lag auf dem Gehweg wie eine tote Ratte, und Jamshid konnte sie nicht aufheben. Zu viel in ihm, das sich nicht bücken konnte. Zu viel, das nicht wieder hochgekommen wäre. Er konnte den Haufen aber auch nicht einfach liegen lassen. Also entschied er sich für Wasser. Nachdem er den Hund wieder nach oben gebracht und in Saams Zimmer gesperrt hatte, lief er vier Mal mit einem Eimer die drei Stockwerke runter und wieder rauf, bis der Haufen vom Bürgersteig gespült war. Einmal rutschte ihm der Eimer unterwegs aus der Hand, und er wischte anschließend den Flur der Etage. Den Teppich in Saams Zimmer schmiss er in den Müll und reinigte den Boden. Das Ganze nahm über zwei Stunden in Anspruch und viel Chlor.

EIS

Als er im Krankenhaus aufwachte, war Saam allein in seinem Zimmer. Er schaute sich um. Es sah nicht so aus, als hätte er Besuch gehabt. Er war an einem Tropf angeschlossen, sein Arm verbunden. Er zählte seine Finger. Fünf an jeder Seite.

Kein Dealer, kein Zuhälter, kein Gangster oder Türsteher. Kein Psychopath oder Junkie. Nein, ein alter Apotheker hatte ihn abgeknallt. Ein Apótheker. Jemand, der irgendwie auch so etwas wie ein Arzt war.

Den Blicken der Krankenschwestern war ein Mitgefühl anzusehen, das über die Sorge um Wunden hinauszugehen schien und das zunahm, je mehr Saam versuchte, mit Fragen nach dem Speiseplan und dem Fernsehprogramm eine Fassade aufzubauen, hinter der er seine Angst vor dem verstecken konnte, was ihm bevorstand. Die Ärztin war kurz angebunden, als hätte sie Angst, sich zur Komplizin zu machen, wenn ihre Antworten Nebensätze enthielten.

Sie kam rein, um seinen Zustand zu begutachten. Saam fragte, ob bei ihm zu Hause schon alle Bescheid wussten. Sie schaute ihn schweigend durch eine dunkle Hornbrille an und schleuderte ihm als Antwort entgegen, dass sie gerade alles tue, um ihn so lange wie möglich hierbehalten zu können, was schon schwierig genug sei, aber Besuch dürfe er nicht empfangen. Darauf habe sie keinen Einfluss. Dann drehte sie sich um und verließ in ihren weißen orthopädischen Schuhen mit großen Schritten den Raum.

FRIEDEN

Zwei weitere Tage vergingen ohne ein Zeichen von Saam. Dann klingelte es an der Tür. Nima war allein zu Hause und öffnete. Unter den beiden Polizisten war eine Frau, das war gut. Der andere kaute Kaugummi und berlinerte schon bei der Frage, ob die Eltern zu Hause seien.

Nima antwortete ihm, schaute dabei aber die Frau an. Jamshid war nicht da und seine Mutter nicht mehr am Leben. Jetzt übernahm die Polizistin. Sie fragte, ob sie eintreten dürften. Nima nickte. Sie putzte sich die Schuhe ab, und er machte es ihr nach. In der Küche, auf dem schwarz-weißen Kachel-PVC, erzählten sie Nima, was mit Saam geschehen war und was nun folgen würde.

Als Jamshid am Abend davon erfuhr, war der Moment gekommen, an dem die Sollbruchstelle brechen und ihrer beider Leben von dem seines älteren Sohnes trennen sollte. Der Moment, den er schon bei Saams erstem Goldkettchen aufkommen gesehen hatte. Dessen Ankunft mit den immer dicker werdenden Geldstapeln in Saams Hosentaschen näher rückte. Mit den Briefen der Polizei und des Amtsgerichts, der Staatsanwälte und Pflichtverteidiger. Und der unaufhaltsam schien, als Jamshid bemerkte, dass seine Freunde sich nicht mehr nach Saam, sondern erst allgemein nach den Kindern und dann ausschließlich nach Nima erkundigten. Der Moment, dem er seit der Sache mit dem *Lacoste*-Aufnäher nichts mehr entgegengesetzt hatte.

Damals war er noch wütend gewesen, später resigniert und schließlich verbittert. Jetzt machte sich eine verbotene Erleichterung schüchtern breit. Saam mochte schwer verletzt im Krankenhaus liegen. Für Jamshid war er jetzt tot. Hinter dieser Kälte lag der einzige Frieden, den Jamshid anbieten konnte.

Beim Abendessen sagte er: »Was soll ich jetzt machen? Ihm Blumen vorbeibringen?« Er stand auf und leerte seinen vollen Teller in den Müll. Nima gab ein leises Nein von sich, schaute wieder auf seine Spaghetti, aß auf, wusch ab und ging auf sein Zimmer.

Ab jetzt würde sich Nima um den Hund kümmern. Zuerst taufte er ihn Cashew, weil ihm Cashflow peinlich war. Er nahm ihm die goldene Panzerkette mit den Fake-Brillis und den Würger ab, er knotete ihm ein rotes Halstuch aus einem Bandana, und am nächsten Tag würde er ihm eine neue Leine kaufen. Er würde mit ihm vor die Tür gehen, noch bevor er zur Schule musste, und in den Freistunden nach ihm sehen. Und er würde ihn mit zum Yard nehmen.

SAFRAN

Es war Donnerstag. Die Tür stand offen, als Nima ankam. Er klingelte trotzdem, und Jos Vater rief ihn hinein und begrüßte ihn wie einen alten Freund. Dann erklärte er, dass sich die Frauen verspäten würden, holte einen Weißwein aus dem Kühlschrank, mit den Worten: »Umso besser, bleibt mehr für uns«, und schenkte Nima ein Glas ein.

Jo hatte ihrem Vater alles über Nima erzählt, zumindest das, was sie wusste. Und jetzt sollten sie, die Männer, zusammen eine Bouillabaisse für ihre Frauen kochen, sich kennenlernen. Bei Wein und Musik.

Auf der anderen Seite der Kochinsel, die Artur »seine Werkstattbank« nannte, stand der rotgesichtige Mann und streichelte mit freundlichen dicken Händen den Wolfsbarsch, dem er gerade die Schuppen abgeschabt hatte. Er legte sich den Fisch zurecht, setzte das Messer an und pulte die leberbraun schimmernde Kiemenlamelle hervor, entfernte sie, indem er je einen kleinen Schnitt über und unter die Kieme setzte. Weniger wie ein Koch, eher wie ein Veterinär, der einen narkotisierten Fisch von einem Parasiten befreit oder von einem eingewachsenen Angelhaken. Beinahe liebevoll. Dann hielt er Nima die Kieme entgegen, als hätte er eine Perle in einer Auster gefunden.

Er drehte den Fisch um. Auf der anderen Seite: wieder Fisch, wieder Wolfsbarsch, wieder Kieme, und Nima fragte sich, ob Artur das auch getan hätte, wenn er Italiener oder Franzose wäre. Artur zog eine Schublade auf, entnahm ihr eine kleine Dose und öffnete sie vorsichtig. Den Deckel nur leicht angehoben, ohne ihn abzunehmen. Wie ein Kind, das eine Heuschrecke in einer

Streichholzschachtel hält und Angst hat, sie könnte beim Öffnen der Schachtel entwischen. Die Augen glänzend, der Blick schelmisch, triumphierend.

In der Dose: Safran. Iranischer Safran, wie er betonte.

Artur war dafür nach Charlottenburg gefahren.

In den kleinen iranischen Laden war er mit einem kraftvollen »Salam aleikum« eingetreten, das das Ladeninhaber-Ehepaar in einer solchen Entschlossenheit nur von Mullahs und strengen Milizionären kannte, und er hätte sie zu Tode erschreckt, wären da nicht die vom ersten Buchstaben an dissonante Aussprache und die deutsche Akzentsetzung gewesen, die die Grußformel gerade durch das Statische und Harte merkwürdig entschärft hatten. Darauf hatte die Inhaberin mit einem »Aleikum al Salam« in der gleichen Gangart geantwortet, die Wörter aus der Kehle gedrückt, dabei aber breit gelächelt. Artur war der parodistische Teil entgangen, er hatte sich an der Herzlichkeit in dem Lächeln erfreut. Ein elegantes Missverständnis, in dem er eine Einladung gesehen hatte zu einer anschließenden langen Tour, die eher einer Fernreise als einer Einkaufstour geglichen hatte. Eine eklektisch anachronistische Reise in den Vorderen Orient, ins alte Persien, nach Mesopotamien. Er hatte auf die Kochbücher, Miniaturen und Kalligrafie im Regal hinter der Kasse gezeigt und Fragen gestellt. Auf fünfundvierzig Quadratmetern Ladenfläche war er Assyrern, Aramäern, Juden und Parsen begegnet. Hatte mit Derwischen getanzt, mit Fakiren gefastet, hatte mit Nomaden gejagt, mit persischen Königen Polo gespielt, sie mit korrektem Wissen aus dem *National Geographic* und falschem aus dem *Medicus* beeindruckt. In der Stadt Bam hatte er eine einzelne Dattel gepflückt, saftig und schwarz. Er hatte die Schlacht von Kerbala von einem entfernten Hügel aus miterlebt, war anschließend ans Kaspische Meer gezogen, wo er Ruhe gefunden und Tee aus den umliegenden Plantagen getrunken hatte. Er war auf dem Rücken von Pferden, Kamelen und Elefanten die Seidenstraße langgeritten. Freundschaften hatte er geschlossen, Sprachen gelernt, Kardamom und ebendie Dose Safran erstanden. Mit einem Zwanziger hatte er bezahlt, das Wechselgeld bewusst nicht gezählt. Er hatte vertraut. Sie würden sich wiedersehen. Er würde wiederkommen. Vielleicht sogar mit Nima. Seinem Freund.

Und jetzt stand er da, gefüllt mit Abenteuern und Weißwein und bebte erregt. Den Safran in der Hand und ein »Was man damit alles machen könnte!« in den Augen, das Nima nicht beantworten konnte. Safran, ja. Kannte er. War auch wohl wichtig irgendwie. Oder teuer. Aber was man damit alles anstellen konnte, war ihm ein Rätsel, und er ahnte, dass das Artur enttäuschen würde.

Jamshids oder Saams Küche entstiegen selten irgendwelche Farben oder Düfte. Jamshid kochte zwar auch, aber würde man ihn mit einer vorgezogenen Pistole zwingen, seine Rezepte zu einem Kochbuch zusammenzufassen, würde das Buch »Die Sättigung« heißen. Würde man ihn zwingen, ein regionales Kochbuch zu schreiben, würde er ihm einen Titel geben wie »Das ewige Joch der Folklore«. Seine Pragmatik entsprang aber nicht der Not. Zumindest nicht allein der Not. Hauptsächlich rührte sie aus der Ablehnung bürgerlicher Dekadenz, welche sich schon im Genuss äußerte und für Jamshid unannehmbar obszön war. Es regte ihn nicht auf, wenn andere ihr Essen genossen. Nichts regte ihn noch auf, er fand es eben dekadent, wie andere es zum Beispiel dekadent fanden, eine Putzfrau zu haben, und deshalb keine hatten. Jamshid, in dessen Welt der Hungerstreik, der Entschluss und auch die Bereitschaft, zu verhungern, eine Waffe darstellte, von der so einige seiner Freunde bereits Gebrauch gemacht hatten, genoss die Nahrungsaufnahme einfach nicht sonderlich. Das war alles.

Zum Kardamom hätte Nima was sagen können. Davon tat man eine Kapsel in den Tee. Aber Safran?

Artur legte die Dose auf den Tisch, öffnete sie jetzt ganz, entnahm ihr ein paar Fäden, sortierte sie auf seiner Handfläche und ließ sie anschließend in den Sud fallen, während er von den Flecken an den Flanken des Petersfisches erzählte. An der Stelle habe der Apostel Petrus den Fisch der Bibel nach berührt, um ihm auf Jesu Wunsch eine Münze zu entlocken, eine Stater-Münze zur Entrichtung der Tempelsteuer. Allerdings soll er den Fisch aus dem See Genezareth gezogen haben, einem Süßwassersee, während der Petrusfisch ein Salzwasserfisch ist.

Nima schaute sich um und versuchte, zwischen den ausgebreiteten Zutaten, dem Fenchel, den Karotten und Zwiebeln, einen Grund zu finden, warum ihn das alles interessieren sollte.

Dann beschloss Artur, dass sie den Fisch nicht mitkochen, sondern *à la minute* braten würden, wenn alle am Tisch saßen.

»Wie findest du den Wein?«, fragte Artur.

»Ganz gut?«, fragte Nima zurück.

Dann rieb Artur die Fingerspitzen und ließ die Zunge im Mund herumkreisen, als kaute er den Wein, gab Gaumengeräusche von sich und sagte nach dem Schlucken: »Die Hefe.«

Nima kaute auch kurz, nickte: »Ja.«

Dann folgte ein im Vergleich zu dem Petersfischvortrag kurzer Monolog über Schiefer, über Steilhänge, die Anbaugebiete südlich der Loire, über blutende Weine, und Nima ertrug es wie ein Happy-Birthday-Ständchen.

Uta Maybach trug einen pistaziengrünen Kaschmirpullover, als sie die Treppen runterkam. Einen Armreif aus dunklem Holz, dazu schlichte rote Korallenhängeohrringe, die antik aussahen. Sie sah aus wie eine Präsidentengattin oder eine Porno-Fantasie.

Kurz darauf kam auch Jo, huschte durch die Haustür, gab Nima einen Kuss, richtete das Hemd ihres Vaters, rannte hoch und kam in einem Seidenblouson zurück. Sie freute sich. Über das Essen und darüber, dass Artur Nima zu mögen schien.

Später, nach der zweiten Flasche Wein und der Bouillabaisse, füllte Jo die Stille mit etwas, das sie ein »echtes Thema« nannte. In der Zeitung hatte sie von einem Schwarzen Jugendlichen gelesen, der in den Staaten von einem Polizisten mit mehreren Schüssen aus nächster Nähe quasi exekutiert worden sei. Jo las nämlich Zeitung.

»Ich kann mir gar nicht vorstellen, dass jemand Angst haben kann vor der Polizei. Also klar, ich weiß, ich bin der Prototyp des weißen, zu beschützenden Mädchens, und ich weiß auch, dass es da Arschlöcher gibt und Rassisten und so, aber es muss doch erst mal was passieren, damit die zuschlagen oder schießen. Irgendwas. So kaltblütig ist doch keiner.«

Naivität und Realismus schienen sich in Jos Welt recht gut zu vertragen. Nima stellte sich vor, wie sie in eine Situation hineinrannte, in der drei Cops einen Schwarzen, der am Boden lag, mit Schlagstöcken bearbeiteten, und das Ganze durch ihre bloße Anwesenheit auflöste. Sie würde nicht rumkreischen oder sich dazwischenwerfen. Sie würde sich hinstellen und die Polizisten daran erinnern, dass sie Polizisten seien und sich bitte darauf besinnen mögen. Und es würde vielleicht tatsächlich funktionieren.

Uta Maybach, der Nimas fehlende Anteilnahme aufgefallen war, versuchte, ihn einzubinden.

»Was sagt Nima denn dazu?«

Nima hätte gerne nichts dazu gesagt. Aber Nichtssagen wurde bei den Maybachs wahrscheinlich nicht gern gesehen.

»Ist schon was dran, denke ich. Es gibt bestimmt einen Weg, bei einer Verkehrskontrolle nicht erschossen zu werden«, antwortete er.

Artur, der von seiner Tochter, zumindest aber von ihrem neuen, dunkelhäutigen Freund offenbar mehr Kritik und Widerstand oder auch nur jugendliche Energie erwartete, schien enttäuscht.

»Natürlich gibt es einen Weg, nicht erschossen zu werden. Nur haben manche Menschen eine dunkle Haut und müssen ihn suchen, mit einem Revolver im Gesicht, und andere eben nicht«, sagte Artur und erhoffte sich von Nima, dass der Groschen jetzt gefallen sei.

Nima sah sich aber gar nicht als dunkelhäutig. Während Saam optisch deutlich ein Kind des Nahen Ostens war, war Nima schwer einzuordnen. Er wäre als Italiener, Franzose, Grieche, aber auch als Argentinier oder Kolumbianer durchgegangen. Er hätte sogar Deutscher sein können, mit einem Urgroßvater, der aus dem Ural stammte oder Ungar war oder so. Er saß da, schwenkte geistesabwesend den Wein im Glas, wie er es sich von Artur abgeschaut hatte, lächelte hin und wieder sein – wie Heydar es nannte – Sechs-Millionen-Dollar-Lächeln, sah dabei aber eher besorgt aus.

Nach dem Essen räumten Nima und Jo das Geschirr ein. Artur durchstöberte seine Kraut- und Progressive-Rock-Platten. »Bevor Artur Keith Jarretts *The Köln Concert* auspackt, sollten wir oben sein«, flüsterte Jo.

Sie gingen nicht hoch. Artur fragte Nima, ob er King Crimson kenne, die alten Sachen von Genesis mit Peter Gabriel oder The Monks. Nima kannte nichts davon.

»Bitte nichts Anstrengendes«, wünschte sich Uta Maybach. Und weil Nima den Namen Pink Floyd schon mal gehört hatte, legte Artur *The Dark Side of the Moon* auf.

»Cabasse Pearl!«, stellte Artur die Kugelboxen vor, wie einen Musiker, den jeder kannte und zu dem man nichts mehr sagen musste, während die Herzschläge, mit denen der erste Song *»Speak to me«* begann, den Raum erfüllten, von Gesprächsfetzen und Lachen abgelöst, dann dem Sound eines Hubschraubers wichen, der so präsent war, dass man dachte, er wäre gerade über ihren Köpfen hinweggeflogen. Als Uta Maybach und Jo auf die Terrasse gingen, schob Artur Nima in die Mitte des Raums, wo der Klang noch voller und noch klarer sein sollte, schloss die Augen und atmete flach. Er verblieb so bis zu dem ersten *Breathe in the air*, dann schüttelte er ungläubig den Kopf und schaute Nima mit demselben Blick an, den er beim Öffnen der Safrandose hatte. Nima lächelte und nickte. Dann gingen sie hinaus, und Artur machte sich daran, ein paar Holzscheite in die Feuerschale zu legen und sie anzuzünden. Nima setzte sich zu Jo, die in den Himmel schaute. Jo legte ihren Kopf auf seine Schulter und sagte nichts.

Nima dachte daran, wie lange sie wohl von den Lebensmitteln leben könnten, die in den Kühlschränken und Regalen gehortet waren, wenn er jetzt aufstehen, die Tür von innen abschließen und sie alle einsperren würde. Er dachte an seine Schuhe, die vor der Glastür standen. Saam hatte sie ihm gekauft. Genauso wie sein erstes Skateboard. Vielleicht war es gut, dass Saam weg war. Vielleicht würde der Knast ihm helfen, sich in den Griff zu kriegen. Vielleicht würde er dort Geduld lernen und Selbstbeherrschung. Nima wusste nicht, woher diese Gedanken kamen, aber er wünschte Saam nicht die Freiheit. Außer vielleicht eine letzte Nacht. Eine, die er in Nimas Vorstellung leise verbringen würde und allein. Noch einmal auf dem Stromkasten beim Spielplatz sitzen, wo sie früher abhingen, oder auf ein Dach klettern und auf die Stadt runterschauen, einen letzten Joint rauchen. Ein letztes

Bier. Noch mal durch die Straßen laufen, hier und da jemanden grüßen und nicht erzählen, was anstünde. Ein letzter Gedanke an Nima vielleicht, wissen, dass er in Sicherheit war.

Dass ihn die Schuhe weit weg in Sicherheit gebracht hatten. In eine andere, zehn, zwölf Kilometer entfernte Galaxie, in der eine Suppe ein Gesprächsthema sein konnte und *The Dark Side of the Moon* über Boxen lief, an die ihre Besitzer glaubten und von denen sie redeten wie von Kathedralen. Eine Galaxie, in der man Abenteuer bestand für Safran. Wo das verlässliche Rauschen der Spülmaschine Sicherheit versprach. Wo Ohrringe hundert Jahre alt wurden und Gewalt eine Hypothese war. Wo man immer gewann.

Nima war da, wo Saam ihn hätte sehen wollen, wenn er diesen Ort gekannt hätte, und vielleicht würde er sich sogar wünschen, dass Nima die Tür abschließen und drinbleiben würde, bis die Vorräte aufgebraucht waren. Vielleicht enthielt dieser Ort nicht die ganze Wahrheit, aber diese Wahrheit gab es auch. Sie war genauso echt. Nima war in diese Wahrheit eingedrungen, setzte sich auf ihre Stühle, schlief in ihrem Bett. Warum sollte er da nicht auch die Vorhänge zuziehen oder die Tür abschließen können.

Jo schaute in das Feuer und schwieg. Artur setzte sich und tat das Gleiche.

Aus den Boxen erklang »*On the run*«. Uta Maybach lächelte Nima an, wie es Mütter, aber auch Geliebte tun. Ihre Ohrringe nickten.

GESTERN

Jamshid öffnete den Briefkasten in möglichst großen Abständen. Schwierig zu sagen, ob es ein Sieg im Sinne einer Selbstermächtigung war oder eine Niederlage, weil er den Briefen ohnehin nichts entgegenzusetzen hatte, und so hielt er die beiden Schreiben vom Landgericht, adressiert an Saam, gleichzeitig und auch zu spät – beide waren schon vor zwei Wochen abgeschickt worden – in der Hand. Andererseits gab es gar kein Zuspät, denn Saam saß jetzt seit beinahe einem Monat in Untersuchungshaft, und ihm Briefe nach Hause zu schicken, war entweder sehr stupide oder sehr penibel. Wahrscheinlich beides. Jedes Land hat seine eigene Art der Idiotie, dachte Jamshid und schloss die klapprige Briefkastentür wieder zu. Seine Hand würde jetzt nach Rost riechen und nach schlechten Nachrichten. Er rieb sie am Oberschenkel ab. Allein wegen des Geruchs ergab es Sinn, den Briefkasten zu meiden.

Er hatte sich sein schwarzes Jackett über die Schultern gelegt wie ein Cape und zog sich mit einer Hand am Geländer hoch. Mehr als zwei Jahrzehnte war die Amputation her, und immer noch hatte er beim Treppensteigen dieses Ziehen in dem Fuß, der nicht mehr da war. Und noch immer konnte er nicht lokalisieren, in welchem Zeh es zog. Er hielt den Oberkörper schief, beugte sich nach jeder Stufe über das Geländer und verdrehte dabei die Hüfte.

Doktor Farhadi kann mich mal, dachte er. Sein Hausarzt, der Shah-Anbeter, hatte nicht mal die Eier gehabt, den Fuß auf iranischen Boden zu setzen, um seinem Herrn zur Seite zu stehen, und jetzt wollte er Jamshid erzählen, wie er zu laufen hatte.

»Sie müssen kleine Hüpfer machen. Nur mit dem einen, dem gesunden Bein. Sonst belasten Sie das Hüftgelenk zu sehr, und auch die Wirbelsäule mag das gar nicht. Das ist zu stark. Der Verschleiß. Das ist nicht gut. Gar nicht gut.«

Ja, wie man sein Rückgrat nicht beansprucht, das wusste der Verräter. Kleine Hüpfer. Genau sein Ding. Es hatte nicht mehr als ein Stipendium gebraucht, und dreißig Jahre später stand immer noch die alte Flagge mit dem Löwen und der Sonne auf Doktor Farhadis Schreibtisch, als wäre seine Praxis das geheime Konsulat des Shahs. Ja, von kleinen Hüpfern verstand er was. Jamshid würde keine kleinen Hüpfer machen. Er würde sich weiter am Geländer hochziehen, die Hüfte belasten, sich verschleißen, wie ein Mann. Ins dritte Obergeschoss, rauf und runter.

Oben öffnete er die Tür, legte die Briefe auf die Kommode im Flur. Sie hatten zu warten, bis sie dran waren. Dann ging er in die Küche, setzte Wasser auf, danach ins Wohnzimmer, um nach dem Kanarienvogel zu schauen. Der Vogel hatte alles, aber darum ging es nicht. Jamshid nahm den Wasserspender raus, ging ins Bad und füllte neues Wasser ein, während er mit dem Vogel sprach wie mit einem Kleinkind. Nur ohne den Singsang in der Stimme. Das Wasser kochte jetzt, hatte aber zu warten, jetzt waren die Briefe dran. Sie waren wichtig. Nicht um ihrer repräsentativen Bedeutung willen, sondern aufgrund der Tragweite ihrer Konsequenzen. Natürlich. Er öffnete den ersten. Allein, dass es ein Aktenzeichen gab, beleidigte ihn.

»In der Strafsache gegen … wegen schweren Raubes …«

Das Wort »Strafsache« hatte nichts in dieser Wohnung zu suchen. »Raub« schon gar nicht. Der Brief erzeugte Enge. Er las weiter. Der Gerichtstermin war am Tag zuvor gewesen. Das hieß, es stand schon alles fest. Vielleicht besser so. Ja. Besser so. Saam hätte … egal. Das Urteil stand. Das Wasser kochte. Jamshid wollte raus, aber er war kein Mann, der vor einem Brief floh. Nein. Er würde seinen Tee trinken. Noch mal nach dem Vogel schauen. Nach dem Futter. Es zog in dem Fuß, der nicht da war. Er nahm ein Stück Zucker aus der blauen Glasschale, die auf dem Tisch stand, hielt es kurz in den Tee, damit es sich vollsog, und ließ es dann langsam in das Glas gleiten, ohne dass sich Bläschen auf der Oberfläche bildeten. Er verwendete nicht die deutschen, quadratischen Zuckerwürfel, sondern kaufte bei Hameed Agha, dem Lebensmittelhändler, den in Kegel gepressten Zucker aus dem Iran, den er mit einer Kneifzange auf dem Boden über Zeitungspapier hockend zeremoniell zerkleinerte, während er persische Klassik, meist Shajarian oder Nazeri hörte. Im Sommer auch Ghavami. Der iranische Zucker war feiner in der Körnung, und Jamshid war der Überzeugung, dass er fester gepresst wurde, dadurch weniger Luft einschloss, und weniger Luft hieß weniger Bläschen. Weniger Bläschen, weniger Geräusche beim Eingießen und beim Rühren. Mehr brauchte es nicht, um Kultur von Barbarei zu unterscheiden, und als er eine Dokumentation über Beduinen irgendwo in Maghreb gesehen hatte, in der gezeigt wurde, wie sie ihren Tee absichtlich mit einem langen, dünnen Strahl in die Gläser gossen, sodass es schäumte »wie Kamelpisse«, war alles bewiesen und belegt. Er rührte den Tee nicht mit einem Löffel um, sondern schwenkte das Glas in kleinen Kreisen aus dem Handgelenk.

Als Nima nach Hause kam, war Jamshid nicht da. Sein Tee stand halb geleert auf dem Küchentisch, und die Briefe lagen offen auf der Kommode im Flur wie eine Aufforderung, der Nima auch nachkam.

Er las sie und erschrak über das Datum. Was sollte man mit diesen Briefen machen? Sie aufheben? Sein Vater würde sie nicht aufbewahren, aber auch nicht wegschmeißen. Sie würden da liegen bleiben, andere Briefe würden auf ihnen landen, ihren Inhalt relativieren. Und irgendwann hätte er einen diffusen Stapel Papier weggeschmissen, und nicht diese Briefe. Also ließ er sie liegen.

Es gab keinen Platz für sie, der sich richtig angefühlt hätte. Nima kramte Stift und Zettel aus seiner Tasche, schrieb die Termine auf, auch wenn er nicht wusste, wozu. Dann ging er in die Küche, öffnete den Mülleimer und legte die Briefe vorsichtig hinein, als hätte er Angst, jemanden aufzuschrecken. Sie lagen oben auf den Eierschalen und dem angebrannten Reis, Jamshids gestrigen Kochversuchen.

Er machte das Licht aus und verließ die Küche. Dann drehte er um, machte das Licht wieder an, holte die Briefe aus dem Müll und schlich in Saams Zimmer.

RHIZOM

Donnerstags war der Familienabend bei den Maybachs. Wenn da mal nicht gekocht wurde, gingen sie in der Kantstraße essen. Bei dem Italiener, auf den Westberlin schwor. Und manchmal nahmen sie auch Nima mit. Artur grüßte und bestellte immer auf Italienisch. Die Kellner versuchten, so zu tun, als wäre es nicht weniger anstrengend und zeitraubend, wenn er das sein ließe. Das Thema beim Essen war das Essen und Artur der Hauptredner. Für die Limoncello-versus-Grappa-Frage kam der Besitzer und Chefkoch persönlich an ihren Tisch und stieß auf Leben, Gesundheit und Liebe an. Er musste mal gut ausgesehen haben, vor der fetten Leber, den zerscheuerten Bandscheiben und dem Ibuprofen-verdünnten Blut. Einmal klagte er über mangelndes Personal, und Artur schlug vor, Nima eine Probeschicht machen zu lassen. Der Gastronom schaute Nima mit gelben Augen unter labbrigen Lidern an und nickte. Nima nickte nicht, und Jo schaute ihren Vater erst verwundert und wachsam, dann beherrscht freundlich an, und als der Restaurantbesitzer sich einverstanden erklärte und es für Nima nicht mehr möglich war, ohne einen Affront Nein zu sagen, klatschte sie zwei Mal in die Hand wie ein Kind, das sich freut. Nima konnte genau beobachten, wie sie ihn erst vor Arturs wohlwollender Übergriffigkeit schützen wollte, dann nachgab und schließlich diesen dezenten Verrat beging.

Er ging an dem darauffolgenden Mittwoch zu der vereinbarten Probeschicht. Lieh sich von Artur eine schwarze Strickkrawatte aus, von der Artur meinte, sie würde »rocken«, und die ihm Uta band.

»Es gibt zwei Wege, Dinge zu lernen. Ausprobieren oder Nachahmen«, sagte der Gastronom ihm dann gleich bei der Begrüßung am Tresen, während er sich einen langgezogenen Espresso aus der Maschine zog. »Probier hier nichts aus!«

Nima probierte nichts aus. Er ahmte nach. Und er war geschickt. Mit den Tellern, der Espressomaschine, den Gästen, mit dem Akzent, mit der Kellnerin, die ihm zeigte, wie man eine Krawatte band, und auch mit der ab zweiundzwanzig Uhr champagnerblauen Frau des Besitzers, die Nima anders mochte, als sie sollte, und die ihren Mann manchmal veranlasste, ihm zum Feierabend eine Zabaglione zu machen, was unter den Italienern für ein Grinsen sorgte, das Nima erst später verstand.

Es gab Eifersüchteleien und Neid unter den anderen Kellnern, aber Nimas Lächeln garantierte die zehn Prozent Trinkgeld. Sie schickten ihn zum Abkassieren und teilten das Trinkgeld ungerecht. Irgendwann sagte ihm die Kellnerin, dass er ihr leidtat, weil die anderen ihn ausnutzten und das Trinkgeld nicht mit ihm teilten. Er sagte, dass sie ihm fast jeden Abend einen Zwanziger zusteckten, und sie rechnete ihm vor, wie es gerecht aufgeteilt werden müsste und wer welchen Stundenlohn bekam. Sie standen im Umkleideraum. Nima begriff, dass er betrogen wurde, schaute in den Spiegel und lächelte sein Lächeln.

Er kam weiterhin zu seinen Schichten, lernte etwas Italienisch, kassierte die Gäste ab, ließ sich von den Kellnern übers Ohr hauen, bediente sogar mal die Maybachs, schüttete Artur den Wein ein und ließ ihn erzählen, was an dem Tropfen besonders war, als wollte Nima den Wein kaufen und nicht er. Er aß seine Zabaglione, und als einer der Jungs, die damals auf Jos Party waren, mit seinen Eltern zum Essen kam, ging er für ihn zum nächsten Kiosk, um Zigaretten zu holen. Das alles fühlte sich weder richtig noch gut an, aber auch nicht falsch oder schlecht genug, um zu kündigen. Und er sparte. Als seine Freunde vom Yard anfingen, erst mit Gras, dann mit Pillen zu dealen, Kokain in die Stadt kam und die Karren in Kreuzberg und Neukölln dicker und protziger wurden, saß er nicht nur an einer Schnittstelle, er hatte auch die Mittel, einzusteigen. Dann kündigte er im Restaurant.

Und auch bei den Maybachs kündigte er. Dieses Leben im Gutgemeinten, das sie ihm vorgesetzt hatten, das Schenken, mit dem sie sich veredelten, die Neugierde, die donnerstags als Aufgeschlossenheit und Interesse daherkam und keine Grundlosigkeit, kein »einfach so« akzeptierte. Die Fragen hatten sich gehäuft. Nach Saam, nach seiner Mutter und einmal sogar nach der Glaubwürdigkeit der Geschichte seiner Eltern.

Es war nach einem dieser therapeutischen Wir-reden-über-alles-Abende. Er stand mit Jo in ihrem Zimmer.

»Was denkst du? War es nicht heftig, dass sie im Widerstand war? Mit zwei Kindern?«, fragte Jo.

»Okay. Reden wir über meine Ma. Sie ist tot. Was willst du noch wissen? Mein Vater? Lebt. Ich habe einen Bruder. Saam. Sehe ihn selten. Mein Vater ist ein netter Typ. Mein Bruder? Geht so. Ich heiße Nima. Meine Lieblingsfarbe ist Blau. Blautürkis.«

»Pass auf«, erwiderte Jo. »Wenn du nicht reden willst, ist es deine Entscheidung, aber ich werde nicht warten, bis du jedes Gefühl durch einen Witz ersetzt hast, okay? Ich wäre gerne mit jemandem zusammen, von dem ich weiß, wer er ist und was er fühlt.« Sie sagte das leise, eiskalt und kontrolliert.

»Also gut. Keine Ahnung, ob es für meine Mutter im Widerstand heftig war. Wir können sie schlecht fragen.« Es widerte ihn an, dass sie sich überhaupt erlaubt hatte, sich darüber Gedanken zu machen, und er fuhr fort: »Und jetzt? Haben wir jetzt darüber geredet?«

Jo antwortete: »Wir haben angefangen, darüber zu reden. Ja. Was sagt denn dein Vater dazu?«

»Das kann ich ihn nicht fragen. Möchte ich auch nicht.«

»Kannst nicht fragen. Noch nie drüber geredet?«

»Genau. Kann ich nicht. Weil wir Perser sind. Weil das ein Kodex ist. Weil wir die Toilettentür abschließen. Ich kann da nicht einfach … Mein Vater trägt immer noch Schwarz. Verstehst du das? Verstehst du, was das heißt? Er wird noch Schwarz tragen, bis er stirbt. Mein Vater heißt Jamshid. Nicht Johannes. Wir sind nicht … Wir sind keine Kartoffeln. Es muss nicht irgendwie weitergehen. Ich weiß, dass du das Selbstmitleid nennst. Es ist aber Trauer. Er begräbt das mit sich. Das ist sein Plan. Seine Entscheidung. Ist das okay für dich?«

Jo schnaubte, als wäre sie wütend. Aber eigentlich war sie nur ernst. Wütend wäre besser gewesen, dachte Nima. Er hatte recht gehabt. Es war nicht gut, wenn Deutsche neugierig waren.

Er ging aus dem Zimmer, die Treppe runter. Im Flur hingen Arturs Jeans und Jackett auf dem Geländer. Die Hose war auf links, als hätte sie ein Kind ausgezogen und dahin geworfen. Das Jackett filzig, verwaschen. Er schnappte sich sein Brett, verließ das Haus und fuhr los. Kaum ein Auto auf der Straße. Es war schon dunkel. Und das Geräusch der Rollen auf dem Asphalt perfekt.

Jamshid saß in der Küche, als er heimkam. Vor sich auf dem Tisch lagen drei Zeitungen. Die *FAZ*, die *Süddeutsche* und die *Berliner Zeitung*. Alle drei waren aufgeschlagen, und er schob sie zentimeterweise hin und her, legte sie über- und nebeneinander, als vergliche er die Schriftarten oder die Größen der Artikel.

Er schaute nicht auf. Am nächsten Abend knutschte Nima auf dem Yard mit einem Mädchen, das *Oilily*-Parfüm trug und Tennissocken, das *Kleine Feiglinge* kippte, *Smirnoff Ice* schlürfte und dessen Namen er sich nicht merkte.

Jo schrieb zum Abschied einen langen Brief und gab ihn Nima in der Schulpause. Er las ihn.

KILL

Vier Wochen später tötete Cashew einen Hund. Es war am Nachmittag. Nima hatte ihn nach der Schule abgeholt, sein Skateboard geschnappt und war mit ihm zum Yard gelaufen.

Cashew kannte den Weg, und die letzten paar hundert Meter rannte er wie immer vor zum Platz. Nima fuhr ihm hinterher und überholte eine Rentnerin, die mit ihrem Hündchen spazieren ging. Zuerst erschreckte sich das Frauchen, dann ihr nicht angeleinter Zwergpinscher-French-Bulldog-Mix und rannte Nima bellend hinterher.

Cashew hatte das Welpenalter beinahe hinter sich. Seine Bewegungen waren nicht mehr tapsig, sein Gang nicht trottelig. Die Nackenmuskulatur war definiert. Der Brustkorb hatte sich nach vorne geschoben. Seine Körpersprache enthielt die ersten Worte eines Satzes, der von Territorium, von Gewalt und Anspruch handelte. Dingen, die vor kurzem noch seinen Spieltrieb geweckt hatten, begegnete er jetzt mit Misstrauen und Schärfe. Als der Zwergpinscher zu bellen begann, drehte er um, ging auf ihn los, biss ihm direkt in den Nacken und ließ ihn nicht mehr aus seinen Fängen. Das Frauchen stand da, schrie nach ihrem Hund. Nima packte Cashews Halsband, aber nichts half. Der Dobermann verbiss sich nur noch fester in den fiepsenden und hechelnden Hund. Bis einer der Jungs vom Yard angerannt kam, eine Flasche Mineralwasser über die Hunde spritzte und sie Cashews Verwunderung nutzten, ihn von dem Tier wegzuzerren, das eher Beute als Gegner gewesen war.

3

INTERLUDE

Es gab eine Party, wenn man in den Knast ging, und eine, wenn man rauskam. Während man drinnen war, gab es draußen nur Küsse auf die Fingerspitzen, Schüsse in die Luft und Fäuste an die Brust, wenn über einen gesprochen wurde. Wenn man rauskam, schauten die Leute erst zu einem rüber, als würden sie um Erlaubnis bitten, bevor sie etwas sagten.

MITTELBLAU

Jamshid war nicht zu der Verhandlung gekommen, was gut war und absehbar. Auch Nima war nicht da, und dass Heydar sich nicht blicken lassen durfte, war ohnehin klar. Alles war gut so. Nima sollte ihn nicht sehen, Heydar nicht gesehen werden und Jamshid hätte wahrscheinlich am liebsten neben dem Richter Platz genommen.

Saam saß auf der Bank im Vorraum. Das kleine, unbesetzte Häuschen mit den dunklen Scheiben im Flur, an dem er vorbeigelaufen war und hinter dem er auf einer der Sitzmöglichkeiten Platz genommen hatte, ergab keinen Sinn. Die beiden Gerichtsdiener, die ihn aus der Zelle im Erdgeschoss hergebracht hatten, standen bei dem Häuschen. Teilnahmslos, aber nicht gelangweilt. Präsent, aber nicht dominant. »Professionell« beschrieb es wohl am besten. Sie standen professionell. Saam schaute sich um. Die Decke war weiß, der Teppichboden blau. Nicht dunkelblau. Nicht hellblau. Blau. Mittelblau. Mittelblau und ernst. Nicht neu, sondern sauber, und das war auch die Aussage. Der Teppich sagte, dass vor Saam schon viele da gewesen waren. Und dass alle ihren Dreck mitgebracht hatten. Und dass nichts davon hier haften geblieben war, so wie nichts von ihm hier haften bleiben würde. Auf diesem Teppichboden würde in den nächsten anderthalb Stunden über die nächsten Jahre seines Lebens entschieden werden, und der Teppichboden würde nach diesen Jahren genauso daliegen wie jetzt. Genauso sauber, genauso ernst, genauso mittelblau.

Dann ging die Tür zum Gerichtssaal auf, und die Gerichtsdiener führten ihn hinein. In seiner Vorstellung hatte er sich in Handschellen, Knastuniform und hinter schusssicherem Glas gesehen. Das war nicht so. Er trug dieselben Klamotten wie bei dem Überfall, als wollte er sichergehen, dass der Apotheker ihn wiedererkennt. Etwa in der Mitte des Gerichtssaals stand ein einfacher Stuhl. Sein Platz. Hinter ihm Bänke, seitlich helle Furniertische, an denen links der Apotheker mit seinem Anwalt Platz genommen hatte. Saams Anwalt würde rechts sitzen. Vorne das Richterpult. Erhöht. Die Sitzordnung der Wahrheitsfindung. Auch wenn es in seinem Fall nicht viel zu finden gab. Saam würde sich in allen Anklagepunkten schuldig bekennen, weil alles andere idiotisch wäre. Er würde den Überfall auf sich nehmen, niemanden verpfeifen, und er würde einwandern. Drei Jahre, wenn er Glück hätte. Viereinhalb, wenn er sich dumm anstellte, was er nicht tat, aber da er seinen Komplizen nicht verraten wollte, wurden es vier.

Die Verhandlung erschien ihm fair. Er fühlte sich nicht ungerecht behandelt. Der Urteilsspruch klang vernünftig, und in dem Ton des Richters fand Saam die versöhnende Milde, die sich in dem Richtspruch nicht finden ließ. Vier Jahre standen in keinem Verhältnis zu dem, was sie erbeutet hatten oder hätten erbeuten können. Aber – und das hatte der Richter hinzugefügt, als hätte er Saams Gedanken gelesen – durchaus im Verhältnis zu dem Schaden, den sie billigend in Kauf genommen hatten, und auch hier konnte Saam ihm nur recht geben.

Er stand nicht zum ersten Mal vor Gericht. Er kannte die nackten Stühle, die Scham, das Warten und die Tatsache, dass auch die Professionalität der Gerichtshelfer nicht verbergen konnte, was in ihren Gesichtern zu lesen war. Dass, wenn es Typen wie Saam nicht gäbe, sie nicht für so einen Müll ihre Zeit verschwenden müssten. Den Unterschied machte dieser Richter, der mit ihm sprach wie mit jemandem, der fähig war, Dinge zu begreifen. Der Richter klang nicht, als würde er den Staat vertreten oder das Volk, sondern etwas Universelles. Die Vernunft oder die

Gerechtigkeit selbst. Allein, dass er Saam in diese höhere Sphäre mitgenommen, ihn ihrer für würdig gehalten hatte, ließ es schon kleinlich wirken, sich über ein paar Monate mehr oder weniger aufzuregen oder zu freuen. Anders sah es allerdings der Apotheker. Als fühlte er sich um die Aufmerksamkeit betrogen, die hier zu seiner Verwunderung Saam und nicht ihm gegolten hatte – mehrmals hatte der Richter ihn unterbrochen, ihn gebeten, sich kürzer zu fassen und auf die konkreten Fragen einzugehen –, fing er an, nuschelnd zu protestieren, als der Richter die Gerichtskosten nicht Saam aufdrückte. Der Richter nahm es zum Anlass, ihm ein letztes Mal über den Mund zu fahren.

»Ich lese gerade zwar das Urteil, aber ich unterbreche es gerne, um Ihren Einwänden zu entgegnen, dass die Belastungstendenzen in Ihren Aussagen Ihre Glaubwürdigkeit doch schmälern. So unvorbereitet und hilflos, wie Sie sich hier dargestellt haben, wirken Sie auf mich nicht, mit einer geladenen Pistole in der Schublade. Und jetzt würde ich gerne das Urteil zu Ende sprechen.«

Allein für diesen Spruch hätte Saam mit Vergnügen ein halbes Jahr länger gesessen. Er mochte den Mann, der ihm gerade die Freiheit nahm. Mit ihm wäre er gerne befreundet gewesen, seinen Rat hätte er gerne häufiger eingeholt. Ihm gefiel auch die Gerechtigkeit, die Vernunft, und er hatte keine Ahnung, wie lang vier Jahre sein würden.

RICOCHET

Als Saam eine knappe Woche später in die letzte der vier voneinander getrennten Kabinen des Gefängnistransporters gebracht wurde, saß dort ein Junkie, der aussah, als wäre er vierzehn. Der Junge streckte mal die Beine aus, mal zog er sie an, lehnte sich zurück, legte die Hände in den Schoß, versuchte, sich mit der Schulter am Hals zu kratzen, strich sich über den kahlgeschorenen Kopf oder trommelte auf den Oberschenkeln. Er sah ungesund aus. Schwitzte durch eine gelblich beige Haut.

Die Schiebetür der Kabine war gummiert wie bei einem Kühlhaus.

Einer der Justizbeamten händigte Saam eine Tüte aus, in die er pinkeln könnte, falls nötig. Der Junge saß da wohl schon länger, zumindest war seine Tüte zu einem Viertel gefüllt. Sie hing in seiner Hand wie eine tote Ente.

Saam setzte sich auf die schräg gegenüberliegende der vier Sitzschalen aus Hartplastik und grüßte. Der Junge hob die freie Hand und drehte sein Gesicht dorthin, wo bei einem normalen Bus das Fenster wäre. Hier gab es nur einen Panzerglasschlitz, an dem sich draußen eine Landschaft mit sechzig Stundenkilometern vorbeischleppte. Novembertot und klebrig.

Nach einer knappen Stunde Fahrt, in der niemand ein Wort gesprochen hatte, erreichte der Bus ein Gefängnis. Sie konnten hören, wie einige Kabinen aufgemacht, Gefangene rausgebracht wurden und neue einstiegen. Dann wurde auch ihre Kabine geöffnet. Ein gut einhundertzwanzig Kilo schwerer Gefangener mit Flipflops und einem ungepflegten, fransigen Bart stieg ein. Sobald die Tür hinter ihm abgeschlossen wurde, sagte er: »Ich setz mich nicht neben den Junkie«, und deutete Saam an, er solle sich zu dem Jungen setzen. Saam überlegte kurz, stand auf und setzte sich zu dem Jungen. Dann legte der Dicke nach.

»Wehe, du kotzt, Junkie! Wehe, du kotzt! Ich schwör's dir, ich ficke dich, wenn du kotzt! Du schluckst die Scheiße runter!«

Der Junge nickte, ohne ihn anzuschauen.

Der Koloss wandte sich an Saam und fragte: »Gedealt?«

»Schwerer Raub«, antwortete Saam gespielt gelangweilt, und weil das keinerlei Wirkung erzielte, ließ er ein »Neukölln« hinterherrollen, was der Dicke genauso unkommentiert ließ.

Dann, kaum hatte sich der Transporter in Bewegung gesetzt, beugte sich der Dicke nach vorne, als wollte er den beiden was flüstern, und ließ einen Furz los, über dessen Geruch er sich stolz amüsierte.

»Alter, stinkt der! Alter!« Dann grinste er und fragte: »Wie haltet ihr das bloß aus?«

Saam zog sich den Pullover über die Nase und mit dem Gestank, der etwas von Tod hatte, inhalierte er auch die Notwendigkeit einer Entscheidung.

Er stand auf und trat dem Koloss ins Gesicht. Mit allem, was er hatte. Vier Mal, obwohl er schon nach dem ersten Tritt bedient war. Danach packte Saam ihn an den Schultern, zog ihn zu Boden und verstaute seinen Kopf mit dem Gesicht nach unten wie einen Koffer unter dem Sitz neben dem Junkie. Der Dicke fluchte, spuckte Blut. Saam drückte ihm den Fuß in den Nacken und versprach, ihn fertigzumachen, sollte er die restliche Fahrt nicht genauso liegen bleiben. Der Kadavergestank drehte ihm den Magen um. Der Junkie war jetzt hellwach. Fast euphorisch. Er sprang auf, überschüttete den Mann, der sich am Boden krümmte, mit der Pisse aus seinem Beutel und freute sich. Die Lache breitete sich auf dem Boden aus, und Saam stand da, in einer Kabine etwas größer als eine Zugtoilette, mit einem gelbbeigen Junkie, einem blutenden Fleischberg, in dem Gestank von Pisse und Tod, und war das, was man in diesem Koordinatensystem wohl einen Sieger nannte.

INNEN

Die Kammer war ein sauberer Raum, der Hausvater ein sauberer Mann mit einer säuerlichen Kaffeefahne. Er saß hinter seinem Schreibtisch und grüßte beinahe freundlich. An der Wand hinter ihm hing eine Karikatur, auf der zwei Gefangene in einer Zelle abgebildet waren. Einer von ihnen hielt einen Sägefisch in der Hand, der andere sagte etwas. Weiter oben zwei ausgeschnittene Kalenderblätter mit den Sprüchen »Ein Mensch kann viel ertragen, solange er sich selbst ertragen kann« und »Ob du glaubst, du kannst es, oder ob du glaubst, du kannst es nicht, du hast auf jeden Fall recht«.

Zwei weitere Beamte waren im Raum, die sich gerade neue Handschuhe anzogen. Beide betagt. Der eine mit roten Augen und einem von Akne gezeichneten Gesicht, der andere eher dürr, die Gesamterscheinung die eines Lokomotivführers aus Westernfilmen. Mit einem gezwirbelten, gewichsten Bart, wie Saam ihn aus den Geschichten kannte, die ihm seine Mutter als Kind vorgelesen hatte. Die Geschichten von Jules Verne und Charles Dickens. Männer, die Seemannskrankheiten überlebt, sich zum Nord- oder Südpol aufgemacht, Eisbären gegessen oder Penicillin entdeckt hatten. Die losgezogen waren, um das Wilde und Unbekannte zu bezähmen. Von der Mikrobe bis zum Wal. Männer, die nicht unbedingt Gutes, aber doch Großes vollbracht hatten. Und hier stand der Wärter, die Arme zu dünn, um einen Schlagstock zu schwingen, fern jeder Voraussetzung, von der Erhabenheit seiner Bartahnen etwas in sich zu tragen.

Er bat Saam, zu ihm rüberzukommen und sich auszuziehen für die Leibesvisitation, und fragte auch, ob er seine eigene Kleidung oder die Kluft der Anstalt bevorzugte. Es roch nach verbranntem Plastik.

Nach der Leibesvisitation gab Saam seine Kleidung ab, zog die Anstaltskleidung an und setzte sich vor den Schreibtisch. Der Hausvater schob ein paar Formulare über den Tisch, die er noch zu unterzeichnen hatte. Saam war nicht der Typ, der las, was er unterschrieb. Er nahm den Kugelschreiber und kritzelte seinen Namen drunter.

»Wissen Sie, was Sie da gerade unterschrieben haben?«, fragte der Hausvater.

Saam zuckte mit den Schultern und schob die Papiere zurück.

Der Hausvater nahm sie entgegen, blätterte und las vor: »Paragraph 92. Besondere Vorschriften für den Schusswaffengebrauch. Gegen eine Gefangene oder einen Gefangenen dürfen Schusswaffen gebraucht werden, wenn sie oder er eine Waffe oder ein anderes gefährliches Werkzeug trotz wiederholter Aufforderung nicht ablegt, wenn sie oder er eine Gefangenenmeuterei, Klammer auf, Paragraph 121 Strafgesetzbuch, Klammer zu, unternimmt oder um ihre oder seine Flucht zu vereiteln oder um sie oder ihn wiederzuergreifen.« Dann machte er eine Pause und sagte: »Sie haben gerade unterschrieben, dass wir im Falle eines Fluchtversuchs auf Sie schießen dürfen.«

»Und wenn ich nicht unterschrieben hätte?«

Die Frage beantwortete er nicht zum ersten Mal. Er versuchte, nicht zu lächeln. »Es hat noch nie jemand vom Turm aus gefragt, ob derjenige, der sich an der Mauer zu schaffen macht, auch unterschrieben hat. Aber es macht ein paar Sachen leichter für uns. Hinterher.«

Saam entschied, sich nicht davon beeindrucken zu lassen. Er schaute noch mal auf den Sägefisch. Er hatte nicht vor, auszubrechen. Die dritte Weisheit gab der Hausvater ihm persönlich mit.

»Gewöhnen Sie sich so an das Leben hier drin, dass Sie es überstehen, aber nicht so sehr, dass Sie wiederkommen.«

Der Respekt, den die Schusswaffenklausel vermitteln sollte, flößte ihm jetzt die Normalität ein, die in dem »Leben hier drin« steckte. Saam nickte, und der Hausvater ließ ihn von dem Lokomotivführer aus der Kammer führen.

Im Flur seines Traktes hing ein Geruch von gekochtem Kohl, Nikotin, Kernseife und fettigen Haaren. Es war warm. Stickig. Warum sollten sich die Fenster im Knast auch öffnen lassen, dachte er. Besser, er fand sich damit ab. Überhaupt war alles erst mal auf Erträglichkeit zu prüfen. Die Kluft fühlte sich steif an, das Schild kratzte im Nacken. Keine schweren, dunklen Baggy-Jeans oder khakifarbenen Chinos, deren Bügelfalten sich vorne über die *Chucks* legten, hinten nicht den Boden berührten und wie in amerikanischen Filmen zu Wifebeatern getragen wurden. Er sah aus wie ein Gebäudereiniger oder jemand vom Entstörungsdienst. Er trug eine violette Hose, einen orangefarbenen Pullover und eine gefütterte violette Jacke. Wenig Baumwolle, viel Polyester. Wäre das Tor offen gewesen und sie hätten einfach rausgehen können, er hätte es in den Klamotten nicht getan. Nichts war hier Gangster. Nichts cool, nichts hart. Es war ein Fehler gewesen, die Kleidung anzunehmen, dachte er. Er hätte seine eigene behalten und sich selbst um die Reinigung kümmern sollen. Vom Waschdienst gereinigt wurde nur die Gefängniskluft. Das hatte ihm der Hausvater erklärt. Vielleicht erklärte sich der Geruch im Flur damit. Die einen hatten Kernseife, und die anderen rochen nach ungewaschenen Haaren. Die Ungewaschenen trugen Jogginghosen, abgetragene Pullover und sahen aus, als würden sie am Hermannplatz auf die U8 warten, und die anderen, als wären sie gekommen, um die Rolltreppe zu reparieren.

Aus den ernstzunehmend dunklen Augenringen des Beamten blickten Augen, die etwas zwischen Anteilnahme und Scham ausdrückten. Er hatte einen Gesichtsausdruck, als wäre er im falschen Moment in ein besetztes Bad gestürmt. Dass er im äußersten Notfall einen Schlagstock einsetzen würde, schien unwahrscheinlich. Das war nicht St. Quentin hier. Nicht Pelican Bay. Spätestens die dünnen Arme des Wärters verrieten das.

»Da wären wir.« Er hielt an der Tür an, schloss sie auf und nuschelte wie jemand, der einen Witz macht, von dem er weiß, dass er nicht zünden wird: »Home sweet home.« Sein Spruch klang routiniert und hatte nichts Sarkastisches oder Indiskretes. Eher etwas Leidvolles, als müsste er mit Saam zusammen seine Zeit absitzen und versuchte, es mit Humor zu nehmen. Er öffnete den Schrank, testete die Toilettenspülung, nickte das Rauschen ab und sagte: »Und ja, das Bett«, während er auf das Bett zeigte.

»Mittagspause ist um zwölf«, fügte er hinzu. Dann verabschiedete er sich, schloss die Tür ab und ließ Saam in der Zelle zurück.

Es gab wirklich eine Mittagspause. Wovon, wusste Saam nicht. Er ging mit zwei kleinen Schritten an der Edelstahl-Kloschüssel vorbei, die gleich neben der Tür war. Er schaute kurz hinein. Sie war recht neu. Das war gut. Der Spiegel über dem Waschbecken bestand aus einem verbogenen Din-A4-großen Stück Blech. Jemand schien drauf eingeprügelt zu haben. Er stellte sich mitten in die Zelle, breitete seine Arme aus und versuchte, die Wände zu berühren. Zu beiden Seiten hatte er noch zehn, fünfzehn Zentimeter Luft, und dann überfuhr es ihn wie eine S-Bahn. Er begriff es nicht, und er hätte es nicht in Worte fassen können, aber zum ersten Mal fühlte sich ein Ort richtig an. Das hier war sein Platz. Nicht weil es gerecht war oder er es verdient hatte. Es fühlte sich auf die Art richtig an, wie sich eine Ankunft richtig anfühlt. Hier, in diesem Raum, gab es nichts zu bekämpfen, nichts zu beweisen.

Nichts zu behaupten oder zu verteidigen. Hier war Ruhe. Alles war schon gemacht, bekämpft, aufgegeben, entschieden.

Dann zog er die Schuhe aus und kletterte auf das Bett, das Fenster ließ sich öffnen. Er konnte auf die Straße schauen. Sie verlief entlang der Gefängnismauer. Eine normale Straße. Hecken, Postboten, Autos, Dienstag. Er räumte seine Sachen in den Metallschrank neben der Tür. Auch von dieser Normalität war er jetzt befreit. Hier drin, in diesem Leben hier, war es vielleicht nicht mal Dienstag. Er testete die Matratze, als könnte er eine neue bestellen, wenn sie nicht hart oder weich genug daherkäme. Sie war okay. Er hatte auf schlechteren geschlafen. Meistens sogar. Er hatte kleinere Zimmer bewohnt, oft nicht allein. Er hatte aus kleineren Fenstern auf Tristeres geschaut. Alles war irgendwie gut so und richtig. Alles war an seinem Platz, und es gab zehn, fünfzehn Zentimeter Luft zu beiden Seiten. Er konnte nur nicht gehen. Das war alles. Er legte sich auf das Bett, die Füße auf das Kissen, die Kälte fiel aus dem Fenster auf ihn. Er hätte lächeln können, tat es aber nicht, weil es egal war. Auch davon war er letztlich befreit.

HOME

Schon am nächsten Tag fand Saam das Gefühl des Vortags nicht mehr, wusste nicht, wo er es zu suchen hatte. Etwas Panisches hatte sich durch die Ruhe gebohrt, noch bevor die anderen Häftlinge aufgewacht waren, eine Einsamkeit, mit der er nicht vertraut war. Und plötzlich war es Mittwoch. Plötzlich gab es Wochentage. Eine Uhrzeit. Stunden. Minuten. Sekunden. Es war Mittwoch, halb sechs. Er war seit 23,5 Stunden hier. Vier Jahre lagen vor ihm. Vier Jahre minus 23,5 Stunden und natürlich die Wochen in der U-Haft, um genau zu sein. Um sechs wurden die Zellentüren für eine Stunde geöffnet. Frühstück. Dann wieder um zwölf. Zur Mittagspause. Pause wovon? Jetzt wusste er es. Vom Absitzen. Von sich selbst. Dem Selbst, das er noch lernen musste zu ertragen. Pausen, die er brauchen, für die er dankbar sein würde. Das Gefängnis hatte eine eigene Bäckerei, die in einem Nebengebäude lag. Das Letzte, womit er im Knast gerechnet hatte, war der Geruch von frischem Brot am Morgen.

Um 6:10 Uhr stand er in der Schlange für das Frühstück. Jemand hatte die Glasscheibe der großen Uhren im Speisesaal eingeschmissen, und sie waren durch Schilder ersetzt worden, auf denen in Großbuchstaben »UHREN WURDEN ZERSTÖRT« stand. Ohne Artikel, ohne Punkt. Als wäre ein totalitäres Regime an die Macht gekommen, hätte Uhren abgeschafft und die Sprache reformiert. Als Erstes fiel ihm auf, dass die Gefangenen allesamt so hässlich waren, dass man hätte annehmen können, sie wären wegen ihrer Fressen eingesperrt worden. Selten hatte er draußen solche Visagen gesehen. Hier sahen sie alle so aus. Es war eine besondere Art der Hässlichkeit. Eine, die von geistigen

Schranken erzählte und von Ernährungsmangel. Wer auch nur einen Moment gedacht hätte, Verbrecher seien ausgebuffte, smarte Typen, die das Gesetz mit Raffinesse und Witz umgingen – ein Blick in den Speisesaal hätte es widerlegt. Hier saßen sie wie Verdammte. Wie die Kranken einer Kolonie. Verbeulte Sonderschüler, die in fehlender Körperhygiene eine Art Widerstand sahen. Einige der verformten Schädel waren kahlgeschoren. Es hatte Fälle von Läusebefall gegeben. Kaputte Tiere, dachte Saam.

Mitgefangene, die verurteilt worden waren, weil sie in ihrer eigenen Wohnung Bekannte überfallen und ausgeraubt hatten. Typen, die zum Gerichtstermin in T-Shirt mit aufgedruckter Kalaschnikow erschienen waren, darunter der Spruch »Only God Can Judge Me«, um dem Richter gegenüber ein Statement abzugeben. Und die jetzt damit prahlten, sie hätten gewusst, dass sie ohne dieses Shirt mit einer milderen Strafe davongekommen wären, es aber trotzdem getragen hatten, weil: Fuck it. Schließlich konnte ja nur Gott über sie richten. Und alle, fast alle würden die Dinge so darstellen, als wäre das alles genauso geplant gewesen. Als würde des Lebens Süße daraus bestehen, immer wieder hier zu landen, mit einer möglichst noch bescheuerteren Story als beim letzten Mal.

Ein Typ hatte seine eigene Großmutter ins Krankenhaus geprügelt. Ein anderer hatte die Schuhe seines Freundes bei einem Junggesellenabschied mit Bauschaum gefüllt und dessen Füße reingesteckt, während er schlief. Das Gift hatte sich durch die Haut gefressen und ihn getötet. Wieder ein anderer hatte eine Ziege aus dem Streichelzoo geklaut, und als er feststellte, dass sich das mit dem Transport nicht so einfach gestaltete und die Ziege sich nicht von ihm spazieren führen ließ, zerrte er sie in den Busch und versuchte, ihr die Kehle durchzuschneiden. Mit einem Schlüssel. Am frühen, noch hellen Abend. Der Nächste hatte unmaskiert eine Tankstelle überfallen und seinen Ausweis an der Kasse abgegeben, weil er in denselben Knast zurückwollte, in dem er vorher schon anderthalb Jahre gesessen hatte, musste dann aber vor Gericht feststellen, dass er sich das nicht aussuchen konnte. Vier Jahre hatte er jetzt Zeit, darüber nachzudenken, und so wie er aussah, brauchte er jeden einzelnen Tag.

Von der Gang- und Knasthierarchie, die Saam aus Dokus und Filmen kannte, war hier nicht viel vorzufinden. Klar, es gab ein paar Jungs, die schwerer waren als der Rest, und auch nicht ganz bescheuert, und die in Ruhe gelassen wurden. Aber in den mittleren und unteren Rängen musste fast täglich alles aufs Neue ausgefochten werden. Ein Klappmechanismus aus Rache und Erniedrigung ließ sie ins offene Messer laufen, ohne irgendeinen Lerneffekt. Sie schmiedeten Allianzen, die keine vierundzwanzig Stunden hielten. Wobei schmieden nach Arbeit klingt. Das war keine Arbeit. Das war nicht schmieden, das war nicht mal löten. Hier gab es täglich Streitereien um buchstäblich nichts. Einfach so. Zeitvertreib. Überhaupt schien »einfach so« hier das Leitmotiv zu sein. Sie standen morgens auf und hatten vergessen, dass sie gestern zusammengeschlagen worden waren. Kaputte Tiere.

Das Frühstück bestand aus einer Orange, zwei Scheiben Pumpernickel, Scheiblettenkäse, der an den Zähnen kleben blieb, Butter und Getreidekaffee, von dem er seine Mitgefangenen bald sagen hören würde, er mache impotent.

Saam würde hier viel Zeit allein verbringen. Das stand fest.

ALF

Anfang März gab es die erste warme Sonne. Als hätte sich der Tag im Kalender verlaufen, war es kurz Frühling, fast Sommer. Die Strahlen fielen seitlich über das Hauptgebäude und bildeten ein langgezogenes Dreieck auf dem Hof. Entlang der Eingangstreppen vor dem Hauptgebäude saßen zwanzig, dreißig Jungs, hielten sich Din-A4-große Aluminiumschalen, die jemand aus der Küche mitgebracht hatte, unters Kinn und sonnten sich. Die meisten mit freiem Oberkörper, und es gesellten sich immer mehr Gefangene dazu. Es hätte ein Streik sein können oder Kunst. Die wenigsten unterhielten sich. Stille herrschte, beinahe Frieden. Vom Wachturm aus musste es ein beeindruckender Anblick sein.

Als Saams Trakt geöffnet wurde und er aus dem Gebäude kam, saßen schon gut sechzig Gefangene dort dicht beisammen und bildeten ein nacktes, flimmerndes Dreieck. Saam hatte kaum ein Gespräch geführt. Hatte kaum was gesagt, nicht viel gehört. Nur dieses Selbst, das er ertragen musste, redete. Kommentierte, wertete, versuchte, das Vakuum zu füllen.

In den ersten Tagen drehte es sich vor allem um die physische Präsenz des Gefängnisses, es dachte über die Mauern, die Zäune und die Fenster nach. Über das Wassersystem, den Abfluss. Über die Lüftungsschächte. Darüber, dass der Nebel nicht durch das Fenster hereinkam. Oder darüber, was wäre, wenn sich das Gebäude bewegen und wie ein Schiff wegfahren und in einem anderen Land anlegen würde. Oder andersrum, wenn das Gefängnis stehen bleiben würde, während sich die Welt weiterdrehte. Was, wenn draußen Krieg ausbrechen würde oder eine Revolution? Manchmal malte es sich fantastische Ausbruchpläne aus, in denen er wie eine Eidechse klettern konnte oder sich mit Riesenschritten über die Zäune hinwegsetzte. Manchmal war er drei Meter groß oder so winzig, dass er durch die Zäune schlüpfen konnte. So wie sein Selbst mal Kind zu sein schien und mal ein müder, alter Mann.

Der Zellennachbar, mit dem er die linke Wand teilte, war älter als er und saß schon lange. Saam schätzte ihn auf Mitte dreißig.

Er sah nicht direkt gut aus. Eher gut gemeint. Längere, hellblonde Haare, große, dunkle Knopfaugen und eine kräftige Nase mit einem Muttermal fast unter dem Auge, weshalb sie ihn Alf nannten, und er hatte sich auch selbst so vorgestellt. Saam hatte genickt und »Saam« gesagt. Alf. Der Name passte zu ihm. Alf saß wegen Betrugs in Millionenhöhe. Es hieß, dass die Beute nie gefunden worden sei, und die Leichtigkeit, mit der er über die Flure schritt, sprach dafür, dass er noch Pläne hatte. Angeblich verstand er sich mit den Wärtern gut und konnte Dinge besorgen, an die man schwer rankam. Medikamente, Schnaps, Drogen. Manchmal drang seine Musik durch die Wand. Er hörte Doors. Pink Floyd. Stones. Hendrix' *»All along the watchtower«* schien es ihm besonders angetan zu haben.

Einmal hatte er sich in der Mittagspause an Saams Tisch gesetzt. Es gab Penne mit Sahnesauce und Brokkoli. Es war nicht komplett zerkocht, auf der Sauce bildete sich eine Haut. Saam hielt den Teller schräg, um die Stabilität der Haut zu testen. Als sie einen Riss bekam und die unteren Schichten nach außen traten, stellte er den Teller wieder hin und fing an, es hinter sich zu bringen.

Alf war an Saams Tisch getreten, hatte seinen Teller platziert, auf den zerfransten Brokkoli geschaut und »Salz fehlt« gesagt. Dann hatte er gegrinst, sich umgeschaut und hinzugefügt: »Und Atmosphäre.« Saam lächelte. Alf ließ seinen Teller stehen, holte einen Salzstreuer, salzte ordentlich nach und schob den Streuer zu Saam. Es fehlte kein Salz. Es fehlte vieles, aber kein Salz. Trotzdem salzte Saam nach.

Auf dem Hof setzte sich Saam neben Alf und bekam von ihm einen Aluminiumteller überreicht, den er sich wortlos unters Kinn schob. Natürlich kamen die Teller von Alf. »Sind das To-go-Teller?«, fragte Saam, und Alf grinste, die Augen geschlossen.

DNA

Saam war der einzige Iraner im Knast. Und im Knast entschied die Herkunft über vieles. Die Araber nervten ihn. Hier noch mehr als draußen. Drinnen wurden sie meist pseudoreligiös, wobei ihnen die Lüge in den Gesichtern stand. Die meisten kannten weder den Koran noch den Gebetsraum. Klauten, logen und erpressten. Und nachts onanierten sie zu der Sex-Hotline-Werbung auf DSF wie alle anderen auch. Selbst nach der mildesten Auslegung des Islams gehörten sie in die Hölle. Und diejenigen, die den Knastaufenthalt nicht mit der Pilgerfahrt nach Mekka verwechselten und also wenigstens ehrlich falsch waren, legten sich mit allen an. Immer umgab sie diese Behauptung, diese fehlende Selbstgenügsamkeit. Immer lag etwas außerhalb von ihnen, das erobert werden wollte. Etwas, das sich vielleicht Achtung nannte, aber ganz anders aussah. Achtung wiederum wurde als Schwäche gedeutet und missbraucht, wenn sie mal da war. Die Türken waren umgänglicher, aber auch selten interessant. Meist waren sie gebrochen und suhlten sich in Schuld, weil ihre Familien sie verstoßen hatten, sie nicht besuchten und ihnen auch nicht schrieben. Saam spielte gut Schach und Backgammon. Zwei der wenigen Dinge, die Jamshid ihm beigebracht hatte, und das respektierten Russen und Polen genau wie Georgier und Bulgaren. Mit ihnen kam er am besten klar.

Außerdem war er kein Moslem oder, wie sie die Moslems nannten, »Kebab«. Wenn er gerade nicht mit Alf rumwitzelte, stemmte er Gewichte mit den jüngeren oder spielte Schach mit den älteren Osteuropäern. Nach einem Jahr konnte er auf vier verschiedenen Sprachen Small Talk betreiben, kannte die meisten

Insassen und genoss einen gewissen Respekt, mit dem er zumindest den Alltag und die Hofgänge bewältigen konnte. Ungefähr zu diesem Zeitpunkt bekam er auch den Ausbildungsplatz zum Koch, für den er sich gleich in der ersten Woche beworben hatte. Er hatte sich auch als Tischler beworben, als Elektriker, Dreher und Fräser. Als Schlosser und Bäcker. Obwohl keiner der Berufe ihn interessiert hatte. Weder Mehl noch Holz oder Strom lagen ihm. Der Beruf war wie das Aufnahmeland, das sie sich nicht ausgesucht hatten. Er wollte wegkommen.

Zur Arbeit trat er um 5:45 Uhr an.

Der Küchenchef, sein Ausbilder, stellte sich mit »Hi! Kalle!« vor, und so wie er es aussprach, müsste sein Name mit mindestens fünf ls geschrieben werden. Je mehr ls, desto härter. Desto mehr Kalle. Saam grüßte und ahnte, was auf ihn zukommen würde. Kalle war ein Mann der Zahlen. In der ersten Stunde erfuhr Saam die wichtigsten Eckdaten seines Marzahner Lebens.

Er war achtundvierzig. Seine fünfundsechzigjährige Mutter lag gerade mit einem Gehirntumor im Krankenhaus, was Kalle verwunderte, denn sie hatte nie geraucht. Sein Vater hatte mit einundfünfzig schon abgedankt. Seine Tochter war aus einer einjährigen Beziehung hervorgestolpert und jetzt zehn. Er hatte sie nie gesehen. Auch nicht, als es noch ging – Kalle saß erst seit vier Jahren.

Kalles Humor bestand unter anderem darin, Gemüse an Körperteile zu halten, Porree als Ohren, Tomaten vor die Brüste, deren Nippel er dann rieb. Auberginen, Karotten und Kohl hielt er vor seinen Penis und machte Bums- oder Pissgeräusche. Das waren mehr oder weniger die Klassiker. Aber ein Mal gab es auch Mais, und der hielt Kalle eine ganze Schicht lang bei Laune. Kalle kiffte seit fünfundzwanzig Jahren. »Ditt merkse ooch noch!«, prophezeite er grinsend.

Hab ich schon, Kalle, antwortete Saam nicht.

Die Quersumme seiner Zahlen ergab den Code der Vergeudung. Und er erfüllte alle Klischees des Übergewichts. Sein Rülpsen aus der Ferne kündigte seine Wachsamkeit an, die selten über die rein physische Anwesenheit des ungesund atmenden Riesen hinausging. Er benutzte Rülpsen als Wort.

In den ersten Tagen versuchte Kalle, noch weitere Zahlen loszuwerden. Danach folgte ein bellender, hilfloser Argwohn gegenüber allem, und darauf eine flache Leere. Saam hörte weg, verpasste bewusst seine Einsätze, schaute durch das Küchenfenster nach draußen ins Kallelose, antwortete nicht, wenn Kalle von seiner Welt erzählte, deren Bevölkerung sich aus Fickern und Gefickten zusammensetzte. Einer der anderen Köche war Kalles Freund Helmut. Der hieß tatsächlich so. Inmitten dieses ganzen Gemenges hieß er knallhart Helmut. Helmut war nicht nur sein Freund, sondern auch sein Dealer. Ein Gespräch schafften sie nicht. »Scheiße, wahr?«, fragte manchmal der eine. »Ja. Scheiße!«, wusste dann der andere, und der Rest ging wortlos weiter.

Saam sah, wie jemand aus der Nase in den Topf mit der Sauce blutete und wie die Sauce mit einem »Hitze tötet Aids« durchgewinkt und rausgegeben wurde. Er sah jemanden sich absichtlich mit heißem Wasser verbrühen, um die Schmerztabletten, die er dafür bekommen würde, zu verkaufen. Er schälte Millionen Kartoffeln, hackte Abertausende Zwiebeln und lernte Regeln wie »Was weniger als zehn Sekunden auf dem Boden lag, lag nicht auf dem Boden«. Er schnitt Krebsgeschwüre aus Schweinefleisch. Aber danach würde er ein gelernter Koch sein. Mehr war erst mal nicht drin.

KONTAKT

Ein einziges Mal besuchte Nima Saam. Er hatte im Besucherraum an einem der Tische mit den weichen Plastikhäkeldecken hinter einer aufgestellten Plexiglasscheibe gesessen und versucht, ihn weder anzustarren noch zu Boden zu gucken, als Saam reinkam. Er stand auf und setzte sich gleich wieder, als der Beamte am Nebentisch zuckte. Körperkontakt war verboten, auch Händeschütteln, wie auch das Sprechen in einer anderen Sprache als Deutsch verboten war. Hier drin, entschärft und ohne seinen Habitus, wirkte Saam geschlagen und nackt.

Saam schaute Nima lange an mit einem Blick, der nichts verriet. Dann ging er zum Automaten und holte Kaffee. Es gab auch Tee, aber Tee hätte an früher, an Jamshid, an ihre Kindheit und den Iran angeknüpft, eine Geschichte weitererzählt. Also Kaffee. Was hier passierte, sollte außerhalb ihrer Geschichte stehen. Er stellte einen Becher auf Nimas Seite, nahm den kleinen Plastikblumentopf mit der Schaumstofferde und den Polyesternarzissen von ihrem Tisch und platzierte ihn auf den des Beamten. Die Versuche, Normalität zu simulieren, machten den Raum noch härter.

Dann fragte Saam nach Jamshid und nach Nima selbst. Ob er eine Freundin habe und ob sie hübsch sei. Nima bejahte die Fragen und schämte sich. Während Saam sich schämte, weil er wie ein notgeiler, alter Onkel klingen musste. Es ging ihn nichts an, ob sie hübsch war. Ihm fiel der Mann aus dem Buch ein, der vor dem Grab seines Vaters steht und feststellt, dass er älter ist, als sein Vater geworden war. Saam hatte genau ein Mal etwas mit einer Frau gehabt, und die war dafür bezahlt worden.

Sie wechselten das Thema, redeten von der Zukunft, von Nimas Abitur, das bevorstand, und davon, dass er danach erst mal mit einem Freund zusammenziehen wollte. Nima log und sagte, dass er bei einem der besten Italiener der Stadt kellnerte, Italienisch lernte und dass er nach dem Abitur gerne reisen würde. Und dann kam die Frage, vor der sich Nima gefürchtet hatte.

Saam fragte nach Cashflow.

»Es geht ihm gut. Ist groß geworden«, sagte er mit einem Unterton, der persisch war und übersetzt bedeutete: »Es gab diesen Vorfall. Dein Hund hat einen anderen getötet, und ich habe ihn im Tierheim abgegeben. Zu den Pitbulls, die Tyson hießen oder Cassius und bei denen die Pfleger besonders darauf achteten, zu betonen, sie seien kinderlieb, während sie die Besucher aus den Zwingern heraus anbellten, als wären es Einbrecher. Bitte frag nicht weiter!«

Saam verstand jedes Wort und fragte nicht weiter. Nur sein Blick war jetzt starrer.

»Wie geht's dir denn hier drin?« Nima nahm einen Schluck aus seinem Kaffeebecher.

»Ich überlebe. Mache eine Ausbildung zum Koch. Ist nicht der beste Italiener der Stadt, aber wenn ich draußen bin …«, Saam verschwieg, dass sich dieses Draußensein aufgrund der Prügelei im Gefängnistransporter verzögern würde, stattdessen fuhr er fort: »… kann ich mir einen Job suchen. In einem vegetarischen Restaurant, oder so.«

Nima nickte und erzählte nicht, dass Marwan sich um ihn kümmerte wie um den Hinterbliebenen eines Märtyrers. Dass er ihm manchmal Geld zusteckte, mit ihm Burger essen ging und durch die Gegend fuhr, ihn sogar hin und wieder mit Naser in Nasers Benz zum Yard brachte, was bei Nimas Kumpels natürlich für Aufsehen sorgte. Er erzählte nicht, dass Marwan das tat, um sich wichtig zu machen oder, wie er es selbst nennen würde, Propaganda zu betreiben. Von dem Ruf zu zehren, den Saam jetzt hatte. Dass Nima zwar versuchte, die beiden Welten nicht aufeinandertreffen zu lassen, aber von den beiden eskortiert zu werden, ein Auftritt war, für den andere eine Niere bezahlt hätten. Und auch nicht, dass ein paar seiner Skaterfreunde Gras und Pillen vertickten, dass Nima ihre Connection war und Heydar Nimas. Stattdessen fragte er: »Du bist Vegetarier?«

Und Saam antwortete: »Was du hier bekommst, ist eh kein Fleisch.«

Eine halbe Stunde schlugen sie tot. Danach verstand Nima, warum Saam keinen Besuch wollte.

BUDDHA

In dem Gemeinschaftsraum ihrer Etage, in dem sie sich zwischen siebzehn und zwanzig Uhr aufhalten durften, oder wenn es regnete, standen ein paar der Häftlinge und diskutierten über das, worüber sie die meiste Zeit diskutierten. Welche Mafia welches Land im Griff habe, ob Libanesen heftiger seien oder Marokkaner, ob Albaner weniger Gnade kennen würden oder Russen. Ob Rumänen mehr saufen könnten oder Polen, welchem Volksstamm alles am meisten egal sei und wem man am wenigsten trauen dürfe. Asozialen-WM. Asozialen-WM und Autoscooter. Autoscooter ging so: Man unterhielt sich oder stritt, und in einem Überraschungsmoment wurde einer der Disputanten gegen irgendjemanden geschubst, der gerade vorbeiging, und dann schaute man, was passierte.

Eigentlich hätte jeder hier nur eins und eins zusammenzählen müssen, um zu begreifen, in welche Liga Saam gehörte. Bewaffneter Raubüberfall, die Kugel, die er kassiert hatte, die Gegend, aus der er kam. Aber wäre Zusammenzählen ihr Ding gewesen, wären sie nicht die Typen, die sie waren. Also Autoscooter. Es war ein schmächtiger Junge, der gegen ihn geschubst wurde wie vor ein Auto. Er tat Saam fast leid. Aber es war ein Test. Die anderen beiden wollten sehen, was Saam draufhatte. Also griff er den Jungen am Ohr, hielt ihn fest und gab ihm mit der anderen Faust einen Haken. Traf ihn unters Kinn am Hals auf die Hauptschlagader und knockte ihn aus. Er kassierte ein paar Tritte von den anderen beiden. Dann wurden sie von ein paar umstehenden Häftlingen auseinandergehalten.

Am nächsten Morgen standen zwei Beamte in der Zelle.

»Mitkommen!«

Er wurde in den Trakt nach unten verlegt. Einzelhaft. Man sagte ihm weder warum noch wie lange.

Schon nach zwei Tagen Isolation kamen die Tics in einer Intensität zurück, die er nicht kannte. Saams Gesicht zuckte, er rieb seine Schläfen, der hohe Ton in seinem Ohr wurde lauter. Seine Libido fror ein. Auch sein Denken verlangsamte sich, die Gedanken wurden zu zähen Brocken ohne Zusammenhang. Er traute den Fenstern nicht, hängte sie mit einem Bettlaken ab, worauf die Zelle sofort aufgeschlossen, er rausgebracht und in den Käfig gezerrt wurde. Zellendurchsuchung. Der Käfig war zwei mal vier Meter und wirklich ein Käfig. Er stand im Freien. Hier hatten diejenigen Auslauf, die in Einzelhaft saßen. Der Käfig war das Erste, was so aussah, wie er sich den Knast vorgestellt hatte. Rostige Gitter. Beton. Der Asphaltboden rissig. Es war kalt, und sie ließen ihn in dem Käfig, bis es dunkel wurde.

Danach hängte er die Fenster nicht mehr zu, sondern lehnte die Matratze gegen das Bett, baute eine Höhle und verkroch sich darin, wenn er unbeobachtet sein wollte. Manchmal baute er sich ein Nest aus seiner Decke, den Kleidungsstücken und Kissen und hockte darin auf der Matratze. Nach einem knappen Monat fing er an, seinem Gefühl für Temperaturen zu misstrauen, bis er es wirklich verlor. Er lief tausend Schritte vorwärts, zählte sie. Dann lief er tausend Schritte rückwärts und zählte rückwärts. Jeden Vormittag und jeden Nachmittag. Verzählte er sich, wurde er wütend und verzählte sich noch häufiger. Meist kam er kaum bis hundert. Oft nicht mal bis zwanzig. Also zählte er nur noch bis zehn, und das hundert Mal. Er entwickelte eine Akribie und eine Angst, Zahlen zu vergessen. Zahlen waren wichtig. Nur über Zahlen verging die Zeit.

Seine Mahlzeiten dehnte er über Stunden, teilte sich alles ein.

Er verinnerlichte die Isolation. Übertrug sie zum Beispiel auf die Wahrnehmung unterschiedlicher Geschmäcker. Er isolierte Brot von Butter. Butter von Marmelade. Aß die Komponenten getrennt voneinander. Wenn es Suppen gab, nahm er die Gemüsestückchen raus und sortierte sie auf dem Tablett der Größe nach. Auch sie aß er getrennt. Wenn es Brotscheiben gab, teilte er sie in gleich große Quadrate auf und taktete seine Kaugeschwindigkeit so ein, dass mit dem letzten Quadrat die nächste Mahlzeit kam. Er kaute alles genau vierzig Mal. Er machte fünfhundert Liegestütze, fünfhundert Kniebeugen und fünfhundert Stups am Tag. Er sprach mit seinem Essen. Er sang. Gab sich die Aufgabe, sich jeden Tag an einen neuen Song zu erinnern. Das war die härteste Herausforderung. Er schien die Musik vergessen zu haben. Aber auch Geräusche verloren den Zusammenhang. So sehr, dass selbst das dreifache Klacken des Riegels wie aus drei verschiedenen Quellen zu kommen schien und er verwundert war, wenn daraufhin die Tür aufging. Nachts träumte er von der Zelle. Die Isolation war ein Alptraum, aus dem er aufschrak und in dem er dann wach lag. Er meditierte, ohne zu wissen, dass er es tat. Er ließ die Gedanken nacheinander kommen und gehen und folgte ihnen nicht, beobachtete sie wie lose Zugwaggons, die sich über ödes, ebenes Land schoben. Angetrieben durch nichts. Mal nur ein paar Meter, mal mehrere hundert, um dann wieder rückwärts zu rollen. Quietschend. Wiehernd. Manchmal aber auch geräuschlos. Geisterhaft. Er stand wie auf einer Brücke und schaute ihnen zu. Die einzelnen Waggons reihten sich immer seltener aneinander zu ganzen Zügen, und er griff nicht ein. Es waren nicht seine Gedanken. Er sah, dass er die Gedanken nicht formte. Dass er nicht dachte, sondern dass vielmehr in ihm gedacht wurde. Etwa so, wie in ihm verdaut wurde. Und wie die Erbsen und Karottenstückchen in ihm nicht zu einer Suppe wurden, wurde aus den Waggons auch kein Zug.

Er hatte das Gefühl, die Zelle würde fahren oder abheben. Das Gefühl, die Erddrehung spüren zu können. Das Gefühl von Wind. Zug und Kälte. Das Gefühl, die Decke, in die er sich eingehüllt hatte, sei nass. Das Gefühl, Wasser flösse den Boden entlang, ohne erforschen, hinterfragen oder überlegen zu müssen, warum. Und dieses Nichthinterfragen brachte auch Zuversicht. Eine, die ihm genauso fremd war, wie sein Verstand es gerade wurde. In manchen Momenten spürte er Glück und danach etwas, das hinter Glück und Zuversicht, Unglück und Skepsis lag und keinen Gegenspieler hatte. Es war wie bei Frau Winkler damals. Nur, dass er hier in seinem eigenen Keller saß. Hier entdeckte er einen Ort. In der Höhle, die er sich gebaut hatte wie ein Sechsjähriger, fand er auch etwas, wofür andere weite Reisen auf sich nahmen. Etwas, das andere in Indien und Nepal, in Tempeln und Yogaklassen vermuteten. In einem Nest aus Kleidung und Bettzeug saß und lag, lachte und weinte, fror und schwitzte er.

Das Wohnzimmer ihrer WG hätte auch ein Concept-Store sein können, oder ein Fashion-Outlet. Marvel-Actionfiguren und Kaws-Puppen. Stills aus *Dogtown* und *Z-Boys*, Filmplakate von *Boyz n the Hood*, *Do the right thing* hingen an der Wand. *Futura-*, *Thrasher-* und *Powell Peralta*-Sticker an den Türen. Sel hatte die Wohnung organisiert. Hundertdreißig Quadratmeter und ein DDR-Mietvertrag. Die Dielen hatten sie mit grauer Garagenfarbe gestrichen. Plattenregale. Kachelofen. MK2s. *Good times.*

An der Wand waren die Überreste von zweiundzwanzig Skateboards befestigt, die die beiden im Laufe der Jahre zerschrottet hatten. Vierzehn davon waren Sels, acht davon Nimas.

Sel hatte seine Bretter an die Wand gehängt, Nima das Brettfahren an den Nagel. Sel hatte einen Skate-Shop eröffnet, und Nima hatte ihn finanziert. Sel verkaufte Bretter und Klamotten, Nima wusch in Sels Laden sein Drogengeld. Sel war dem Skaten treu geblieben, Nima der Flucht, die das Skaten für ihn bedeutet hatte.

LIEBE

Saam hatte irgendwo aufgeschnappt, von irgendwem gehört, dass eine Isolationshaft über drei Wochen verboten und Folter sei. Er saß jetzt seit über zwei Monaten. Einen Tag bevor sie ihn holten und zurück nach oben in seinen Trakt brachten, wurde er von einer Fliege geweckt. Laut surrend, ein kleines Wunder, das mehrere hermetisch abgeriegelte Räume, ein Labyrinth aus Schleusen, verriegelten Türen und verwinkelten Gängen durchflogen haben musste, um sich auf Saams Gesicht zu setzen. Er schlug reflexartig mit dem Kissen nach ihr und verfehlte sie. Plötzlich stand er auf seinem Bett, wie ein Tier, das eine Fährte aufgenommen hatte, und bewegte sich nicht. Dann sah er sie an der Scheibe. Er stieg vom Bett, schlich sich an sie heran und beobachtete ihre zittrigen Bewegungen.

Eine Fliege. Sie war so unwahrscheinlich, dass sie ein Zeichen sein musste. Nicht nur die Ereignis-, sondern auch die Bedeutungslosigkeit der Zeit drängte ihm diese Annahme auf, wie bei einer Lorenz'schen Leerlaufhandlung. Wie sich der Star in Gefangenschaft Insekten einbildet, bildet sich jemand, der mit seinem Essen spricht, Emotionen ein und sieht Zeichen, die nicht da sind. Und da kam ihm die Angst, die Fliege könnte auf demselben Weg, wie sie hergekommen war, wieder verschwinden, das Zeichen genauso schnell wieder erlöschen.

Er beobachtete sie, wie sie kreuz und quer durch den Raum flog, um anschließend immer wieder auf der Fensterscheibe zu landen, die sie nicht verstand. Er zog sein T-Shirt aus, warf es auf sie, sie fiel von der Scheibe.

Und wie es manchmal Schaden geben muss, damit sich zwei

Leben für immer verkanten, weil Schmerz immer noch der beste Kitt ist, fing er sie und riss ihr einen Flügel aus, damit sie blieb.

Während des Hofgangs im Käfig ließ er sie gefangen unter dem Becher zurück. Abends versuchte er, sie zu füttern, aber sie nahm nichts an. Keinen Caro-Kaffee, keine Marmelade, keinen Käse.

Am nächsten Tag war sie tot. Er stupste sie an. Tot. Bis auf den Flügel war alles da, und trotzdem fehlte alles.

Und die Fliege war scheinbar wirklich ein Zeichen. Wie Vögel auf offenem Meer eine nahe Küste ankündigen, hatte sie das Ende der Isolation angekündigt.

Als die Tür aufging und er aufgefordert wurde, seine Sachen zu packen, war das Erste, was er tat, sie in seine Hosentasche zu stecken.

Er verließ die Isolationshaft, und etwas in ihm, das er zeitlebens mit sich selbst verwechselt hatte, blieb dort liegen. Dieses Etwas würde diese Zelle nie verlassen, und Saam würde es für seinen Verstand halten. Und das war nicht gut.

Derweil läutete das Jahr 2002 für die erste Kokain-Dealer-Generation das Ende der Schuhbox-Ära ein. Die Zeit, als das Drogengeld noch in *Nike*-Kartons passte und gerade noch für einen dicken Gebrauchtwagen reichte, ging zu Ende, und die legalen Wünsche wurden zu teuer, als dass illegales Geld sie erfüllen konnte.

Aber das waren Downtown-Träume. Nima war Uptown. Er fuhr zwar auch einen Mercedes. Aber eine A-Klasse. Kein Bling-Bling. Keine *Mashallah*-Aufkleber auf Fickfolie-bezogenen Heckscheiben. Kein »Ich zahle den Wagen bar!«. Leasingraten-Ära. Hinten auf seinem Wagen klebte ein kleiner Sylt-Sticker. Er kannte seinen Feind. Er war *low key* mit einem Sicherheitsabstand zu der alten Hood. Sowohl zu den Verlierern als auch zu den Verlorenen. Nur zu seiner Quelle Heydar hatte er Kontakt. Ihre Wohnung hatten Sel und er mittlerweile gekauft. Frisches Fischgrätparkett. Pünktlich bezahlte Abschläge. Dauerauftrags-Ära. Und Nima hatte nicht nur in den Skate-Shop investiert, sondern auch in das Styling-Studio von Dave, der eigentlich Davood hieß. Ein schwuler Iraner. Jude, Partygänger, auf den sich die Nachtwelt einigen konnte und der oft kluge Dinge sagte. Er schnitt der Schickeria die Haare und versorgte sie mit Kokain. Mit Nimas Kokain.

VISIONEN

Saam war seit der Isolationshaft in keiner guten Verfassung. Hatte Schlafstörungen, Panikattacken, Anflüge von Paranoia, und tatsächlich verfolgt zu werden, war keine Therapie, was das anging. Er versuchte, das Gefühl zu unterdrücken, beobachtet zu werden, und sich nicht dauernd umzudrehen, bekam seinen Körper aber nicht in den Griff. Seine Hände fuhren nun ständig über das Gesicht. Sein Blick, als hätte er Schwierigkeiten, etwas zu fokussieren, konnte nicht erkennen, ob jemand über ihn sprach oder lachte. Alles wirkte verdächtig. Es fiel ihm schwer, zwischen Traum und Realität zu unterscheiden. Wenn er mal kurz einschlief, hatte er Alpträume. Einmal stand ein Rudel Hunde in seiner Zelle. Das andere Mal nur Cashflow. Die Zelle lief voll Wasser, und Saam versuchte, sich auf den Hund zu stellen, um Luft zu bekommen, und ertränkte ihn. Die Unruhe und das Schlafdefizit standen ihm ins Gesicht geschrieben. Anders als früher konnte er seine Tics und den psychotischen Blick nicht mehr zu seinem Markenzeichen machen. Er sah einfach fertig aus. War abwesend, aß schlecht. Er beschloss, die Duschen im Trakt nicht mehr zu nutzen, und wusch sich am Waschbecken in der Zelle. Draußen lief er nicht mehr allein rum. Setzte sich immer so, dass er den Raum überblicken konnte.

Er saß an seinem Tisch und dachte über den Fußboden in den Fluren nach, als das Paket ankam. Über die speckigen, dreckigen Ränder. Wie kam es, dass der Flur immer dreckiger geworden war? Er muss ja irgendwann neu und also sauber gewesen sein, und er wurde täglich gewischt. An den Rändern ging nicht mal jemand lang. Warum wurde er ausgerechnet dort immer dreckiger? Und sah nur er das? Natürlich musste es niemanden interessieren, wie der Flur in einem scheiß Knast aussah, aber dann hätte man doch auch einfach nicht wischen können oder nur einmal die Woche. Die Gefangenen wischten ihn aber täglich. Hatte es unter all denen, die hier den Boden geschrubbt hatten, nie einen gegeben, der so etwas wie Ehrgeiz besaß? Keinen Ehrgeiz, der in einer Karriere münden, in ein begradigtes Leben führen würde oder so, sondern zu einem sauberen Flur. Damit er sich am Ende des Flurs umdrehen, das Kinn auf den Stiel des Mopps stützen und zu sich selbst sagen könnte: »Schau! Das hast du heute geschafft! Das ist dein Werk!«

Kaputte Tiere, dachte er. Und dann tröstete er sich damit, dass ihn zumindest die Aufseher siezten. Dann entriegelte jemand die Tür. Es war Home Sweet Home.

»Und? Akklimatisiert?«

Saam wusste nicht, ob das eine Anspielung auf das Unterhemd war, in dem er dasaß, oder metaphorisch gemeint war.

Er zuckte mit den Achseln.

»Es gibt ein Paket für Sie. Das müssten Sie beim Hausvater entgegennehmen. Kommen Sie bitte mit mir!«

Draußen im Flur entschuldigte sich der Wärter: »Hat ein bisschen länger gedauert, weil der CD-Player erst inspiziert werden musste.«

Beim Hausvater unterschrieb er den Empfang des Pakets, das schon geöffnet worden und dessen Inhalt in einen Plastikkorb gelegt worden war, den er mitnehmen durfte.

Als er wieder in seiner Zelle war, stellte er den Plastikkorb auf den Tisch, schloss den CD-Player an und öffnete die Nas-CD. Auf dem Booklet in der Hülle stand eine Widmung von Heydar.

»Für mein Bruder numer 1!« Er hat zwei von vier Wörtern falsch geschrieben, und Saam grinste. Er würde Heydar mehr vermissen als jeden anderen. Dann stellte er die Bücher auf dem Tisch auf, legte die Nas-CD ein und spielte »*If I ruled the world*«, keine sechs Takte lang. Es ging nicht. Er drückte auf Stopp und verharrte. Aus dem Augenwinkel konnte er sich in dem eingedrückten Blechspiegel sehen. Seine Füße auf dem speckigen Linoleum. Die Fliege auf dem Fenstersims. Und ein Piepen im Ohr, das seit der Einzelhaft immer wiederkam.

Hier war es ein anderer Track. Alles klang falsch. Von der ersten Silbe an. Er nahm die CD raus und schaute die Bücher durch. Bukowski. Den Namen hatte er schon mal gehört. *Fast eine Jugend.* Guter Titel, dachte er. Er blätterte darin herum und tat es zur Seite. Als Nächstes legte er die Ice-Cube-CD ein: »*What can I do*«.

Die kalt erzählte Geschichte vom Aufstieg und Fall eines Kingpin Outlaw, der nach seinem Gefängnisaufenthalt keine andere Wahl hat, als bei McDonald's anzufangen. Draußen war es nur ein Track. Jetzt achtete er auf den Text. Nahm das Booklet raus und las es parallel, drückte auf Stopp und las die Stellen, die er nicht verstanden hatte, noch mal. Er hörte ihn immer und immer wieder.

Now take a look at the dust
And I'm happy cuz I only got 36 months
Never picked up a book
But my arms are 16 inches, niggas look
Can't wait for '92 so I can get with my crew
And see, what can I do?

Er stellte sich wieder auf das Bett und schaute aus dem Fenster. Das würde der Soundtrack der nächsten Jahre werden.

Nachts wälzte er sich, und irgendwann setzte wieder die Panik ein. Dann holte er das Bukowski-Buch und fing an, es in dem schwachen, weißen Licht zu lesen, das von den Flutlichtern durch den Nebel und durch sein Fenster drang. Es fühlte sich falsch an, das Licht einzuschalten oder Lärm zu machen. Er las fast die ganze Nacht. Und das würde er jetzt jede Nacht machen. Er würde alles lesen, was er in die Finger bekam. Morgen würde er rüber zu Alf und ihn nach weiteren Büchern fragen. Er würde mit den Wärtern reden. Mit einem Anwalt. Er würde sich einen besorgen. Einen echten. Keinen Pflichtverteidiger. Er würde einen Abschluss machen und noch einen und noch einen. Er hatte es verstanden, hatte alles gelernt, was der Knast ihm beizubringen hatte. Sie konnten ihn jetzt rauslassen. Mochte sein, dass Typen, die Ziegen aus Streichelzoos klauten, Jahre brauchten und es immer noch nicht schnallten. Er war keiner von ihnen. Er war smart, Kind belesener Eltern. Er war so weit. Das war doch genau das, was der Richter ihm erklärt hatte. Dass er das Gefängnis nicht als Strafe verstehen sollte, sondern als Gelegenheit, sich zu rehabilitieren, einen neuen Platz in der Gesellschaft zu finden. Und dass er verstehen sollte, dass es die Aufgabe des Richters war, die Gesellschaft vor ihm zu schützen, bis sichergestellt sein würde, dass Saam so weit war. Nun. Er war jetzt so weit. Rehabilitiert. Er würde nicht rausgehen, eine Tankstelle überfallen und seinen Ausweis abgeben, weil er nicht wüsste, was er mit der Freiheit anfangen sollte. Dass die Gesellschaft vor ihm geschützt werden musste, hatte ihm im Gerichtssaal noch geschmeichelt, und dass er eine Gefahr darstellen würde. Jetzt aber wollte er nicht mehr. Erst als er das beschlossen hatte, konnte er schlafen. Zumindest kurz, bis er von Geräuschen in seiner Zelle geweckt wurde. Er öffnete die Augen und schreckte auf, als er sah, dass er nicht allein war. Ein Mann, älter als er, saß am Tisch und rauchte. Er trug Fleischwunden im Gesicht und einen heftigen Ausschlag. Er sah krank und verwundet aus. Grinste aber. Er hörte über Saams Kopfhörer Musik und sang leise »If I ruled the world« mit.

Das Licht über dem Schreibtisch war an. Vor ihm ein Aschenbecher mit mehreren Zigarettenkippen. Als er bemerkte, dass Saam aufgewacht war, nahm er den Kopfhörer ab und schaute zu ihm rüber. Es war der Mann aus der Rose damals. Der sich als Saams Kloß im Hals vorgestellt hatte. Und er trug einen McDonald's-Anzug. Er grinste. Saam sprang auf, nahm ihm die Kopfhörer weg und schlug ihm mit der flachen Hand auf den Kopf. Ein Mal. Zwei Mal. Drei Mal. Das schien dem Mann aber nichts auszumachen. Er lächelte ein Lächeln, das Überlegenheit ausdrückte, hob die Hände und ergab sich, ohne das Lächeln abzustellen. Er stand auf, ging zur Tür, schaute sich noch einmal um. Er öffnete sie und verschwand kopfschüttelnd.

VITAMIN C

Der Tresen war aus Granit, und es lief CAN, als Nima reinkam.

Hey you!
You're losing …
You're losing …
You're losing your vitamin c!

Die Anlage hatte der Vormieter, der hier einen Club betreiben wollte, nach seiner Pleite nicht mehr abgeholt, weil das den Kohl auch nicht mehr fett gemacht hätte. Dave schnitt hier Haare auf schwarzem Terrazzoboden, auf dem nicht mehr getanzt wurde. Auf Terrazzoboden und zu einem phänomenalen Sound.

In einem viktorianischen Käfig am Fenster saß ein Kanarienvogel. Das Licht fiel durch die goldenen Stäbe des Käfigs auf die ebenfalls goldene Ananaslampe, die auf der Theke stand. In der Mitte des Raums (ebenfalls Überbleibsel des Vorbesitzers) ein goldener Tanz-Pole. Die Decke und der Übergang zur Wand waren mit Kirschholz vertäfelt, weil Bass keine Neunzig-Grad-Winkel verträgt. Es gab nur einen Frisiersessel.

Dave verabschiedete sich gerade von Mel. Eines der It-Girls, die die Stadt im Wochentakt gebar und begrub. Nima und sie hatten irgendwann mal Zeit miteinander verbracht, und dann nicht mehr. Er hatte ihr damals die Tür aufgehalten, ihre Tasche getragen und ihr morgens den teuersten Kaffee Europas gekauft, weil das Kassensystem des Cafés, über dem er wohnte, von ihren Extrawünschen überfordert, immer die gleiche, deutlich zu hohe Summe ausspuckte. Drei, vier Monate ging das mit den beiden. Und da war etwas, das er nicht benennen konnte, das ihn aber über den anorektisch sauren Atem hinwegriechen ließ, den sie bis in die späten Nachmittagsstunden, wenn sie – sich ihrem verschwindenden Organismus ergebend – Kleinigkeiten aß, von sich gab.

Aber dann, und irgendwie plötzlich, hatten sie nicht mehr telefoniert, und er hätte ein Thema, ein »Ach übrigens …« gebraucht, um ihre Nummer zu wählen. Später verkaufte er es sich selbst als Kompliment an sie. Das war so etwas wie ein Ausweg.

Sie beschloss, ihm eine Umarmung zu schenken zwischen Manierismus, Übersprung und Lüge. Er nahm sie an. Es war ein Geschenk. Es kostete nichts. Dann stolperte sie raus. Durch die Glastür machte sie eine Telefonier-Geste, und Nima erwiderte die Geste. Sie stieg in ein Coupé, das unmöglich ihres sein konnte, und startete es auch genauso.

»Sie hat zugelegt«, stellte Nima fest.

»Sie schläft jetzt nachts.«

Dave umarmte ihn, löste sich, hielt sein Gesicht in den Händen und lächelte ihn an, wie er wahrscheinlich Kleinkinder anlächelte.

»Wie geht's dir, Baby? Siehst gut aus.«

»Wie geht's dir?«

»Das Leben ist gut, Baby.« Dave nickte lange – er war jemand, der sich fürs Nicken Zeit nahm –, während er Nima weiter in die Augen schaute. »Das Leben ist gut«, wiederholte er. Dann zeigte er auf die Anlage. »Willst du was anderes hören? Bisschen Gangsta-Rap?«, fragte er und erinnerte Nima mit seinen silberschwarzen Haaren an den Mann aus der *Davidoff*-Werbung oder eher an den Querschnitt sämtlicher *Davidoff*-Männer.

»Nee. Lass ruhig. Ist cool.« Nima ignorierte den Seitenhieb und setzte sich in den Friseursessel, in Mels Secondhand-Wärme.

»Und? Undercut hier so lang?« Er fuhr mit den Zeigefingern Nimas Schläfen entlang und lächelte wieder sein *Davidoff*-Lächeln.

Nima löste seinen Kopf aus der Berührung. Er holte ein Bild aus der Hosentasche, das er aus einem Modemagazin gerissen hatte, und ließ es unter dem Umhang hervorschauen. Es war das Bild eines so lust- wie ausdruckslosen Anfangzwanzigers, der sich nach dem Erscheinen des Magazins wahrscheinlich lange darübergebeugt und gefragt hatte, wie er es mit seinen Hängeschultern und den unsicher gezupften Augenbrauen auf Hochglanz geschafft hatte und ob nicht vielleicht doch alles, was er über Schönheit zu wissen glaubte, falsch war.

Dave schaute sich das Bild an. Er wusste nicht, wo er anfangen sollte.

»Nima-Baby. Das ist 'n Weißer. Ganz anderer Typ als du.«

»Ich bin weiß«, provozierte jetzt auch Nima.

Dave, der die Anspielung verstand, lachte. »Weißt du, was ich an dir am meisten liebe?«

Nima wusste es nicht. Alles, was Nima wusste, war, dass es jetzt länger dauern würde.

»Deine Fragezeichen. Wie du da so auf der Autobahnbrücke stehst, Seifenblasen runterpustest und versuchst, die Autos zu treffen, wie ein Siebenjähriger.« Dave gehörte zu diesen Menschen, die so etwas auf eine Art sagen können, die schmeichelhaft ist.

»Was meinst du? Findest du, ich bin naiv?«

»Nee. Nicht naiv, Baby. Selig. Du bist selig. Auf 'ne Art, die ich immer noch nicht erfasst habe, bist du selig.«

»Du meinst, so wie du? Mit deinem Yoga und diesem ganzen Kombucha-Mondwasser-Scheiß-selig?«

Dave wurde ernst. Er legte ihm beide Hände auf die Schultern und schaute ihm über den Spiegel in die Augen.

»Nee. Nicht so Yoga-Kombucha-Mondwasser-selig, eher ich-bin-irgendwie-nicht-von-hier-selig. Du machst die Sachen, die du machst, aber irgendwie haben die Sachen nichts mit dir zu tun. Du machst sie einfach nur. Die Frisur zum Beispiel: Du fragst nach ihr, du willst sie aber nicht!«

»Doch.«

»Nein.«

»Doch.«

»Neindochneindoch. Nein. Du willst nicht die Frisur, Baby. Du willst eigentlich gar nichts. Du fragst dich einfach nur, ob durch die Frisur irgendwas passieren würde, irgendwas anders würde oder ob das hier doch alles ist.« Dave deutete in den Raum, meinte damit aber das Universum. »Du willst nicht mal, dass die Dinge anders werden. Du willst einfach nur wissen, was, wenn? Das ist deine Grundhaltung. Deine grundsätzliche Frage ist: Was, wenn?«

Nima fand, dass es wieder um Haare gehen sollte. »Guck mal, ich möchte ja nicht so aussehen wie er. Ich möchte nur die Frisur. Du sagst, die ist für Weiße, und ich sag dir, ich bin weiß. Ich bin Perser. Arier. Ich mein, ich heiße Ariapoor mit Nachnamen. Dir muss ich's doch jetzt nicht erklären.«

»Ruhig, Weißer! Ganz ruhig. Ich weiß, du und ich und wir alle, wir sind weiß. Arier. Unsere Ur-ur-was-weiß-ich-was-Väter haben das Weißsein erfunden. Will dir keiner wegnehmen. Aber schau mal, wir haben es vielleicht erfunden, aber wir waren nie besonders gut darin. Ich meine, der Typ hier ist Däne, Schwede, Engländer oder so. Weißweiß.«

Es dauerte. Nima ergab sich einem »Vertrau mir!«, auch wenn er mit »Ich vertraue dir null« antwortete. Und während Dave ihm die Haare schnitt, suchte er nach Haaren von Mel auf dem Boden, fand aber keine, und da fiel ihm auf, dass er nie Haare auf dem

Boden liegen gesehen hatte. Nicht einmal die Haare, die Dave ihm selbst gerade schnitt, schienen dort zu landen.

Auf dem Umhang lagen welche, in seinem Gesicht und Nacken, aber nicht auf dem Boden. Kein einziges Haar.

»Wieso liegen hier eigentlich nie Haare auf dem Boden?«

»Da liegen doch welche.«

Dave brauchte nicht lange. Nach einer halben Stunde sah Nima ungefähr so aus, als hätte er sich gekämmt oder rasiert.

»Ich-bin-nicht-von-hier-selig, sagst du?«, fragte er beim Aufstehen. Dann suchte er, mit einem Fuß einen Halbkreis zeichnend, noch mal nach Haaren auf dem Boden, fand wieder keine und schaute fragend zu Dave rüber.

Dave pustete ihm eine unsichtbare Seifenblase zu, richtete Nimas Hemd, klopfte ein paar Haare von seiner Schulter und sagte: »Jetzt liegen da welche.« Dann holte er einen Briefumschlag aus der Schublade unter dem Spiegel und gab sie Nima. »Sechs. Richtig?«

»Nur, wenn du es hast.«

»Zähl noch mal nach.«

»Vielleicht vertraue ich dir ja doch«, antwortete Nima, öffnete den Umschlag, nahm einen Fünfziger raus, legte ihn auf den Tresen unter die Ananas und steckte den Umschlag ein.

»Sehen wir uns später?«

»Auf jeden Fall.«

ZEIT

Saam hatte häufiger Bücher von Alf geliehen. Jetzt trug er den Fernseher, für den er über ein Jahr lang sein Küchengehalt gespart hatte, rüber zu Alf und nahm Teile von Alfs Büchersammlung in seine Zelle. Er las jetzt jede freie Minute. Alf war ein Krimi-Fan. Mochte die alten Geschichten von Sam Spade, Philip Marlowe, Mike Hammer. Brutale, mit Ach und Krach aufrechte Cops und Detektive hielten hier »die Straßen sauber«. Bullen, die sich selbst »Bullen« und ihre Abzeichen »Stück Blech« nannten und die auf Fragen wie »Captain, heute schon jemanden umgelegt?« mit »Noch nicht« antworteten, wobei der Tag natürlich noch lang war. Die instinktiv spürten, wenn »etwas im Busch war«, und die den bürokratischen Schnickschnack wie Haft- oder Durchsuchungsbefehle nicht brauchten, wenn jemand eine »Verbrechervisage« hatte.

Sie zitierten die Figuren aus den Heften, und nach und nach legten sie sich auch die Sprache der Hardboiled-Helden zu, nannten einander *Captain*, redeten mit kratzigen Whiskeystimmen und warfen mit den Phrasen aus ihren Heften und Büchern um sich, sobald sie sich sahen. Und das taten sie auch an dem Tag, als Jamal im Speisesaal auftauchte.

Saam traf Alf in der Schlange und eröffnete gleich mit »Guten Tag, Captain«.

»Weiß nicht, was an diesem Tag gut sein soll«, gab Alf mit rauchiger Stimme zurück. Und an dem Tag war tatsächlich nichts gut.

Es gab Kartoffeln, Bohnen und eine So-was-wie-Fleisch-Sauce, die weder Saam noch Alf anrührten. Im Speisesaal gab es für ihn daher selten mehr als Beilagen oder Abgepacktes. Im Gefängnis-

Shop kaufte er Käse, Gemüse und frisches Obst, manchmal Dosen-Thunfisch. Ansonsten ließ er sich Pakete schicken mit Tee, Proteinpräparaten, braunem Zucker, Vitamintabletten und Mineralienkonzentraten. Alf ernährte sich auf eine Art gesund, die etwas Esoterisches, aber auch Neurotisches hatte. Er filterte sein Wasser mit Aktivkohle und Kristallen, trank Ginseng- und Matcha-Tee, nahm keinen Zucker zu sich, kein Weißbrot. Er aß kein Fleisch, keine Eier oder Milch, ganz selten Butter. Von ihm hatte sich Saam ein paar Dinge abgeguckt.

Sie setzten sich wie immer an den Russentisch, mit dem Rücken zur Wand und den Saal im Blick, als sich aus der Schlange an der Ausgabe drei Gestalten lösten und in ihre Richtung kamen. Zwei von ihnen erkannte Saam sofort. Schwere Jungs. Libanesen, mit denen man besser keinen Stress hatte. Einer von ihnen hatte sogar mal einen Wärter attackiert. Als sie näher kamen, erkannte er auch den dritten. Es war Jamal.

Saam hatte ihn seit der Prügelei nicht mehr gesehen. Er sah grässlich aus. Von weitem schon. Unmöglich, dass er in den Spiegel schauen und sich nicht rächen wollen würde.

Saam und Alf aßen zwar am Russentisch, trotzdem war von slawischer Seite keine Solidarität zu erwarten. Keiner würde für Saam gegen die Araber in den Krieg ziehen.

Die drei blieben an ihrem Tisch stehen. Der Linke, auf dem Hals einen mächtigen Panzer tätowiert, unter dem seine Hauptschlagader pochte, der Rechte, ein fast zwei Meter großes Tier mit einem massiven Vollbart. Jamal trat einen Schritt vor und lächelte. »Kennst du mich noch?«

Es gab nur einen Weg. Er führte nicht raus. Saam stand auf, setzte seinen gleichgültigsten Gesichtsausdruck auf, dimmte die Augen wie Scarface damals und sagte: »Siehst scheiße aus, Habibi!« Er grinste.

Jamal ließ sich nichts anmerken, kam nur noch einen Schritt näher, sodass sie Stirn an Stirn standen.

»Wo ist dein Marwan jetzt?«

Saam blieb ruhig. »Für dich brauche ich keinen Marwan. Hab ich damals auch nicht gebraucht.« Er wusste, dass es hier im Saal nicht zu einer Prügelei kommen würde. Zu viele Wärter. Außerdem würde der Saal geräumt werden, das Essen ausfallen und der Zorn der gesamten Anstalt auf einem ruhen. Wenn man jemanden fertigmachen wollte, musste man ihn in einem Gang erwischen oder zu ihm in die Zelle, wobei die Gänge videoüberwacht waren.

Jamal wusste das und ließ sich nicht provozieren. »Marwan arbeitet jetzt für mich. Hat sich viel geändert draußen.« Sein Mund versuchte, ein Grinsen zu formen, der Rest seines Gesichtes machte aber nicht mit. Seine Zähne fletschten aneinander, seine Kieferknochen drückten von innen gegen seine Backen, als wollten sie raus und das Problem selbst klären, seine Augen glühten vor Wut.

Saam gab sich unbeeindruckt: »Ja? Und jetzt?«

»Jetzt ändern sich ein paar Sachen hier drinnen«, zischte er.

Dann zogen sie ab. Alf, der den ganzen Straßenscheiß immer auch ein wenig belächelte, teilte eine Kartoffel in zwei Teile und fragte: »Sie kannten den Bengel, Captain?«

»Kennen schon, aber ob ich den Bengel mag, steht auf einem anderen Blatt.«

»Kleiner Triebtäter, schätze ich. Haufen Scheiße zwischen den Ohren, was? Ja, das kennen wir nur zu gut.«

»Irgendwer muss den Saustall hier mal ordentlich ausmisten«, sagte Saam.

»Ihr Wort in Gottes Ohr.«

»Wenn er nur Ohren hätte.«

Sobald er in seiner Zelle war, schnitzte Saam aus seinen Zahnbürsten zwei Nierenstecher. Er schliff sie entlang der Fugen zwischen den Toiletten-Fliesen zu flachen, spitzen Keilen. An beiden Seiten brannte er zwei Rasierklingen ein, die er aus seinen Einwegrasierern rausbrach. Er suchte die Zelle nach einem Versteck ab und hatte Glück. Das Bett bestand aus Metallröhren, und ein Metallbein war von unten aufgefeilt worden. Anscheinend hatte schon mal jemand nach einem Versteck gesucht. Saam hob das Bett an und schob die Waffen hochkant rein. Er verließ seine Zelle nicht mehr ohne die Nierenstecher und eine weitere Klinge, die er im Mund versteckte, wie früher.

Am nächsten Tag begegnete er Jamal erneut. Saam saß auf dem Hof an einem der Betontische und schaute mit gut einem Dutzend anderer Gefangener einem Schachspiel zu, das mittlerweile in die elfte Runde gegangen war. Die Kontrahenten hatten das Spiel immer wieder aufgebaut, ein paar Züge weitergespielt, es dann in ihren Zellen weitergedacht und beim nächsten oder übernächsten Hofgang fortgesetzt. Mit einer Ernsthaftigkeit, die selbst für die Alten ungewöhnlich war. Ab und zu hatte sich sogar einer der Wärter dazugestellt.

Jamal und die beiden Araber aus dem Speisesaal traten leise an Saam heran und sagten nichts. Gar nichts. Schauten sich für ein paar Minuten das Spiel an und verschwanden wieder. Saam stand schnurgerade, seine Hände umklammerten die Stecher in den Hosentaschen. Er stellte sich so hin, dass er Jamal bei einem Angriff das eine Teil in den Hals und das andere in die Niere rammen konnte. Dann würde er zwei Schritte zurücktreten und in der Zuschauermenge verschwinden. Die anderen beiden hätten jede Menge Leute rumschubsen müssen, um an ihn ranzukommen, wären vielleicht sogar auf Gegenwehr gestoßen.

Jamal und seine Jungs manövrierten weiter vor Saams Nase herum. Grüßten, kamen auf ihn zu und drehten kurz vorher ab, stellten sich neben ihn und machten nichts. Es war inzwischen ein gutes Dutzend Männer, das um ihn herumschwirrte und ihn bei jedem Hofgang reizte. Und dann passierte es. Er ging gerade die Treppe hoch, als ihm die beiden aus dem Speisesaal entgegenkamen, während Jamal mit einem anderen Araber von hinten auf ihn zukam. Saam reagierte sofort. Ging drei Stufen zurück, stellte sich mit dem Rücken zum Treppengeländer und zog seine Waffen. Der mit dem Panzer-Tattoo versuchte, ihn die Treppe runterzutreten, traf ihn aber auf die Brust. Saam umklammerte sein Bein, ohne die Waffen loszulassen und zog ihn zwei Stufen runter. Der Araber fiel auf den Rücken und schlug mit dem Hinterkopf auf eine Treppenkante. Saam nutzte die Gelegenheit und trat ihm mit aller Kraft ins Gesicht, da stand Jamal schon neben ihm und versuchte, ihm einen Kinnhaken zu verpassen, verfehlte Saam und stolperte über den Körper, der zwischen ihnen auf der Treppe lag. Saam holte aus, zielte mit den Stechern auf Hals und Bauch, streifte aber nur Jamals Schulter. Dann bekam er von dem dritten Angreifer einen Tritt in den Nacken und flog mit dem Gesicht voran die Treppen runter. Als er unten die Augen öffnete, sah er die Stiefel der Beamten, die an ihm vorbei hereingestürzt kamen. Die Araber leisteten Widerstand. Und genau darauf hatten die Wärter gehofft, als sie die Kameras ausgemacht und die Türen verschlossen hatten. Sie nahmen sich jetzt Zeit. Beinahe zehn Minuten lang prügelten sie zu zwölft auf die Angreifer ein und verschonten nicht mal den

Panzer-Mann, der schon regungslos auf der Treppe gelegen hatte. Danach legten sie Saam Handschellen an und schleppten ihn in seine Zelle. Sie schmissen ihn auf den Boden und ließen ihn liegen.

HUND

Kurz bevor die Unterschenkel zu zittern aufhörten, hatte Saams Körper seine älteste Erinnerung freigegeben. Die Lungen brannten. Der Boden kühlte seine pochende Schläfe, und als das Blut in seinen Rachen lief, konnte er wieder durch die Nase atmen. Die gebrochenen Rippen schienen miteinander zu kommunizieren. Er holte den leb- und flügellosen Körper der Fliege aus seiner Hosentasche und legte ihn neben sich auf das Linoleum des Zellenbodens. Er habe nun Zeit, dachte er und lächelte. Dann ging er in ein warmes Off, nicht ahnend, dass ihn diese Erinnerung schon bald ein allerletztes Mal heimsuchen würde.

Die Erinnerung war, wie Erinnerungen sind. Flüssig. Sie schwamm an ihm vorbei. Teile glitten zurück, waren kurz greifbar und dann wieder weg. Da ist zum Beispiel ein Luftstoß, der Fetzen von Speichel enthält. Ein verzogenes Gesicht, errötet, spuckt diesen Hauch in die kleine, sich drehende Sphäre zwischen zwei Kinderkörpern, von denen einer ihm gehört. Die Augen des anderen Jungen sind zusammengekniffen vor Anstrengung und auch vor Schmerz. Hitze, Haut vermischt sich mit Fleisch und Staub. Bremsspuren von blauen Jeans auf Asphalt. Vor Wut zitternde, sich verkrampfende Hände. Luftleere Körper, die jetzt versuchen, wieder in den Takt zu finden, zu atmen. Und während der ganzen Zeit: Stille. Als sei das Ohr aus. Etwas gelangt in seine Hand. Etwas, das sich kalt anfühlt. Und dann plötzlich ist er befreit von der Last des anderen. Ein Körper fällt zu Boden. Blut fließt aus dem Gesicht des anderen Jungen. Um ihn herum stehen jetzt große Menschen. Und Saam hält die Lösung des Rätsels in seiner halb ausgestreckten Hand, die er öffnet wie ein Zauberer: ein Stein. Die Hände der Menschen sind ebenfalls groß. Es sind ernsthafte Hände, die Besitzer betonen das, und er glaubt ihnen. Dann fragen sie ihn, wo er wohnt, und vier der Hände führen ihn nun den Weg heim, und dort, an der Haustür, die Großvater öffnet, endet ihre Souveränität. Großvater blickt ihn an. Seufzt. Und wie auf ein Kommando lassen ihn die Hände los. Er tritt hinein, stellt sich kurz hinter Großvater, und Großvater, der allmächtig ist, verhandelt, bis die Hände verschwinden. Auch Saam verschwindet in dem fensterlosen Flur. Seine Hand gleitet an der Wand entlang, über die Stellen, an denen er die abplatzende blaugrüne Farbschicht mit den

Fingernägeln vom Putz gelöst und so Landkarten von Fantasiekontinenten und Inseln in die Weltmeere auf der Wand gezeichnet hat. Er steigt über die schweren Schuhe seines Großvaters und über Großmutters Plastiksandalen, die selbst im Dunkeln noch orange sind. Dann rennt er die Stufen hoch auf das Dach und drückt sein Gesicht gegen das von der Augustsonne aufgeheizte Eisen des Geländers. Er schaut hinunter auf den Hof. Von hier aus würde er abheben. Von genau hier aus.

SCHAKAL

Als er zu sich kam, hatte sich der vernarbte Mann aus der Weißen Rose neben ihn auf den Boden gehockt. Es war dunkel, Saam sah nur seine Umrisse, erkannte ihn aber sofort. Saam versuchte vergeblich, sich aufzurichten. Sein T-Shirt klebte am Boden. Seine Hände waren immer noch gefesselt. Seine Rippen fühlten sich an, als würden sie bei der kleinsten Bewegung splittern. Etwas kratzte seine Lungen. Er musste husten, und das Husten machte es schlimmer. Der Mann reichte ihm ein Glas Wasser. Saam hob seinen Kopf, trank einen Schluck, und die Schmerzen verschwanden.

Nach einer kurzen Stille fragte der Mann: »Denkst viel an deinen Hund, was?«

Saam antwortete nicht.

»Merkwürdige Tiere, Hunde. Oder? Sind eigentlich wie Wölfe oder Schakale. Das gleiche Tier. Können sich mit beiden paaren. Wusstest du das?«

Saam sagte wieder nichts.

»Können sie. Hund mit Wolf, Wolf mit Schakal. Schakal mit Hund. Und trotzdem, der Wolf frisst dein Kind, und dein Hund verteidigt es gegen ihn. Ist doch merkwürdig, oder? Ein Tier, das riechen kann, ob du Angst hast oder nicht oder ob du Krebs hast oder nicht, riecht doch auch, dass es selbst eigentlich zum Wolf gehört, und nicht zu dir. Warum tut es sich nicht mit dem Wolf zusammen und frisst dein Kind? Warum stirbt der Hund für dein Kind gegen seine eigene Natur?«

Saam lag auf dem Rücken.

»Hast du deinen Hund manchmal mit rohem Fleisch gefüttert?«

»Ja.«

»Hast du ihn manchmal aus der Hand gefüttert?«

»Ja.«

»Warum hat er die Hand nicht mitgefressen? Woher weiß er, dass sein Futter bei der Hand aufhört? Ist doch beides Fleisch. Wieso hat er es nicht mal versucht? Nicht mal als Welpe. Bevor du ihn erzogen hast. Ein Wolf hätte es getan.«

Saam richtete sich auf und setzte sich. Lehnte seinen Rücken gegen die Wand, betastete seine Rippen. Der Schmerz war wirklich weg.

»Cashflow nicht.«

»Hunde nicht.«

»Es gibt doch auch wilde Hunde.«

»Ja. Aber keine zahmen Wölfe. Vielleicht kann ein Schakal beides. Fleisch von Hand unterscheiden und trotzdem dein Kind fressen. Ich schwafle schon wieder rum. Versuch zu schlafen. Halt durch. Dauert alles nicht mehr lang.«

Dann stand er auf, füllte das Glas noch mal mit Wasser, stellte es vor Saam auf den Boden, ging zur Tür hinaus, und Saams Schmerzen setzten wieder ein.

EWIG

Die Party fand am Wasser statt. Der Club war inoffiziell und lief so weit unterm Radar, dass man beim Personal Pillen bekam, wenn man wusste, wie man fragt. In der Ferne blitzte es am Himmel. Die Lichter reflektierten im Wasser wie ein überdimensionaler Strobo. Eine riesige Diskokugel hing an einem Baum über dem Wasser. An einem Ast eine Schaukel, auf der niemand saß, die sich aber bewegte. Der DJ ging so, hatte keine Mission, kein Anliegen. Für »nach drei« waren noch jede Menge Frauen auf der Tanzfläche. Nima stand mit Dave drinnen an der Bar in einer Mischung aus Backstage, Büro und VIP-Raum, aus dem sich keiner rausbewegte. Auf der Tür stand von außen »Büro«. Eine Sofalandschaft mit Beistelltischen, auf denen Papierröllchen, Spiegel und Teller mit Drogenresten lagen. In der Ecke ein DJ-Pult, dahinter zwei Jungs in Wifebeatern, die sich nur minimal zu ernst nahmen. Der Clubbesitzer trug Jackett und Seidenschal über dem freien Oberkörper. Das Kokain hatte ihn in eine Starre versetzt. Sein Gesprächspartner hielt – ebenfalls konsumbedingt – die Oberarme T-Rex-artig dicht am Körper, während sich seine Lippen zu einer offenen Acht verkrampft hatten und ihm etwas Fischähnliches verliehen. Die beiden stotterten etwas über Partys, Drogen und Partydrogen. T-Rex vertrat die These, Ketamin sei dafür verantwortlich, dass die zyklische Wiederkehr von Heroin seit Jahren ausblieb. Seidenschal fand, dass es keine Party ist, wenn die Leute, *locked in*, in der Gegend rumstehen und nur innerkörperliche Erfahrungen machten. Jemand trug einen Matrosenanzug und schien die Nacht seines Lebens zu haben. Zwei Mädels hatten sich schon lange nicht mehr gesehen.

»Gar nicht so dumm. Könnte wirklich so sein«, sagte Dave, der dem Fischsaurier halb zugehört hatte.

Nima fuhr fort: »Weißt du, sie macht im Auto als Allererstes die Musik an. Sucht auch so richtig. Nach dem richtigen Track zum … was weiß ich … zum Losfahren in der Tiefgarage. Dann schnallt sie sich erst an. Dann fahren wir neulich an 'nem Lotto-Toto-Laden vorbei. Jackpot liegt bei vierundfünfzig Millionen oder so, und ich frage sie, was sie mit dem Geld machen würde. Sagt sie als Erstes, als Allerallererstes: Ich würde definitiv nicht aufhören zu arbeiten.«

»Super. Großartig.«

»Dann sag ich: Okay, das ist, was du mit dem Geld nicht machen würdest. Aber was würdest du mit dem Geld machen? Dann denkt sie nach und sagt: Fünfzig Freunden eine Million geben. Mama und mir selbst jeweils zwei.«

»Großartig. Und dann?«

»Na ja. Das Ding ist, ich fühl nicht wirklich was. Muss ich auch nicht, aber sie tut es halt. Wenn nicht jetzt, dann in zwei Wochen. Frauen sind kein Spielzeug, aber ich will ihr das auch nicht so auf den Tisch knallen, also ziehe ich mich 'n bisschen zurück, meld mich nicht. Und …«

»Sie geht in die Offensive.«

»Irgendwie so was. Ja. Langweile ich dich?«

»Nee. Nee. Aber wie sagst du ihr das?«

»Na, halt gar nicht. Beziehungsweise, ich hab's ihr gesagt. Also, dass ich nicht respektlos sein möchte. Dass man ja auch nicht immer verliebt sein muss. Dass das Leben ja auch so schon anstrengend genug ist. Sie hört zu. Versteht. Und macht weiter. Küsst mich. Will mitkommen zu mir.«

»Und nimmst du sie mit?«

»Ich meine, es ist ihre Entscheidung, oder?«

»Ja. Ist es. Also genau genommen ist es keine Entscheidung, aber wenn es eine wäre, ja. Dann ihre. Ja.«

Nima bestellte Wodka Shots.

»Verstehe. Wie managst du so was?«, fragte Nima.

»Ich komme nicht in solche Situationen, Baby. Ich suche nicht. Ich war zu lange zu frei. Irgendwer hat mal gesagt, die Welt verliert dadurch, dass wir sie kennenlernen. Und genauso ist es auch. Am schönsten ist sie aus der Ferne. In Schwarz-Weiß-Filmen aus den Fünfzigern oder so. Ansonsten ist sie dreckig, und die U-Bahn fährt durch sie durch, man ist zu spät dran, und die Leute müssen zur Arbeit.«

Nima nickte. Er legte die Getränkemarken, die er von dem Clubbetreiber – einem seiner guten Kunden – in Mengen ausgehändigt bekommen hatte, auf den Tresen. Die beiden stießen an, kippten die Shots, und Dave fuhr fort: »Mit der Liebe ist es genauso. Du hast Timmy ja kennengelernt? In ihn bin ich verliebt, wenn du es so nennen willst. Und? Was teile ich mit ihm? Meine Gegenwart. Gutes Essen. Mein Bett. Aber es gibt keine Zukunft, in der wir Händchen halten und einen Retriever haben. Oder so 'nen schwulen, notgeilen Jack Russell.«

»Ein Foxterrier würde dir stehen.«

Nima grinste. Dave grinste. Dann zeigten sie einander synchron den Mittelfinger und grinsten weiter. Nima freute sich über das Vertrauen, das die Geste voraussetzte, und Dave darüber, dass Nima sich freute.

»Okay. Erzähl weiter!«

»Ich bin Ende vierzig, er Anfang zwanzig. Er steht auf ältere Typen, und ich steh darauf, ihm beim Leben zuzugucken. Der geht so großzügig mit seiner Zeit um, dass du denkst, es gäbe unendlich viel davon, und das tut es ja vielleicht auch. Und dann bedeutet alles auch so viel. Wie wichtig ihm das mit uns ist, zum

Beispiel. Ich meine, mir ist es ja auch wichtig. Gar keine Frage. Aber er glaubt daran. Und ich schau ihm dabei zu, wie er daran glaubt. Neulich steht er morgens auf, geht auf den Balkon, macht eine Zigarette an, und dann fängt er an zu weinen. Ich komme so dazu, frage ihn, ob alles okay ist, und er guckt mich an, als hätte ich gerade die Weltmeere vergiftet. Dann zieht er sich an und rennt aus der Wohnung. Wortlos. Verstehst du? Mit ihm ist alles wichtig, bedeutet alles was. Immer. Vielleicht ist es, dass ich ihm aus der Ferne beim Leben zuschaue. Vielleicht ist es, dass er überhaupt lebendig ist.«

Nima nickte still und schaute auf den Boden. Dann kamen die nächsten Shots. Diesmal war Dave schneller und bezahlte.

»Und warum hat er geweint?«

»Keine Ahnung. Verrät er mir nicht.«

»Auf dich!«

Mit Dave reden war wie Fahrtwind spüren, dachte Nima. Dave lächelte.

»Grinst du wieder das Leben an?«, fragte Nima.

Jetzt lachte Dave.

»Kann sein«, sagte er. Und dann: »Lass uns mal 'n Wasser trinken.«

MAI

Die Prügelei im Treppenhaus hatte keine juristischen Folgen für Saam. Und auch nicht für die Wärter. Der Panzer wusste nicht, was passiert war. Hatte sein Gedächtnis verloren, als er nach Monaten aus dem künstlichen Koma erwachte. Die anderen machten keine Aussagen. Im Krankenbericht von allen dreien stand »Treppensturz« als Ursache für die Verletzungen, und keiner von ihnen widersprach. Anschließend wurden sie und ein gutes Dutzend weiterer Gefangener auf verschiedene Gefängnisse verteilt, und es kehrte Ruhe in die Anstalt ein. Etwa ein halbes Jahr später, als Saam sich physisch stabilisiert hatte, endete Alfs Haftstrafe. Er hinterließ Saam seine Bücher und brachte ihm auch seinen Fernseher zurück. Er hatte Saam Pink Floyd und David Bowie gezeigt, The Doors, Nirvana und Pearl Jam. Von Saam hatte er etwas Persisch gelernt und Backgammon.

Als Home Sweet Home ihm die Zellentür öffnete, schaute Alf ein letztes Mal in den Spiegel, schlug sich etwas Wasser ins Gesicht, fuhr sich mit den nassen Händen durch die Haare und verließ seine Zelle. An Saams Tür blieb er kurz stehen. Sie hatten sich am Vortag schon verabschiedet. Alf hatte an die Tür geklopft und sich auf Persisch verabschiedet. »Khodafez, Captain!«, sagte er durch die Zellentür und bekam ein »Khodafez! Bleiben Sie sauber, Captain!« zurück und ein rhythmisches Klopfen gegen die Tür, dem sich weitere Häftlinge anschlossen, und das hörbar war, bis er mit Home Sweet Home durch die nächste Schleuse am Ende des Flurs verschwand.

Als Alf Minuten später über den Hof lief, öffnete Saam sein Fenster, stellte seine Boxen ans Gitter und ließ »*All along the watchtower«* in voller Lautstärke laufen. Alfs Song. Alf drehte sich um, und ein weiteres Fenster ging auf, danach noch zwei, noch mal zwei und alle paar Sekunden ein weiteres, bis am Ende vielleicht zwanzig Fenster offen standen. Und alle spielten »*All along the watchtower*«.

Alf rührte sich nicht. Er schaute nur. Der Sound überschnitt sich, kam teils nicht einmal als Song an, sondern als krächzender Lärm, die Boxen übersteuerten, alles klang unendlich schief, und Home Sweet Home stand daneben und gab ihm die Zeit. Er brauchte sie nicht. Er riss die Arme in die Luft und lief weiter zum Tor. Es war Mai, der Himmel klar, er hatte schon immer gewusst, dass er an einem sonnigen Tag entlassen werden würde. Es würde ein großer Sommer für ihn werden. Als er am Tor ankam, drehte er sich ein letztes Mal um, warf den offenen Fenstern die in die Luft gestreckten Arme zu und versprach sich nicht, ihnen zu schreiben, weil er es nicht tun würde, weil es nie jemand tat. Er verschwand, und Saam sah ihn nie wieder.

Anderthalb Jahre später, als Home Sweet Home für eine Gefängnis-Doku interviewt und gefragt wurde, ob es auch schöne Momente in seinem Berufsalltag gäbe, sagte er einfach nur Ja und wartete auf die nächste Frage.

Am nächsten Tag wurde Alfs Zelle neu bezogen. Ein alter Deutsch-Kasache. Ein Mauerer, für den Leichen eine Art Maßeinheit darstellten und der also Sätze sagte wie: »Loch. Kannst du vier Männer töten und reinlegen.« Oder: »Lange Wand. Kannst du sechzig Männer nebeneinander aufhängen.« Oder: »Kleine Tasche. Kriegst du kein totes Baby rein.« Dinge, die alle nach Erfahrungsbericht klangen.

Gleichzeitig war er ein exzellenter Schachspieler, gegen den Saam keine Chance hatte.

Nimas Brief erreichte Saam geöffnet und gelesen.

Lieber Saam,

es ist eine Weile her, dass ich mich gemeldet habe, und ich hoffe, dir geht's gut. Trotz der Umstände natürlich. Bruderherz, ich melde mich leider mit einer schlimmen Nachricht. Vorgestern ist unser Vater gestorben. Ich fand ihn an seinem Schreibtisch. Ich warte noch auf das Ergebnis der Autopsie, aber sie gehen von einem natürlichen Tod aus. Ich weiß, dass Telefonieren schwer ist, aber du kannst mich jederzeit anrufen. Ansonsten halte ich dich weiter auf dem Laufenden. Ich weiß, dass ihr nicht das beste Verhältnis hattet und lange nicht mehr miteinander gesprochen habt. Vielleicht interessiert es dich trotzdem, dass Vater dein Zimmer bis heute nicht angerührt hat und alles noch genauso dasteht, wie du es verlassen hast. Ich packe deine Sachen in Kartons und stelle sie bei mir im Keller unter. Und eine Sache noch: Auf der Suche nach seinem Ausweis habe ich in seinem Portemonnaie ein Foto gefunden. Das einzige Foto, das er bei sich getragen hat, war dieses hier. Ich dachte, dass du es vielleicht gerne hättest.

Pass auf dich auf. Tust du ja eh. Ich umarme dich und werde dir bald wieder schreiben. Es war viel los in letzter Zeit. Entschuldige bitte.

Bis bald,

Nima

Nimas Handschrift hatte sich verändert. Die Buchstaben kippten nicht nach rechts, wie sie es früher taten. Aber sie waren noch genauso klein, beinahe winzig. Seine Schrift war leise. Als wollte er den Brief flüstern. Er hatte saubere, gerade Sätze auf ein Blatt ohne Linien geschrieben und kein Wort korrigiert. Der letzte Brief lag anderthalb Jahre zurück, Nima war jetzt jemand Neues.

Saam schaute sich das Foto an. Es zeigte Jamshid und Saam im Teheraner Zoo. Sie saßen nebeneinander auf einer Bank vor dem Affengehege. Jamshid hatte sich nach vorn gebeugt, die Ellenbogen auf die Oberschenkel gestützt, die Hände gefaltet und den Blick auf Saam gerichtet, der seinerseits die Handflächen auf die Oberschenkel gelegt und seinen Oberkörper nach hinten gelehnt hatte. Ein Lachen im Gesicht, als hätte er einen Witz erzählt, der bei Jamshid noch nicht angekommen war. Ihre Beine berührten sich. Jamshid schaute ihn an, ohne mitzulachen. Der Blick war nicht unbedingt kalt, eher ernst. Vielleicht so, wie ein Erwachsener einen anderen Erwachsenen, einen Freund anschaute, aber kein Kind.

Saam legte das Foto zur Seite. Eine Minute lang war es still in seinem Kopf. Dann formte sich ein erster Gedanke. Jamshid sollte nicht ohne Prothese begraben werden. Jamshids toter Körper lag jetzt irgendwo bei vier bis acht Grad in einem Schubfach, und die Prothese stand wahrscheinlich hinter der Tür im Wohnzimmer. Was, wenn sie die Prothese weniger als ein Körperteil, sondern wie einen Schuh betrachteten, den man einfach wegwarf? Die Vorstellung, dass ein Teil seines Vaters im Müll landen könnte, das Bild, wie jemand versuchte, das Bein am Kniescharnier zusammenzuklappen, damit es in einen Container passte, pochte von innen gegen seine Schläfe.

Dass Jamshid wahrscheinlich bis zum Schluss im Wohnzimmer geschlafen hatte, statt Saams Zimmer zu beziehen, verwunderte ihn nicht. Für Jamshid hatte Komfort immer etwas von Verrat.

Saam schaute wieder auf das Foto. Da saß er, der Panzerdieb, der Revolutionär, in seinem Robin-Hood-Parka, die Verwüstung seines und ihrer aller Leben noch vor sich. Eine Verwüstung, die Saam wie ein Erbe angetreten hatte. Die Verwüstung, die ihn genau hierher, in diese Zelle mit dem in der Mitte eingedrückten Blechspiegel, geschleudert hatte, in dem er aussah, als würde ihm ein unsichtbarer Gürtel die Brust zusammenziehen. Eine Wut packte Saam und ließ ihn gleich wieder los. Er legte das Foto mit dem Brief zusammen zurück in den Umschlag, holte es wieder raus und befestigte es an dem unteren Rand des Spiegels.

Er wusste, dass dieser Tag irgendwann kommen würde, aber er hätte nicht gedacht, dass er weinen würde. Vielleicht war es ihnen immer zu sehr ums Überleben und Absichern gegangen, als dass er sich die Frage nach der Liebe zu seinem Vater stellen konnte. Der Drang, die Frage zu beantworten, war immer schon da gewesen. Es hatte Saam eher an Großzügigkeit gefehlt. Es hatte keine Milde gegeben, kein Nachsehen. Der Blick, mit dem er auf seinen Vater geschaut hatte, wollte nie schenken, war immer vernichtend unscharf.

Und jetzt war dieses Foto aufgetaucht. Eine vier mal sechs Zentimeter große Irritation mit vergilbten Menschenaffen im Hintergrund, die sich schon bald durch den braungrauen Maschendraht in seine Alpträume zwängen würden.

Über die nächsten Wochen und Monate würde sein Blick immer wieder auf das Foto fallen und immer seltener dort haften bleiben. Irgendwann wäre das Foto eine Normalität, die er nicht mehr betrachten, sondern nur noch wiedererkennen würde. Dann wäre alles gesagt, alles getan. Mehr Trauer gab es nicht zu bewältigen. Mehr Versöhnung nicht anzubieten. Trotzdem häuften sich seine Fragen. Wie kam es, dass jemand wie Jamshid, der diesen Parka angezogen, sich bewaffnet und gegen ein mächtiges, folterndes Monsterregime in den offenen Kampf gezogen war, in Deutschland keine Straße bei Rot überqueren konnte? Kein einziges Mal hatte er hier ein Gesetz infrage gestellt oder auch nur bei der Steuer beschissen. Jamshid, ein Mann, vor dem Menschen salutiert hatten, allein aufgrund seines Charismas, ließ sich in seinem Taxi von besoffenen Milchgesichtern und Kleinbürgern duzen und siezte sie zurück. Nahm er sie nicht ernst, gab er ihnen recht, oder war es ihm egal, weil er wusste, dass es nichts mit ihm zu tun hatte, dass das hier nie sein Land werden würde?

Er musste mit Nima reden. Jamshid sollte nicht ohne seine Prothese begraben werden.

Das Telefon im Flur war durchgehend besetzt, die Schlange davor lang. Wer hier telefonieren musste, hatte größere Probleme als Knast. Dieser eine Telefonhörer hatte mehr Dramen überbracht als jede Seifenoper. Münder voller Karies und wundem Zahnfleisch hatten feuchte Verschwörungen und Versprechen in ihn hineingeflüstert, hatten Visionen von Liebe, Rache, Lust und Gewalt in ihn hineingespuckt. Hatten geflucht und getröstet, hatten verharmlost, gelogen, geschworen und geschluckt. An diesem Hörer waren Mörder zusammengebrochen, hatten Vergewaltiger gewimmert. Saam stellte sich eine Woche lang jeden Tag an. Dann erst erreichte er den Hörer.

22 000

Am Telefon erfuhr Saam von Nima, dass Jamshid einen Herzstillstand hatte und eines natürlichen Todes gestorben war.

Nach ziemlich genau zweiundzwanzigtausend Tagen hatte sein Herz aufgehört zu schlagen. Einfach so. Als stünde eine Absicht dahinter oder eine Entscheidung. Nima hatte ihn vor seinem Rechner gefunden, bei einer Backgammonpartie. Der letzte Gegner seines an Gegnern reichen Lebens trug den Namen »greekbull1000« und hatte ihn gegen 3:30 Uhr nachts aufgefordert, weiterzuspielen, hatte dann, als er keine Antwort bekommen hatte, unter Beleidigungen das Spiel verlassen und Jamshid einen letzten Sieg geschenkt.

Als Nima Jamshid nicht erreicht hatte, war er misstrauisch geworden und hingefahren. Er wohnte nicht mehr in Neukölln, war wie geplant nach dem Abitur ausgezogen.

Die Näpfe des Kanarienvogels waren noch voll, erzählte er. Also musste es in der Nacht davor passiert sein.

Saam schlug vor, Jamshids Bibliothek zu sichern. Die hohen Regale mit den Büchern einem von Jamshids Freunden zu hinterlassen. Den antiken Seidenteppich, ein Erbstück, hatte Nima in seine Wohnung gebracht. Andere Wertgegenstände gab es nicht.

Die Frage, ob Saam etwas als Erinnerung behalten mochte, verneinte er. Nima sollte nur nicht vergessen, auch den Keller ausräumen zu lassen, und zusehen, dass Jamshid nicht ohne Prothese begraben würde.

Nima tat, was Saam ihm gesagt hatte. Nach der Beerdigung ließ er Jamshids gesamte Wohnung kahlschlagen, alles abholen und wegbringen, Brauchbares vermachte er den Möbelpackern, der

Rest kam auf die Müllkippe. Die Bücher überließ er als Dauerleihgabe ausgerechnet Herrn Javadi. Bei der Abholung betonte Nima mehrfach, dass sie unbedingt alle zusammenbleiben müssten, was Javadi nicht nur versprach, sondern aus Respekt und Verbundenheit dem Verstorbenen und Nima gegenüber auch noch schwor.

Nima verließ die leere Wohnung mit drei Fotoalben in der einen und dem Käfig mit dem Kanarienvogel in der anderen Hand. Als die Tür zum letzten Mal zufiel, trat er sich die Schuhe auf der Fußmatte ab. Auf der Treppe drehte er sich noch einmal um und fragte sich, warum er das beim Rausgehen getan hatte. Eine Nachbarin kam mit einem Hund entgegen, der mal jung und weiß gewesen sein musste und jetzt alt und beigepink war. Sie fragte, ob sein Vater im Urlaub sei und er deshalb auf den Vogel aufpasse, und Nima nickte. Unten setzte er sich ins Auto, schnallte den Käfig auf dem Beifahrersitz fest, legte die Fotoalben auf den Rücksitz und fuhr heim.

AGONIE

Der in Rot, Beige und Blau gewebte Seidenteppich, den Nima aus ihrer alten Wohnung mitgenommen, auf dem er sich nun übergeben hatte und eingeschlafen war, besaß eine fast dreihundert Jahre alte Geschichte. Eine weite Reise, bevor er dort auf frisch gewachstem Fischgrätparkett zur Ruhe gekommen war. Er war in Tabriz geknüpft, dann nach Shiraz in die Residenz einer kurzlebigen Dynastie gebracht worden, war mit Teilen des Herrscherclans in den Norden nach Mazandaran, später in die Nähe Teherans, wieder etwa hundertfünfzig Jahre später, als das Anwesen der Familie immer weiter verfiel, in den Süden Teherans gezogen und schließlich von einem Freund Jamshids nach Berlin begleitet worden. Er war vom Palast in die Burg, von der Burg ins Haus und zuletzt aus dem Haus in die Wohnung gezogen und hatte, wenn man das alles mitbedachte, wenig an Farbe verloren. Der Teppich hatte Misstrauen, Angst, Verrat, Intrigen und Flucht beigewohnt. Könige, Sklavenhändler, Eunuchen und Tänzerinnen der späten Neuzeit, Künstler, Dichter, Revolutionäre der Moderne, Mörder und Wahnsinnige aller Epochen waren über ihn geschritten. Teils in niederer, teils ganz ohne Absicht.

Mittig oben war das königliche Wappen, ein Löwe mit einem Schwert vor der aufgehenden Sonne, dargestellt. Weiter unten waren drei Zypressen angelegt, die Widerstandskraft und Unbesiegbarkeit symbolisierten. Um sie herum Löwen, Paradiesvögel, florale Muster und ganz unten Rehe reißende Löwen und zwei Pfauen.

Er stellte den Käfig auf den Teppich. Vielleicht würde Dave den Vogel nehmen. Er wählte seine Nummer.

FREI

Die letzten Monate seiner Haft konnte Saam in einem Rehabilitationsheim absitzen.

Eigentlich war es ein offener Vollzug, aber es trug den Namen »Betreutes Wohnen«, und hier sollte er auf das vorbereitet werden, was den Namen »Freiheit« trug. Dass man ihm nicht einmal die Kompetenz zum Wohnen zutraute, war erniedrigend, und gleichzeitig beruhigte es ihn. Er traute es sich selbst nur bedingt zu.

Als Home Sweet Home um sechs an seine Tür klopfte, war Saam schon seit zwei Stunden wach. Er hatte in den letzten Wochen seine Habseligkeiten unter den anderen Häftlingen verteilt. Wollte nichts mitnehmen. Nicht mal die Bücher. Und auch nicht das Kinderfoto im Zoo. Sie lagen mit den restlichen Sachen, die keinen Abnehmer gefunden hatten, in einem Mülleimer, den er in der Hand hielt, als die Tür geöffnet wurde. Er stand auf und ging hinaus. Drehte sich nicht um, schaute nicht zurück in die Zelle.

Die Box mit den Sachen, die ihm bei der Ankunft abgenommen worden waren, stand auf dem Schreibtisch des Hausvaters.

Daneben lag eine Sparkassenkarte, für das Konto, auf dem das Geld lag, das er in der Küche verdient hatte. Knapp zweitausend Euro. Er zog sich um. Die *Rolex* tickte noch, zeigte sogar die richtige Zeit an. Er steckte sie in die Hosentasche.

Draußen lief er in irgendeine Richtung. In einem Drogeriemarkt kaufte er Shampoos, Spülung, Duschgel, Seife, ein Deo, Cremes, Waschmittel. Lavendelkissen und Räucherstäbchen holte er in einem Esoterikladen.

Als er in Haft gekommen war, versprachen die meisten Pflegemittel Kälte und Frische. Wurden mit Begriffen wie Gletscher, Wasserfall, Ice oder Breeze beworben. Jetzt war alles beige, golden und warm. Milch. Mandelöl. Kakaobutter. Cocos. Joghurt. Honig. Er versuchte, daraus eine Metapher abzuleiten. Es gelang ihm nicht.

Das Heim war ein ehemaliges Krankenhaus aus den Gründerjahren. Backsteine, Pappeln, Kieswege und Bänke auf dem Hof, der Garten gepflegt, die Tür gesichert. Um neun hatte man zurück zu sein. Abgeschlossen wurde um zehn. Verstöße wurden geahndet. Es gab ein Etagentelefon. Der Betreuer ein junger Mann mit einem Joy-Division-T-Shirt und Festival-Bändchen um das Handgelenk. Als Erstes schmiss Saam seine Kleidung inklusive der Knastschuhe mit übertrieben viel Waschpulver und Pflegespüler in die Maschine im Keller und wusch sie auf sechzig Grad. In den leeren Kleiderschrank hängte er die Lavendelkissen und steckte eines der Räucherstäbchen an. Er musste den Knast aus seinem System kriegen. Nie wieder sollte etwas nach Feuchtigkeit und ungewaschenen Männerkörpern, nach Kohl, verbranntem Plastik, nach Zigaretten oder auch nur nach frischem Brot riechen. Er duschte. Wusch sich die Haare zweimal. Sprühte sich mit dem *AXE*-Deo ein. Eine der wenigen Marken, die noch eine schwarze Verpackung hatten. Der Knastgeruch war aber immer noch da. Er wusch sich die Nasenhöhlen.

Das Zimmer war okay. Aber fast quadratisch. Längs waren es viereinhalb Schritte, quer fünf. Das ergab keinen Sinn, fühlte sich nicht richtig an. Das Zimmer hatte nicht seinen Rhythmus. Und der Flur ging in die falsche Richtung. Wenn man reinkam, drehte man sich nach rechts und dann nach links, um ins Zimmer zu kommen. Das Fenster machte ihn nervös. Auch wenn er die Vorhänge zuzog. Das Bett stellte er in der ersten Nacht auf die andere Seite des Raums und versuchte, mit dem Rücken zur Wand und dem Gesicht zum Fenster etwas Schlaf zu bekommen. Auch um Jamal musste er sich kümmern. Irgendwo da draußen würde er sein und Saam verantwortlich machen für die Schläge, die sie von den Wärtern kassiert hatten. Er würde wütender sein denn je. Vielleicht schlich er schon vor dem Heim herum oder hatte jemanden geschickt, der Saam ausspionieren sollte. Seinen Tagesrhythmus erkunden, seine Wege. Oder ihn direkt abstechen. Es würde nicht schwer sein, Saams Aufenthalt ausfindig zu machen. Aber es war nicht nur das. Er misstraute dem Fenster anders. Intuitiv. Die Freiheit, auf die er vorbereitet werden sollte, beinhaltete zu viel Glas und hatte nicht genügend Wände.

In der zweiten Nacht blieb er wach. Beobachtete von seinem Fenster aus den Platz vor dem Heim, die gegenüberliegenden Häuser und die Straße. An der Decke war ein Wasserfleck, der aussah wie Afrika. Die Wände des Zimmers waren mit Glasfasertapeten bezogen und frisch gestrichen. Auf dem Boden lag senfgelbes Linoleum, das kleine bunte Sprenkel hatte, das Furnier des Tisches und der beiden Stühle simulierte Holzflächen, war aber Plastik. Es fehlte nur noch ein Gully in der Mitte des Raums, und man hätte ihn mit einem Wasserschlauch reinigen können. Selbst die Matratze war eingeschweißt. Aber Afrika hatten sie übersehen. Dann duschte er wieder. Über eine Stunde lang. Am nächsten Morgen schob er den Kleiderschrank vor das Fenster. Ließ einen Spalt frei, damit Licht reinkam und er den Griff bedienen, das Fenster auf- und zumachen konnte. Er legte sich schlafen. Die Tür doppelt abgeschlossen, den Tisch davorgestellt. Das Fleischmesser, das er aus der Gemeinschaftsküche mitgenommen hatte, lag auf dem Nachttisch. Er schlief, bis es dunkel wurde. Dann stellte er sich wieder unter die Dusche.

4

LOGIK

Uwe, der Betreiber der Weißen Rose, war ein Mann, in dessen Wortschatz Begriffe wie Lebensqualität, Work-Life-Balance, aber auch schlicht Freude keinen prominenten Platz einnahmen. Ein Mann, der vielleicht schon als Kind die Frage nach seinem Befinden einsilbig mit »Muss« beantwortet hatte, ein Reval-filterfreirauchender Eichen-Mann, der in vielerlei Hinsicht wenig Licht abbekommen hatte.

Seine Kneipe hätte eigentlich schon Mitte der Neunziger schließen müssen, wäre sie nicht von den Kleinkriminellen wiederbelebt worden. Die ungefragte Renaissance hatte bis in die späten Neunziger angehalten. Danach lief es schleppend. Und 2002 war es dann aus. Uwe war alt. Der Krebs streute in seinem Körper, und Heydar, für den die Schuhbox-Ära lange genug gedauert hatte, brauchte Anlagemöglichkeiten. Am besten fern der hier und da aufpoppenden Shisha-Bars und der omnipräsenten Spielhallen.

Nostalgie, Ideenlosigkeit und die sadistische Lust, mit Uwes Gefühlen zu spielen, ließen ihn in der Rose auflaufen und dort große Summen Geld zählen. Vor einer Weile hatte er Uwe gefragt, was er für seine Kneipe haben wollte. Uwe, weniger aus Stolz denn aus Trotz, hatte geantwortet, dass Heydar sich den Laden eh nicht leisten könnte, und seitdem setzte sich Heydar in regelmäßigen Abständen an den Tresen und zählte einfach nur stumpf Geld. Zehn-, zwanzig-, dreißigtausend Euro. Manchmal ließ er auch ein Bündel mit Fünfhunderter-Scheinen der neuen Währung auf dem Tresen liegen, während er Billard spielte.

Und dann hatte Uwe aufgegeben. Das Verhältnis zwischen der

Anzahl der Metastasen, der Monate, die ihm noch blieben, und der Tausender, die Heydar für sein Lebenswerk hinzublättern bereit wäre, stimmte irgendwann, und er schmiss das Poliertuch hin und überließ Heydar die Weiße Rose.

Ein weiteres »Muss« existierte allerdings in Uwes Welt, in dem sich weniger sein Freiheitsbegriff als seine grundsätzliche Verweigerungshaltung ausdrückte: »Ich muss gar nix. Sterben muss ich.« Also war er nicht zur Therapie angetreten, sondern nach Thailand geflogen. Unnötig zu sagen: Uwe war ein einfacher Mann.

Die Klarheit dieses endlich voll ausgelebten Aphorismus hatte ihn – jetzt, wo er wirklich nur noch sterben musste – mit einer Euphorie befallen, die sich darin äußerte, dass er bereits beim Verlassen des Flughafengebäudes in Bangkok, als ihm die feuchte Hitze entgegenschlug, die Fäuste zum Jubel zusammenpresste, was ihm zuletzt beim Aufstieg von Hertha in die erste Liga, also vor gut zwölf Jahren, passiert war.

Eine Euphorie, die vielleicht mächtiger war als die Prognosen. Und wenige Tage später auf dem Rücken des Elefanten Khan, mit dem er über Dschungelpfade nach Chiang Mai schaukelte, befiel ihn ein Gefühl der Unbesiegbarkeit. Ein Gefühl, das ihm sagte, dass die Diagnosen der fernen Labore und Arztpraxen hier auf dem Rücken des majestätischen Bullen keine Geltung hatten. Und wieder hatten sich seine Fäuste gefreut.

In Chiang Mai angekommen, bestellte er ein eiskaltes Hopfen, und in dem Logo des Lager-Biers, das zwei Elefanten unter einer Palme zeigte, sah er das Augenzwinkern jenes Schicksals, dem er gerade Lebenszeit abtrotzte.

An dem Abend, an dem Heydar den Schlüssel ins Schloss der toten Kneipe steckte, ließ sich Uwe im fernen Asien gerade das Logo dieser Biermarke auf die rechte Wade tätowieren. Zwei weitere Jahre würde er den Analysen und Ergebnissen davonstampfen, bis sie ihn an einem ruhigen, regnerischen Morgen einholen würden und Uwe nach zwei vollen Jahren des Triumphs das tun würde, was er tun musste.

TRIBUT

Am zweiten Nachmittag seiner neuen Halbfreiheit holte Heydar ihn hupend mit einem weißen Toyota ab. Saam stand draußen vor dem Heim und wartete. Heydar parkte in der zweiten Reihe und stieg aus. Er hatte zugelegt. Enorm. Schob einen massiven Bauch vor sich her und watschelte langsam auf ihn zu. Seine Unterschenkel rieben beim Laufen aneinander. Etwas Trauriges umgab ihn, etwas Suchendes. Eine Scham. Nichts sah nach Zorro aus. Nicht mal nach Heydar.

Sie umarmten sich lange.

Rote Nummernschilder. Er hatte den Wagen nur für diese Fahrt besorgt. Als sie einstiegen, drückte er die Play-Taste. Es war die Kassette von damals.

Hit 'em up.
First off, fuck your bitch and the click you claim
Westside when we ride come equipped with game
You claim to be a player but I fucked your wife

Er drehte auf und fuhr los. Saam rappte laut mit, während Heydar immer die letzten ein, zwei Wörter dazuschmiss wie damals. 4:16 Minuten des Weißen-Toyota-Sommers. 4:16 Minuten waren weder Pac noch Biggie tot. 4:16 Minuten Fahrtwind. 4:16 Minuten hatten die Lyrics was mit ihnen zu tun. 4:16 Minuten, die die besten der letzten sechs Jahre waren.

»Du merkst es nicht, oder?«, fragte Heydar.

»Was merke ich nicht?«

»Kassettenspieler. Kein Wagen hat heute Kassettenspieler. Hab ich extra besorgt, Mann. Für heute. Damit wir die Kassette spielen können.«

»Nur noch CD-Player?«

Heydar grinste.

Saam grinste auch. Dann sagte er:

»Ich war im Knast. Nicht hinterm Mond. Oder da, wo du herkommst.«

Saam zeigte ihm die *Rolex* an seinem Handgelenk. »Guck mal! Läuft immer noch.«

»Vielleicht ist sie ja doch echt.« Heydar lachte. »Du brauchst neue Klamotten, Mann«, setzte er nach, ohne ihn anzugucken, und fuhr direkt nach Mitte.

Foot Locker. Carhartt-Shop. Er kaufte Saam zwei Paar *Timberlands*, eine schwere Jeans und die passende Jacke dazu.

Genau die Klamotten, die 2Pac in dem »*Hit 'em up*«-Video getragen hatte. Als Saam ins Gefängnis gegangen war, war das der Look, und jetzt war er es wieder.

»Ich muss dir was zeigen«, sagte Heydar, als sie wieder im Auto saßen, und wendete Richtung Neukölln.

Feinstaubzärtlich war die Zeit in Uwes Abwesenheit mit der Weißen Rose umgegangen. Jetzt stand sie still Schmiere und wartete auf den Nächsten, der einen Schlüssel besaß und wusste, wo die Lichtschalter waren. Heydar öffnete die Tür und ließ Saam den Vortritt. CO_2, Testosteron und immer noch die Klosteine. Der Laden war seit Wochen zu, und trotzdem war die Luft, die hier stand, schon mal geatmet worden.

Heydar ging um die Theke herum, schaltete die Lichter ein. Saam nahm zwei der Hocker vom Tresen und setzte sich dahin, wo damals sein Kloß Platz genommen hatte, während Heydar eine Flasche Johnny Walker aus dem Regal nahm und sie entstaubte.

»Trinkst du eigentlich?«, fragte er, und Saam fiel auf, dass er die Frage nicht beantworten konnte. Trank er? Ganze zwei Mal hatte er etwas getrunken. Vor sechs Jahren. Einmal ein Bier, das er, als es in seinem Hals schäumte, wieder ausgespuckt hatte, und einmal Johnny Walker mit Fanta.

Also fragte er nach Fanta. Heydar lächelte und holte eine Anderthalb-Liter-Flasche Ja!-Zitronenlimonade aus dem einzigen Kühlschrank, den er angelassen hatte, hielt sie in die Luft, lachte und antwortete: »Geht auch Sprite?«

Saam nickte.

»Lief bei Uwe!« Heydar stellte die Flaschen auf den Tresen.

Das erste Glas tranken sie auf Saam und auf die Freiheit, die richtige, die ihm noch bevorstand. Eine Freiheit, mit der Saam jetzt, da er sah, dass selbst eine so banale Frage wie »Trinkst du?« eine Herausforderung darstellen konnte, noch etwas mehr fremdelte. Dann saßen sie da, schauten einander in die Augen, und Saam kamen die Tränen. Er wischte sie weg, nahm das Glas in die Hand, prostete Heydar noch mal zu und versuchte zu lächeln. Heydar stand auf, drückte ihn, küsste ihn auf die Augen und sagte nichts.

Dann ließ er ihn los und stieg durch eine Luke hinter der Bar in den Keller. Wieder hoch kam er keuchend wie ein Mops mit einem Umschlag, den er Saam reichte, und einer Flasche Jim Beam, die er auf den Tresen stellte.

»Was ist das?«

»Dein Anteil.«

»Wovon?«

»Wovon wohl?«

»Du standst doch hinter mir, als er schoss.«

»Neben der Bombe.«

»Die stand auf dem Tisch.«

»Als er geschossen hat, habe ich mir die gekrallt.«

Saam sah den Raum noch genau vor sich. Eine Million Mal hatte sich die Szene vor seinen Augen abgespielt. Nächtelang hatte er darüber nachgedacht und alles Revue passieren lassen. Eine Million Mal hatte er diesen Schuss gehört. Eine Million Mal war er getroffen worden. Die Geldbombe stand auf dem Tisch, als der Apotheker schoss. Vor Gericht wurde nicht erwähnt, dass sie weg war.

Saam schaute Heydar skeptisch und lange an. Heydar wendete den Blick ab und sagte: »Nimm es einfach und halt deine Fresse, Mann. Du warst sechs Jahre weg. Wir haben da vierundzwanzigtausend Mark rausgeholt.« Heydar hielt ihm den Umschlag wieder entgegen, und Saam steckte ihn ein.

»Danke dir.«

»Ist dein Geld. Brauchst nicht danke sagen.«

»Und was hast du mit deinem Geld gemacht?«

»BMW gekauft, gegen Baum gefahren. Hab ihn abschleppen lassen. War Schrott. Genau eine Fahrt habe ich damit gemacht. Durfte nicht mal Auto fahren. Ohne Führerschein. Anzeige bekommen wegen dem Baum.«

»Du hast eine Fahrt gehabt für zwölftausend Mark?«

»Für vierundzwanzigtausend Mark.«

Saam verstand nicht.

»Zwölf hatte ich mir von dir geliehen.«

Saam lachte laut. »Du bist der größte Idiot, den ich kenne, weißt du das? Weißt du, dass du ein Idiot bist? Weil, wenn nicht, muss ich jetzt gehen.«

»Wir waren Kinder, Mann«, sagte Heydar und lachte wie früher, als sie Kinder waren. Dann legte er seine Schläfe an Saams Stirn. Saam legte seine Arme um Heydar, und als er ihn losließ, war vieles wie früher.

Heydar zeigte auf die Jim-Beam-Flasche.

»Die ist von Marwan. Soll dich grüßen. Er will mit dir reden, hat er gesagt.«

Saam drehte die Flasche um, ohne sie vom Tisch zu nehmen. Reste des Preisschildes klebten noch an ihrem Bauch. »Was will er denn reden?«

»Was weiß ich, was der reden will. Will Welle machen. So Komm-in-mein-Büro-Chefscheiße will er machen.«

»Marwan hat ein Büro?«

»Büro? Der Typ hat nicht mal ein Hauptschulabschluss. Der war Sonderschule, Mann. Was soll denn in dem Büro stehen? So ein Rechenschieber, so ein buntes Holzding wie für Sechsjährige?«

»Was macht er so?«

»Gar nix. Ist derselbe Spast wie damals. Wie immer. Hat sich alles geändert hier, aber das nicht. Der Typ? Ich schwör's dir. Exakt derselbe Spast.«

»Und Naser?«

»Ist ruhig geworden. Die Alten sind alle ruhig geworden, Mann. Zwei Kinder hat Naser. Zwillinge. Ich bin Onkel, Mann!«, sagte er, als wäre es ihm gerade erst aufgefallen.

»Und deine Schwester?«

»Die fragt immer noch nach dir. Sie heiratet. Ist verlobt.«

»Echt? Hat sie sich selbst jemanden ausgesucht?«

Heydar wurde ernst.

»Wer sonst? Ich? Marwan? Für Jasamin? Der kannst du nicht mal ein Nagellack aussuchen. Mann, die ist weggezogen. Die ist nach Hamburg. Studiert. Trägt Kopftuch und so. Hat da 'nen Iraker kennengelernt. Korrekter Typ. Nicht so ein Straßenköter wie wir! Hab ich Marwan auch gleich gesagt, dass er den in Ruhe lassen soll. Kennst ihn ja. Auf einmal fällt ihm ein, dass er auf seine Schwester aufpassen muss. Ey, der Typ, ihr Verlobter … Der redet ein Arabisch … So sauber. Ich schwör's dir, man schämt sich, wenn der redet. Marwan guckt auf den Boden, wenn der redet. Der ist zehn Jahre jünger als Marwan, okay? Und Marwan … Ich schwör's dir, der guckt auf den Boden. Wie ein Opfer guckt er auf den Boden.«

»Und sonst? Hier?« Saam malte mit dem Zeigefinger Kreise in die Luft.

»Nur Nutten, Mann. Du warst jetzt sechs Jahre weg und hast kein Wort gesagt, oder? Hier singen sie für zweihundertfünfzig Euro vor Fernsehkameras. Gehen nicht mal mehr zu den Bullen. Sobald RTL2 auftaucht, sind sie alle Clanchefs. Leihen sich Coupé, fahren fürs Fernsehen zum Arbeitsamt, damit RTL2 den Kartoffeln beweisen kann, was für ein Abschaum wir sind. Und die Affen denken, sie verarschen die Deutschen. Die Kartoffeln lachen über uns, Mann. Meinst du, wer Geld hat, lebt hier? Guck dich mal um.«

Saam nickte.

»Willst du mal alle wiedersehen? Kannst du. Jeden Monat. Musst dich nur vors Arbeitsamt stellen. Dann siehst du sie. Parken ihre Kackkarren und stellen sich schön brav an. Ziehen ihre Hosen aus, bücken sich, halten schön ihre braunen Arschlöcher ins Licht und husten für Harz IV. Fick ihre schwarzen BMWs, Mann. Alter, der Filialleiter von Getränke Hoffmann fährt eine bessere Karre. Weißt du noch, der Junge damals, den ich an der Bushaltestelle abgestochen habe? Mit der Mütze? Der fährt 'ne dickere Karre als Marwan. Ist Pächter. Aral-Tanke. Der ist nicht mal schlau, verstehste? Weiß eh nicht, wer diesen Clan-Müll so aufgeblasen hat. Als wäre das hier Mogadischu oder Tschetschenien. Alter, vor den Kartoffeln können sie auf hart machen, aber geh mal nach Neapel und mach auf Clan. Mach mal da auf Mafia. Alter, da tippt einer unauffällig auf seinen Ringfinger, und es steht eine Armee vor Neukölln. Die grillen uns, Mann. Die schicken nicht mal Killer. Die schicken ihre Müllmänner, Mann. Die machen uns einfach nur weg. Entsorgung. Braune Tonne. Das hier ist Deutschland, Mann. Acht Kilometer ist der Bundestag entfernt. Merkels Wohnung ist zwanzig Minuten von hier. Was Clans, Alter? Was Gangster?«

»Hast du ihn gesehen?«

»Wen?«

»Den Jungen von damals an der Bushaltestelle.«

»Ja, Mann. Hab ich.« Und jetzt schaute Heydar selbst auf den Boden wie ein Opfer. Er fummelte eine Zigarette aus der Packung, zündete sie an und nahm einen kräftigen Zug, bekam dabei etwas Rauch ins Auge, den er mit dem Daumen verrieb.

»Wir waren Schrott, Mann. Die ganzen Nummern waren herzlos. Aber die Nummer mit der Mütze war scheiße asozial. Dem einfach ein Messer ins Bein zu jagen. Wie kaputt muss man sein?

Die hätte ich nicht mal getragen, verstehste? Zwanzig Mark hätte ich vielleicht dafür bekommen. Vielleicht zehn. Hätte ich nicht mal verkauft. Weggeschmissen hätte ich die.«

Saam nickte. Er goss noch etwas Limonade in sein Glas, um den Drink zu verdünnen, den er auch schon spürte.

»Hat er dich erkannt?«

»Weiß nicht. Hat wahrscheinlich so getan, als würde er mich nicht kennen. Keine Ahnung. Pass auf, ich hab gezahlt und bin raus, aber das hat mich nicht losgelassen. Also bin ich wieder hin. Und noch mal. Nur was machst du da? Dich entschuldigen? Zehn, fünfzehn Jahre später? Gibst du ihm einen Schein und bist quitt? Klopfst ihm auf die Schulter und sagst, dass du ein Idiot warst?«

Heydar trank sein Glas auf ex und schüttete einen großen Schluck Whiskey nach.

»Aber ich wollte was machen. Irgendwas. Also hab ich das nächste Mal beim Bezahlen mein Portemonnaie extra liegen gelassen. Keine Papiere drin. Nur Geld. Tausi habe ich da reingepackt, bin abgehauen. Und weißt du, was der macht? Bringt mir das Portemonnaie hinterher. Mit Geld und allem. Läuft mir hinterher, gibt mir das Portemonnaie, dreht sich um und geht. Ich ruf ihm hinterher. Warte mal, ruf ich. Geh zu ihm, guck ihn an und frage ihn, ob ihm jemand mal Unrecht getan hat in seinem Leben. Weil ich hoffe, dass er Ja sagt und ich ihm das Geld geben und sagen kann, pass auf, das ist dafür. Bist korrekt. So was. Damit er nicht über damals reden muss, und ich auch nicht, trotzdem habe ich ihm was gegeben, verstehste?«

»Und? Was sagt er?«

»Nein! Sagt einfach Nein. Ist für eine Mütze abgestochen worden und sagt Nein. Ihm ist kein Unrecht angetan worden.«

Saam wusste nicht genau, worauf Heydar hinauswollte, und vielleicht wusste es Heydar auch nicht.

Heydar stand auf, ging nach hinten und kam mit einem schneeballgroßen Brocken Koks auf einem Teller zurück. Während er sich mit einer Teppichmesserklinge daran zu schaffen machte, fragte er: »Willst du auch eine?«

»Nee, danke dir.«

Heydar hackte.

»Ballerst du viel?«

»Nicht viel.«

Er legte sich eine Line, wobei einige Splitter auf den Tisch fielen, er zog die Line und ergänzte: »Aber genug.« Und dann lachte er ein Lachen, das nicht mehr so klang wie damals, als sie noch Kinder waren.

»Weiß Marwan das?«

»Marwan weiß nicht mal, was er selbst macht.«

Heydar schob den Teller mit dem Schneeball zur Seite. Er fegte die Splitter vom Tisch und ließ sie auf den Boden purzeln, während er kopfschüttelnd wiederholte: »Sagt einfach Nein.«

Er prostete Saam zu, »Auf dich!«, schüttete den Whiskey runter und deutete auf die gegenüberliegende Wand. »Da kommt ein großes Bild hin. Mit einem American Pitbull drauf. Und darunter so *Make my day!*«

Da wusste Saam, dass der Laden nicht laufen würde und dass Heydars größtes Problem kein gastronomisches war.

Saam schaute um sich. Der Kicker. Der Stehtisch, wo Marwan ihm ins Glas gespuckt hatte. Der Automat mit dem nervigen Sound.

Saam erzählte von seiner Kochausbildung, und Heydar fing an rumzuspinnen. Erzählte von einem gemeinsamen Restaurant. Schwer zu sagen, ob die Idee von Heydar kam oder von dem Kokain. Irgendwann stand er auf, ging ins Bad, schlug sich etwas Wasser ins Gesicht, schaute in den Spiegel, dachte an das Gesicht, das er beim letzten Mal vor vielleicht zehn Jahren genau diesem Spiegel entgegengestreckt hatte, und beschloss, zu gehen.

Als er wiederkam, sagte er, dass er jetzt gehen müsse, aber bald wieder reinschauen würde.

»Wo willst du hin?«

»Muss um neun zurück sein. Der letzte Bus fährt Viertel nach.«

»Komm, setz dich. Ich ruf Taxi.«

Aber mit dem Taxi zum Heim war wie mit dem Coupé zum Arbeitsamt. Saam winkte ab.

Heydar stand auf, um ihn zur Tür zu begleiten.

»Warte, du hast die Flasche vergessen«, sagte er und deutete auf den Tresen, auf dem die Jim-Beam-Flasche stand.

»Ich habe sie nicht vergessen. Grüß Jasamin von mir«, antwortete er.

Dann lief er Richtung Haltestelle. Draußen standen Männer in archaischen Posen vor den Kulturcafés, rauchten *Marlboros*, schwangen Gebetsketten oder pulten sich mit dem Autoschlüssel im Ohr herum, kauten Sonnenblumenkerne, deren Schalen sie auf den Boden spuckten. Sie redeten laut und gestikulierten vehement. Nikotingelbe Vorhänge verdeckten von Leuchtstoffröhren penetrant beleuchtete Räume, in denen wie zu jeder Tageszeit Karten gespielt wurde. Es war wie drinnen. Nur, dass es draußen war. Er stand jetzt am Kottbusser Tor.

Jemand hatte ein Plakat an einen der Brückenpfeiler angebracht. »Meine Woche schlägt dein Jahr!« in neongrünen Buchstaben. Saam blieb kurz stehen, nickte, lächelte und lief weiter. Die Woche beinahe jedes Menschen hier draußen hätte sein Jahr geschlagen.

WORT

Am Wochenende holte Heydar ihn wieder ab. Dieses Mal in seiner G-Klasse.

»Na, worauf hast du Bock? Sightseeing? Brandenburger Tor?«

Saam lachte und stieg ein.

»Russisches Denkmal«, schlug er halb im Ernst vor.

Heydar lachte und zeigte auf das Handschuhfach.

»Mach mal auf!«

»Scheißegal, Mann! Alles ist gut! Ich bin draußen. Macht keinen Unterschied. Lass zum russischen Denkmal. Bisschen spazieren. Ist fünf Minuten von hier.«

Heydar fuhr los, hielt es aber für einen Witz, bis sie da waren.

Am Eingang wurde Saam still. Er bat Heydar um eine Zigarette, obwohl er nicht rauchte. Heydar zündete ihm eine an und fragte: »Alles okay mit dir?«

»Alles gut. Ja. Komischen Traum gehabt.«

»Vom Knast?«

»Nee. Deutschunterricht. Bei Frau … wie hieß sie noch mal? Egal. Damals. Alle waren da. Du auch. Hab geträumt, sie fragt, welche andere Bezeichnungen wir für ein bestimmtes Wort kennen.«

»Für welches Wort?«

»Weiß nicht mehr … Schuld oder so. Nicht wichtig. Aber pass auf! Sie fragt, und alle müssen was sagen. Wir kommen nacheinander dran, und jeder kennt ein Wort. Jeder hat ein anderes Wort. Dann komm ich dran. Ich bin Letzter, und nur ich kenn keins.«

Heydar wartete auf eine Pointe.

»Das war dein komischer Traum?«

»Ja. Aber das Komische ist nicht der Traum. Es ist, dass ich aufgewacht bin und gemerkt habe, dass alle Wörter, die die anderen gefunden hatten, ja eigentlich von mir waren. In Wirklichkeit habe ich alle Wörter gefunden. War mein Traum, verstehst du? Ist doch komisch, oder?«

»Hmm …«

»Aber für mich hatte ich keins.«

Heydar zündete sich auch eine Zigarette an, und sie liefen ein paar Schritte.

Dann fragte Saam: »Sag mal, kannst du eigentlich eine Scharfe klarmachen?«

»Du kommst ziemlich schnell an, oder? Was willst du mit einer Scharfen? Willst du irgendwen umlegen?«

»Und noch mal zwanzig sitzen? Nein, Mann. Ich will in einer Küche arbeiten. Kochen. Teig machen. Ich kann backen, Mann! Ich habe Brot gemacht im Knast.«

»Aber dafür brauchst du keine Scharfe.«

»Nicht direkt. Aber wer weiß, vielleicht will ja jemand nicht, dass ich Brot backe.«

Sie standen auf dem Plateau bei den Trauerweiden und schauten über den Platz. Hier und da lagen verwelkte Nelken, einzelne verwitterte Zigarettenkippen und kleine Shotgläser, in denen Wodka war und Regenwasser. Siebentausend tote Sieger lagen unter ihnen. Zwei untergegangene Reiche, die nach der ganzen Welt gegriffen hatten. Saam erinnerte sich an Ausflüge hierher, als Nima und er Kinder waren. Manchmal, wenn sie Besuch bekamen. Wenn Jamshid einen alten Mitstreiter ausfindig gemacht hatte. Einen Veteranen aus ihrem alten Viertel in Teheran oder einen Parteigenossen, der es nach Schweden geschafft hatte, nach Holland oder Frankreich.

Und einmal hatten sie sich auch am 9. Mai rausgeputzt, als würden sie die Gräber der Großeltern besuchen. Der 9. Mai. Das war Jamshids Tag. Von dem Plateau mit den Trauerweiden aus schaute Jamshid auf das Geschehen runter, wie ein General, dessen Schlachtplan gerade aufging. Zeigte auf jeden CCCP-Schriftzug, nickte jede rote Fahne, jede Flagge mit einem Lenin- und Marx-Konterfei ab, die dazukam, freute sich über jede noch so unbedeutende Splitterpartei, die ihre Fahne in die Manege führte. Fehlte eigentlich nur, dass er vom Balkon runterwinkte. Dann ging er die Treppen runter und legte Nelken und Zigaretten vor die Denkmäler, als würde er seine Offiziere auszeichnen, und vielleicht, nur ganz vielleicht kokettierte er auch ein bisschen mit seiner Verwundung. Unten ließ er Nima die Stalin-Zitate laut vorlesen, wiederholte hin und wieder den einen oder anderen Satz, wobei er Stalin den Klang und die pathetisch gedehnte Aussprache alter persischer Könige aus dem *Shahname* gab. Nach manchen Sätzen nickte er wissend oder lächelte voller Bewunderung. Saam kannte dementsprechend alles auf diesem Platz. Die Anzahl der Stufen, das Gewicht der großen Statue, die Nelken, die Shotgläser, die Zigaretten und die Anekdoten. Er wusste, warum die Russen einen Tag später hierherkamen als die Deutschen und warum man nicht auf den Rasen treten durfte. Jamshid ließ sich und seine Söhne mit den Mädchen in den Uniformen der Roten Armee und den Veteranen im Rollstuhl fotografieren, trank mit fremden Menschen Wodka. Später im Knast verstand Saam langsam, was das alles sollte. Der 9. Mai war der eine Tag, an dem die Geschichte auch seinem Kampf Tribut zollte. Dieser Platz war die eine Festung, die ihm kein Feind, kein Staat und kein Historiker nehmen konnte. Das hier war der eine Ort, an dem Jamshid recht hatte.

»Warst du schon mal hier?«, fragte er Heydar.

Heydar schüttelte den Kopf. Dann warf er einen schweifenden Blick über die Landschaft und sagte: »Sieht irgendwie unecht aus.« Und so bescheuert es klang, Saam wusste, was er meinte.

Als er aufgeraucht hatte, fragte Heydar: »McDonald's?«

Saam antwortete: »Nee, Mann. Ich hab genug Dreck gefressen.«

»Musst du wieder um neun zurück sein?«

»Am Wochenende dürfen wir bis zehn.«

»Cool. Ich habe nämlich noch eine Überraschung für dich.«

Dann bekam Saam seine Willkommensparty und seine Schüsse in die Luft. Sie fand auf Marwans Dachterrasse statt. Ganze sieben Leute waren da, die Saam alle nicht kannte und die sich durch die Räume bewegten, als würden sie ohnehin immer dort abhängen. Einer von ihnen war gerade mal fünfzehn Jahre alt. Marwan fehlte. Auf dem Tisch stand eine Eiswanne mit Champagner, Red Bull und mehreren Dutzend kleiner Cola-Flaschen. Daneben ein paar Flaschen Jim Beam und Wodka. Rohe Steaks und Koteletts stapelten sich neben dem Grill, der bestimmt so viel gekostet hatte wie ein Kleinwagen. Heydar stellte ihm alle vor.

Dann schnappte er sich zwei Gläser, füllte sie mit Jack Daniels und Eiswürfeln, goss Cola drauf und stellte sich mit Saam ans Geländer.

Saam lehnte sich an die Brüstung. Wirkte nachdenklich.

»Alles klar?«

»Alles gut. Ja. Erinnerst du dich an Jamal?«

»Jamal? Die Scheißfresse aus dem Mülleimer? Der mit den Lippen?«

»Ja.«

»Trägt einen Bart über seine Hackfresse. Alter, war der hässlich. Die sind viele geworden. Richtig viel Familie hat er jetzt. Die sind groß. Die machen alles Mögliche. Er verkauft Autos. Hat einen Schrottplatz. Weit gekommen!«

»Wie meinst du das?«

»Wegen Mülleimer. Mülleimer, Schrottplatz. Weit gekommen. Wieso fragst du?«

»Gar nichts. Fiel mir nur ein. Saß kurz mit mir.«

»Frag mal Marwan. Der hat Kontakt zu ihm. Machen bisschen Business zusammen.«

Und als wäre das sein Einsatz gewesen, kam Marwan applaudierend durch die Tür, und wie damals schoss jedem, der ihn sah, eine kleine Dosis Adrenalin in den Kopf. Marwan schritt direkt auf Saam zu, öffnete die Arme, die immer noch nicht den Unterschied zwischen Umarmung und Schwitzkasten, zwischen Gast und Geisel kannten, küsste ihn, grüßte nicht in die Runde, befahl jemandem, die Fresse zu halten, und hielt eine Rede über Möchtegerngangster, über Legenden wie Saam und Loyalität, baute Bilder auf, in denen er selbst kräftige wilde Tiere gefickt hatte, Bullen, Grizzlies und Ochsen, während andere gesungen hatten wie Papageien. Auch Marwan schien kein großer Tierkenner zu sein. Er hielt eine leerlaufende Rede, in der die einen sich ficken ließen und die anderen die Fresse hielten, die einen Angst hatten und die anderen Hunger und die mit dem Satz »Du fickst nicht mit Jungs, die Hunger haben« ihren Höhepunkt fand. Offenbar gehörte Saam zu der Hungerfraktion, und das war wohl was Gutes.

Marwan senkte seine Stimme, legte seine Stirn an Saams und sagte: »Willkommen in der Freiheit, mein Bruder.«

Dann zog er einen Latexhandschuh an, holte seine Knarre raus, schoss sechs Mal in die Luft und sagte: »Sechs Schüsse. Einen für jedes Jahr«, und damit war für ihn etwas – vielleicht sogar alles – wieder im Gleichgewicht. Er schmiss den Handschuh in den Mülleimer, legte wieder seinen Arm um Saams Nacken und führte ihn rüber zu dem Tisch mit der Eiswanne. Neben ihnen stand jetzt ein Mädchen, das mit Marwan gekommen war. Um die zwanzig, mit einer engen Schlaghose, glitzernden *Buffalos*, vollen Lippen und massiven Brüsten.

»Das ist Larissa. Das ist Saam. Saam ist Legende. Hab ich dir erzählt.«

Saam sagte Hallo. Larissa machte einen Knicks, Marwan nahm Saam den Drink wieder aus der Hand und sagte: »Lass dir einen lutschen und komm gleich wieder hoch.«

Am anderen Ende des Tisches schüttete der Teenager Wodka in seine Red-Bull-Dose.

Das Bad hatte ein Bidet, einen Whirlpool, zwei Duschen ohne Kabinen, und das erste Blatt der Klopapierrolle war gefaltet wie in einem frisch hergerichteten Hotelzimmer. Es roch nach sehr viel Vanille, Kokos und auch nach Tee. Der blau geflieste Boden war beheizt. Vor der verspiegelten Wand über dem zwei Meter breiten Granitwaschbecken war eine von unten violett beleuchtete gläserne Ablage, die über die gesamte Länge der Wand verlief und auf der vielleicht achtzig, vielleicht hundert verschiedene Parfümflaschen aufgereiht standen. Alle mit dem Etikett nach vorne. Alle voll. Nicht ein Staubkorn lag auf ihnen. Larissa zog ihn an der Hand rein und schloss die Tür ab, nahm die Fisherman's-Friend-Pastille aus dem Mund, spülte sie die Toilette runter, und keine drei Minuten später hielt Saam ein Handtuch um seinen Penis, als wollte er eine Blutung stoppen.

»Ist eine Weile her, was?«

Er nickte. Sie wusste, wo die benutzten Handtücher hinkamen.

»Die Hälfte von denen da oben macht es auch nicht länger. Glaub mir. Muss wohl meine Wirkung auf Männer sein.« Sie lachte so plötzlich und grell auf wie bei einem Hustenanfall. Dann suchte sie in der kleinen Tasche, die sie beim Blasen nicht abgelegt hatte, nach der Fisherman's-Packung.

Saam ging wieder hoch. Als der Junge ihn oben sah, schüttete er seine Dose auf ex, richtete seinen gelben Pumaanzug und ging an ihm vorbei die Treppen runter. Er war der Nächste. Marwan klopfte Saam auf die Schulter wie ein stolzer Vater seinem aus dem Krieg zurückgekehrten Sohn. Sie stießen an, Saam nahm seinen Drink und ging rüber zu Heydar, der sich gerade an einem Holzfällersteak zu schaffen machte.

»Nimm. Hier.« Er schob Saam seinen Teller rüber. Saam wehrte ab. Er schaute auf seine *Rolex*, hatte noch gut dreieinhalb Stunden vor sich. Dann begann er still rückwärts zu zählen. Bei hundert fing er an.

Um halb zehn, als es für Saam Zeit wurde zu gehen, hatte Heydar drei T-Bone-Steaks verdrückt, Marwan weitere zwölf Schüsse in die Luft geballert und zwei Motivationsreden gehalten. Bei beiden Monologen hatte sich Saam gefragt, ob die Crew wohl mit Wut oder Freude reagieren würde, wenn er Marwan die Pistole wegnehmen und ihm vor der versammelten Mannschaft in den Kopf schießen würde. Das waren ein Haufen Nutznießer und Opportunisten. Wie damals in der Rose, nur mit Steaks, Nutten und – wie sich später, als Marwan verschwunden war, rausstellte – auch mit Koks. Marwan hasste das Zeug, sagten die einen. Die anderen sagten, dass er sich heimlich dort zuballerte, wo er Larissa herhatte.

Heydar brachte Saam runter zum Taxi, verabschiedete sich und zeigte ein Victory-Zeichen, als der Wagen losfuhr. In der anderen Hand hielt er eine Flasche Bling-Bling-Champagner und ging Richtung Späti. Wahrscheinlich Zigaretten holen. Und vielleicht Fisherman's.

SCHULD

Saam hatte drei Drinks und zwölf kleine Flaschen Cola getrunken – nach sechs Jahren schmeckte nichts so gut wie Cola. Jetzt wachte er mit einem Kater und einem verstimmten Magen auf.

Er zog sich an, ging zur Apotheke, kaufte Aspirin und eine Packung Em-eukal »Wildkirsche«, weil er an dem Wort »Wildkirsche« hängengeblieben war, zu lange draufgestarrt hatte und vor der Apothekerin nicht dastehen wollte wie ein weltfremder Ex-Knacki, der Produkte anglotzte.

Das Bild, das er im Gefängnis von sich als einem freien Mann hatte, war dasselbe Bild, das er als Kind von einem erwachsenen Mann hatte. In beiden Fällen stellte er sich jemanden vor, der am Frühstückstisch saß und eine Zeitung las, auf deren Titelblatt keine Bilder zu sehen waren, sondern nur Schrift. Ein Mann, der Kaffee trank und ein Croissant vor sich liegen hatte.

Auf dem Rückweg kaufte er die *FAZ*, zwei Croissants und einen Instant-Cappuccino zum Aufgießen, setzte sich in die Gemeinschaftsküche und imitierte den freien Mann aus seiner Fantasie. Den Supermarktbesuch hob er sich auf, wie er sich den Friedhofsbesuch aufhob. Der Anruf bei Nima hingegen war ein Problem.

Nima würde inzwischen sein eigenes Leben haben und auch Gründe, warum der Kontakt immer sporadischer, die Briefe fast telegrammhaft kurz geworden waren.

»Besorge ich dir alles. Hoffe, es geht dir gut. Bald hast du es geschafft. Halt durch. Nima.«

Wie damals, als sie Kinder gewesen waren und Jamshid sie zwingen musste, mit den Großeltern zu telefonieren, an die sie sich immer weniger erinnerten. Gespräche, die auf der einen Seite begleitet waren von einer seufzenden Sehnsucht, auf der anderen von Höflichkeitsfloskeln, Small Talk und Scham.

Saam versuchte, Nimas Rückzug als Zeichen eines vielleicht gelungenen Lebens zu deuten.

Er dachte oft an die alte Ratte auf dem Gefängnishof. Sie war vergiftet oder krank. Saß benommen an der Mauer und machte keine Anstalten, zu fliehen, als Saam und die anderen Gefangenen an ihr vorbei auf den Hof kamen. Von den Monkey Bars aus, wo er Klimmzüge und Dips machte, beobachtete er eine Krähe, die angeflogen kam und der Ratte mit Schnabelhieben zusetzte. Dann landete eine zweite Krähe und machte der ersten ihre Beute streitig. Es begann ein Kampf zwischen den Vögeln, dabei verloren sie die Ratte aus den Augen. Aber die Ratte floh nicht. Sie lebte noch, bewegte sich nur nicht. Sie verharrte in der Position, in der sie war, und schaute dem Kampf zu. Kein Fluchtreflex, keine Todesangst, kein Adrenalin. Sie wartete einfach nur, bis die eine Krähe die andere besiegt hatte und sich danach an ihr zu schaffen machte. Zwanzig Minuten später war sie nur noch dampfendes Gedärm, Fell und Knochen.

Auch an dem Tag, an dem er starb, dachte Saam an die Ratte. Er wusste nicht, wie viele Nächte er nicht geschlafen hatte. Die Alpträume waren die gleichen wie im Knast. Die Affen aus dem Zoo, die Insekten, die er an der Grenze zurückgelassen hatte, kamen zurück. Manchmal träumte er, dass Nima oder seine Großeltern ertranken und er nichts tun konnte, als zuzusehen. Oft träumte er von Cashflow manchmal von Jamshid. Aber es war nicht nur das, was ihn nicht schlafen ließ. Es war auch die Freiheit. Die Entscheidungen, die sie forderte. Die Unruhe. Freiheit war ein Wimmelbild. Zu viele Menschen, zu viele Rhythmen, Wege, Hindernisse. Menschen, die nach ihren eigenen Gewohnheiten aufwachten und schlafen gingen. Dreieinhalb Millionen

Menschen um ihn, die alle etwas anderes aßen. Zu jeder Tageszeit klapperte jemand in dieser Stadt mit dem Besteck. Sie gingen arbeiten und hoben Geld ab, verpassten Busse, ließen sich zum Flughafen fahren, Tausende andere landeten dort. Sie beklauten einander oder gaben Strafanzeigen auf. Sie kauften ein, und ihre Waren wurden über Scanner gezogen, die piepten. Tausende Kassen piepten in dieser Stadt über Stunden. Die Menschen zogen Vorhänge auf, schlugen Türen zu. Postboten klingelten. Autos sprangen an. Kinder sagten »Hurensohn«, und Katzen rissen Amseln in Fetzen. Und unter dieser lärmenden Erde verrottete sein Vater, und er wusste nicht einmal, wo.

Er hatte sich lange im Bett gewälzt. Gegen fünf Uhr morgens entschied er sich, einen Spaziergang zu machen. Die Straßen kamen ihm vor wie eine misslungene Animation. Das Licht war anders, war falsch. Weißer, kälter. Die Laternen leuchteten, obwohl es schon hell wurde. Manchmal knisterte etwas viel zu laut. Dinge fehlten. Er hörte keine Vögel, hinter den Fenstern brannte kein Licht. Saam lief weiter. Schneller. Der LKW würde gleich da sein. Er rannte. Die brennenden Lungen fühlten sich jetzt leichter an. Saam lächelte. Er überquerte die Straße, und dann sah er ihn. In dem Lastwagen, der von der anderen Seite auf ihn zugefahren kam, saß der Mann mit den Narben. Der Wagen beschleunigte und auch Saams Herzschlag. Das Herz des Fahrers schlug im selben Takt wie seins. Saam konnte es hören. Deutlich. Dann wurde es hell. Sehr hell. Der Wagen musste jetzt gut hundert Stundenkilometer draufhaben. Saam trat auf die Straße. Sie schauten sich in die Augen. Dann öffnete Saam seine Handflächen und hob die Schultern, wie bei einer Frage. Der Mann nahm die Hände vom Lenkrad und hob ebenfalls die Schultern. Entschuldigend. Er lächelte. Beide lächelten, und dann prallte der Wagen gegen Saams Körper und zerschellte. Zersprang, als wäre er gegen einen

Pfeiler gefahren, der kilometertief in den Boden eingelassen war. Die Explosion war still. Saam lächelte immer noch. Er hatte nicht einen Kratzer davongetragen, nicht ein Korn Staub lag auf seiner Kleidung. Er schaute nach oben. Der Himmel war hemimorphitblau. Er holte die Fliege aus seiner Hosentasche. Sie wachte auf, putzte sich und flog, obwohl sie keine Flügel hatte. Machte Schwimmbewegungen durch die Luft. Er lief ihr hinterher. Und die Fliege führte ihn heim. Durch ihre alte Gasse mit dem Rinnsal bis zu der rostfarbenen Metalltür. Sein Großvater öffnete. Saam umarmte ihn und lief weiter der Fliege hinterher, verschwand in dem fensterlosen Flur hinter Großvater. Seine Hand glitt über die Stellen, an denen er die blaugrüne Farbschicht mit den Fingernägeln vom Putz gelöst und so Landkarten von Fantasiekontinenten in die türkisen Weltmeere auf der Wand gezeichnet hatte. Er stieg über die schweren Schuhe seines Großvaters und über Großmutters Plastiksandalen, die selbst im Dunkeln noch orange waren. Dann rannte er auf das Dach, während sich der Himmel zuzog. Sein Lager stand immer noch. Seine Buntnesseln, die Poster, die Dinosaurier, die Bücher. Sein Ohr war jetzt wieder an, der Lärm brutal. Ein Himmel voller Fliegen, Heuschrecken, Wespen, Käfer und Mücken. Trilliarden Herzen und noch mehr Flügel. Mächtige, majestätische Schwärme fanden sich über seinem Kopf zusammen. Und sie alle waren miteinander verbunden. An jedem Körper hing ein Faden, dünn wie die Fäden eines Spinnennetzes. Unendlich viele, die zu einem Seil zusammenliefen. Und als die Schwärme über ihm standen, sprang Saam vom Dach, ergriff das Seil und flog davon wie der kleine Prinz.

Er hatte Saam voll erwischt. Er fuhr hundert Meter weiter und parkte. Die Red-Bull-Dose steckte im Halter. Er nahm sie, stieg aus und lief zu dem Körper auf der Straße. Saam atmete nicht und blutete auch nicht.

Er ging zurück zum Wagen, zog den Revolver unter dem Fahrersitz hervor, nahm einen großen Schluck aus der Dose, kehrte wieder zurück, beugte sich über Saam und schoss ihm zweimal in den Kopf. Der Rückstoß war stark. Beide Male knallte ihm die Knarre fast zurück ins Gesicht. Er behielt die Waffe in der Hand, schlenderte zum Wagen. Überprüfte seine Klamotten. Ein münzgroßer Fleck, ein Gemisch aus Blut und Fett oder Gehirn klebte an dem Bund seines gelben Anzuges. Er trat ein paar Mal auf der Stelle, bis der Klumpen abfiel. Dann stieg er in den Wagen. Er hatte seinen ersten Auftragsmord begangen. Er war jetzt ein Killer. Ein Soldat. Jetzt schon Legende. Mit fünfzehn. Dann fuhr er zu McDonald's. Bestellte das Chicken-McNuggets-Menü mit Süßsauer-Sauce und eine große Cola. Aufessen, dann den Wagen zum Schrottplatz bringen, wie verabredet. Jamal würde ihn binnen Tagen verschiffen. Nach Marokko, Polen oder Estland. Weit, weit weg, wo keiner Fragen stellte und, selbst wenn, die Antwort niemanden beeindruckte.

LUST

Die blaue Stunde war noch nicht angebrochen. Die Stadt schwebte im Stau. Erfahren wie Dauercamper begingen die Roma den Platz um das Kottbusser Tor. Mit der Routine eines Kinokartenabreißers nahm jemand noch gültige Fahrscheine zum Weiterverkaufen entgegen. Vier, fünf, teilweise sechs der an der Ampel haltenden Autos gingen in die Treibnetze der Scheibenputzer. Den Nomaden fehlten in ihrer Ernsthaftigkeit die Soft Skills, an die sich die wattierte Urbevölkerung gewöhnt hatte. Ohne Gruß und Lächeln, ohne Bitte und Danke machten sie sich an die Reinigung. Ohne jedes Verständnis dafür, dass jemand es vorziehen könnte, weniger zu sehen, wirkten sie auf die Autofahrer kühl und achtlos. Vielleicht war die Überschneidung ihrer Welt mit der der Sesshaften zu klein, um in Beständigkeit zu investieren. Vielleicht suchten sie auch einfach keine Stammkundschaft, weil sie wussten, dass Autos fuhren, solange Straßen durch die Welt führten, und dass Staub fiel, solange sich diese Welt auflöste.

Nima saß am Lenkrad und überlegte, was wohl passieren würde, wenn jetzt alle ausstiegen und nach Hause gingen, als ein Plakat ihn aus seinen Gedanken riss. »Meine Woche schlägt dein Jahr!«

Er drehte die Musik lauter, ließ das Fenster hoch und machte die Wischanlage an, um den Putzer vom Wagen wegzuhalten. Seine Woche war anders gebaut. Sie prügelte sich nicht. Die meiste Zeit war sie froh, wenn sie in Ruhe gelassen wurde. Und sein Jahr auch.